Tierra Firme

MEMORIA Y DESEO

KRISTINE IBSEN

MEMORIA Y DESEO
Carlos Fuentes y el pacto de la lectura

FONDO DE CULTURA ECONÓMICA
MÉXICO

Primera edición, 2003

Ibsen, Kristine
    Memoria y deseo. Carlos Fuentes y el pacto de la
lectura / Kristine Ibsen. – México : FCE, 2003.
    240 p. ; 21 × 14 cm – (Colec. Tierra Firme)
    ISBN 968-16-6868-5

    1. Ensayo 2. Literatura Mexicana 3. Fuentes, Carlos
I. Ser II. t

LC PQ7297.F793 Z7 2003   Dewey M863 I615m

Se prohíbe la reproducción total o parcial de esta obra
—incluido el diseño tipográfico y de portada—,
sea cual fuere el medio, electrónico o mecánico,
sin el consentimiento por escrito del editor.

Comentarios y sugerencias: editor@fce.com.mx
Conozca nuestro catálogo: www.fondodeculturaeconomica.com

Diseño de portada: R/4, Vicente Rojo Cama
Fotografía de la portada © Lola Álvarez Bravo

D. R. © 2003, FONDO DE CULTURA ECONÓMICA
Carretera Picacho-Ajusco, 227; 14200 México, D. F.

ISBN 968-16-6868-5

Impreso en México • *Printed in Mexico*

PREFACIO

Cada lectura de las novelas de Carlos Fuentes, como sucede con cualquier obra de arte innovadora, abre posibilidades interpretativas que se multiplican vertiginosamente. El estudio presente es prueba de ello. Aunque comenzó como una traducción de ensayos previamente publicados en inglés, al volver a las novelas de Fuentes descubrí nuevos caminos críticos que transformaron y aumentaron en direcciones insospechadas lo anteriormente escrito. Conclusión: que las revisiones menores se convirtieron en cambios sustanciales, con varias páginas de material adicional sobre tres de las cuatro novelas estudiadas en detalle, y el libro tomó vida propia.

    Antes que nada, Adolfo Castañón merece mi más profundo agradecimiento por haber apoyado este proyecto desde el principio. Asimismo, estoy en deuda con Jacqueline Cruz, quien tradujo la primera versión del manuscrito; con Hugo J. Verani, quien me ha ayudado a refinar el producto final, y con Jesús Guerrero, por su ayuda en todos los aspectos técnicos de la publicación.

INTRODUCCIÓN:
MEMORIA Y DESEO

> Memoria y deseo son imaginación presente. Éste es el horizonte de la literatura.
>
> CARLOS FUENTES, *Valiente mundo nuevo*

¿HA MUERTO LA NOVELA? Ésta es la pregunta con la cual Carlos Fuentes abre su *Geografía de la novela* en 1993, una muerte anunciada, quizás, por más de un siglo, pero que ha tenido su eco irónico en los pronósticos recientes del fin de toda "literatura" de quienes celebran una era posliteraria.[1] ¿Qué papel puede tener la literatura en una sociedad en la que predomina un proceso des-histórico, des-socializado, des-articulado? Estas cuestiones inquietan tanto a los que escriben como a los que tratan de relacionar el texto literario con el mundo que nos rodea. Cuando comencé a estudiar las novelas de Carlos Fuentes, el debate principal era en torno al estructuralismo y la desconstrucción. Desde entonces, se ha pasado a otros diálogos, a una serie de aproximaciones reunidas bajo los rótulos bastante indefinidos de los estudios culturales y, más polémicamente aún, de la posmodernidad. Cada uno de estos discursos críticos tuvo, en su momento, un efecto saludable para el estudio de la literatura, en la medida en que pusieron en evidencia los peligros

---

[1] En su ensayo introductorio a la colección *Against Literature* (1993), John Beverley destaca la necesidad de "producir una negación de lo literario que permite a formas no literarias de prácticas culturales de desplazar su hegemonía" (p. 1).

de recurrir a vagas proclamaciones retóricas sobre la grandeza o el valor humanístico de una obra.[2] Al mismo tiempo, sin embargo, al atenerse a las posiciones más extremas de cualquier modelo teórico, se corre el riesgo de reducir y sistematizar el texto literario hasta tratar como irrelevante aquella "mediación íntima pero compartible [...] entre el lector y el libro".[3] Por eso, en este libro considero las novelas de Carlos Fuentes desde un enfoque que no privilegia ni la forma ni el contenido como entidades autónomas.

El discurso crítico nos ayuda a encauzar la interpretación, proporcionándonos un lenguaje preciso para describir mecanismos que de otra manera permanecerían abstractos. Como punto de partida, es también conveniente examinar el texto literario desde el ámbito en que fue escrito para entender mejor el proyecto literario del autor y cómo ha ido cambiando a través de los años.

En las sociedades de consumo de los Estados Unidos y Europa, la pérdida de significación social de la literatura —y las humanidades en general— ha contribuido a entronizar el discurso crítico como un modo cuasi científico de validar el arte. En Latinoamérica, en cambio, la posición social del escritor ha sido históricamente de otra índole y exige, por consiguiente, una aproximación distinta a la crítica literaria. Mario Benedetti argumenta que la insuperada realidad del subdesarrollo politiza todos los aspectos de la vida en esta región: "[...] en la América Latina no hay ningún sector, ningún campo específico, que esté ajeno a lo político, a lo social, a lo económico; que esté al margen de

---

[2] Said, *The World, the Text and the Critic,* pp. 144-145.
[3] Carlos Fuentes, *En esto creo,* p. 163. Said caracteriza esta tendencia, fomentada y protegida por la academia, como una "orden cuasi monástica" en la que los críticos solamente leen a otros críticos y la literatura misma tiene una importancia secundaria ("Opponents, Audiences, Constituencies, and Community", p. 6).

las luchas por la liberación".[4] José Miguel Oviedo concuerda: "[...] en nuestro continente, las letras ocupan un espacio y tienen una significación dentro del contexto social que no son los mismos que tienen en Estados Unidos o Europa. El escritor nuestro se ha sentido, para bien o para mal, un representante de sus pueblos, la voz que habla por todos los que no pueden hablar".[5] Por este motivo, el análisis de los textos latinoamericanos no puede centrarse exclusivamente en el nivel del discurso.[6]

En una entrevista de 1962, el propio Carlos Fuentes alude a la situación privilegiada del escritor en Latinoamérica al afirmar que el autor "siente una obligación, una responsabilidad de blandir una doble espada: la literaria y la política. Siente que debe dar voz a los que no la tienen".[7] En *La nueva novela hispanoamericana* (1969) reitera esta preocupación, al señalar que el escritor:

> es el portavoz de quienes no pueden hacerse escuchar, que siente que su función exacta consiste en denunciar la injusticia, defender a los explotados y documentar la realidad de su país. Pero al mismo tiempo, el escritor latinoamericano, por el solo hecho de serlo en una comunidad semifeudal, colonial, iletrada, pertenece a una elite. Y su obra es definida en alto grado por un sentimiento, pagarle al pueblo el privilegio de ser escritor o de convivir con

---

[4] Benedetti, p. 5. Podría argumentarse que estas afirmaciones pueden o no ser tan relevantes hoy en día como hace 30 o 40 años, debate que analizo en el epílogo.

[5] Oviedo, "La pasión de Carlos Fuentes", p. 30. Según Mario Vargas Llosa, esta obligación se debe en gran medida a la censura impuesta por el aparato estatal de los países latinoamericanos, la cual impide la discusión abierta de los problemas que conforman la realidad diaria del pueblo ("Social Commitment and the Latin American Writer", p. 129).

[6] Como asevera Benedetti: "Podemos hablar en términos exclusivamente literarios, formales, pero entonces no estaríamos hablando de la relación escritor-crítica *en la América Latina*" (p. 6).

[7] Baxandall, p. 49.

la elite. Pero también por una sospecha, destructiva de múltiples generaciones literarias, de que a pesar de todo sólo se dirige, desde el ala liberal de la elite, al ala conservadora de la misma, y que ésta escucha sus declaraciones con soberana indiferencia. Finalmente esa sospecha conduce a una decisión de abandonar las letras, o por lo menos compartirlas con la militancia política.[8]

El uso de la novela como vehículo para transmitir preocupaciones sociales tiene una larga historia en Latinoamérica. Ya en el siglo XIX, José Fernández de Lizardi se sirvió de *El Periquillo Sarniento* (1816) para criticar a la sociedad mexicana colonial; *Amalia* (1852), del argentino José Mármol, es una denuncia de la dictadura de Rosas, y el mexicano Ignacio Manuel Altamirano definió la novela como un medio para politizar al pueblo. Estas novelas no se concibieron solamente como vehículos de protesta social, sino más bien como instrumentos concretos para modelar la conciencia nacional de las repúblicas nacientes.[9] Como ningún otro género literario anterior, la novela se interesó explícitamente por las normas sociales e históricas que conformaban un ambiente particular y, de ese modo, estableció un vínculo inmediato con la realidad empírica de sus lectores.

En Latinoamérica, la crítica social postulada por la literatura del siglo XIX se mantuvo en las primeras décadas del XX, en novelas de la Revolución mexicana como *Los de abajo* (1915) de Mariano Azuela y *La sombra del caudillo* (1929) de Martín Luis Guzmán, y en novelas indigenistas como *Raza de bronce* (1919) de Alcides Arguedas y *Huasipungo* (1934) de Jorge Icaza.[10] Aunque todavía muy didácti-

---

[8] *La nueva novela hispanoamericana,* p. 12. Para una reflexión más reciente sobre este tema véase "¿Ha muerto la novela?" (1992) en *Geografía de la novela.*

[9] Franco, *La cultura moderna en América Latina,* p. 17.

[10] Desde luego, existen diferencias fundamentales entre la novela indigenista y la novela de la Revolución, de la misma manera que las novelas

cas, estas novelas difieren de sus precursoras en que rara vez apelan directamente a los lectores; su objetivo principal es presentar las injusticias de la sociedad de una manera realista para así movilizar al público a compartir su indignación. Como afirma Oviedo, al ilustrar los sufrimientos del pueblo sin voz, el escritor, en un acto de solidaridad intelectual, asume el papel de "defensor público". El papel del lector en estas novelas continúa, no obstante, siendo limitado: aunque a veces la narración se le dirija, su función en el texto es poco más que la asimilación deferente del razonamiento del autor. Oviedo observa que el realismo latinoamericano solía fomentar una actitud pasiva hacia cuestiones de creatividad al confundir "el arte de escribir con la excelencia o la actualidad de los temas y, beatamente, con la correcta ubicación ideológica de la obra. La literatura cayó en las trampas del simplismo, la pedagogía y el mensaje".[11] Por noble que fuese el deseo de solidarizarse con el pueblo e impulsar un cambio social, el medio de representación resultaba a menudo inadecuado. Al privar al lector de un lugar en la novela, se imposibilitaba el procedimiento dialéctico y la obra perdía su poder revolucionario. Además, en sociedades en donde la mayor parte de la población no podía leer ni los textos más sencillos, la clase social con más posibilidades para la movilización era la creciente burguesía.

En los años posteriores a la segunda Guerra Mundial, el auge económico contribuyó a un incremento masivo en el número de estudiantes universitarios de la burguesía

indigenistas del siglo xix *(Aves sin nido,* de Clorinda Matto de Turner, por ejemplo) difieren de sus homólogas del siglo xx (véase Franco, *La cultura moderna,* p. 174). Lo que sí comparten es una tendencia a la representación referencial de la realidad, que contrasta con la experimentación estilística que adquirió primacía en la segunda mitad del siglo xx.

[11] Oviedo, "Una discusión permanente", p. 425.

alta y media, así como a un desarrollo general de la preparación educativa y el pensamiento idealista.[12] La literatura latinoamericana respondió a este proceso de modernización con obras que se proponían desafiar a un público culto. Aunque la experimentación formal ya había sido practicada anteriormente en la literatura hispanoamericana (en la narrativa de Juan Carlos Onetti, Jorge Luis Borges y María Luisa Bombal, por mencionar a unos pocos), novelas como *Hombres de maíz* (1949) de Miguel Ángel Asturias, *Los pasos perdidos* (1953) de Alejo Carpentier y *Pedro Páramo* (1955) de Juan Rulfo, comenzaron a expandir los límites de lo real mediante la exploración del otro lado de la realidad. Esta segunda realidad se hizo aún más palpable con el triunfo de la Revolución cubana en 1959.[13] La revolución y la consiguiente reacción contrarrevolucionaria generaron una nueva conciencia en el continente. En esos años, como observa Oviedo, "la utopía se había convertido en una realidad difícil, conflictiva y, por ello mismo, más admirable; no bastaba defenderla: se necesitaba replantear, repensar todo y actuar en consecuencia. [La Revolución] hizo ver la secreta inmoralidad de los esquemas simplistas y consabidos; refrescó nuestro pensamiento político, lo conectó con la realidad".[14] Fue en este contexto que estalló el llamado *boom* de la literatura hispanoamericana. Aunque haya sido ampliamente demostrado que el repentino éxito de la novela hispanoamericana se debió en gran medida a las estrategias de mercadotecnia de las grandes editoriales,[15] es

---

[12] Rama, p. 62.

[13] Fuentes comenzó a distanciarse de la Revolución cubana en 1966, después de ser atacado —en compañía de Pablo Neruda, nada menos— por su participación en una reunión del PEN Club celebrada en Nueva York (Ortega, *Retrato de Carlos Fuentes,* pp. 55 y 108).

[14] Oviedo, "Una discusión...", p. 432.

[15] Véase, por ejemplo, Rodríguez Monegal, *El boom,* pp. 13-23, y Rama, pp. 51-110.

preciso señalar que éstas no hubieran podido producir tal cantidad de libros sin un público lector que los comprase. Como afirma Julio Cortázar, "todos los que [...] califican el *boom* de maniobra editorial, olvidan que el *boom* [...] no lo hicieron los editores sino los lectores, y ¿quiénes son los lectores si no el pueblo de América Latina?"[16]

A pesar de ciertas diferencias en cuanto a ideología política, los escritores de la nueva narrativa hispanoamericana compartían un renovado interés en el poder revolucionario del discurso.[17] Con novelas que llegaban a un público posiblemente más amplio de lo que sus precursores hubieran imaginado, autores como Julio Cortázar, Gabriel García Márquez, Mario Vargas Llosa y Carlos Fuentes buscaban deliberadamente instigar una relación activa entre el texto y sus lectores por medio de tres estrategias fundamentales: *1)* el desmantelamiento de la racionalidad y las percepciones preconcebidas (tal como sucede en el surrealismo y otros movimientos de vanguardia); *2)* una alteración concomitante del orden natural de la realidad empírica (que a su vez se revela como un orden ideológico), y *3)* un retorno a la noción brechtiana del distanciamiento, por el cual la estructura social de la vida cotidiana queda expuesta.[18]

Es un error muy común negarle validez histórica a obras como las del *boom* por cuanto tienden a deformar el discurso histórico, bien trivializándolo al convertirlo en expresión de la literatura *pop* (como sucede en *Cambio de piel*) o

---

[16] Cortázar, p. 30.
[17] Por supuesto, no toda la narrativa hispanoamericana de los sesenta en adelante es de tipo experimental. Aparte del ejemplo evidente de la literatura testimonial, hubo autores destacados como José María Arguedas en Perú y José Revueltas en México que siguieron fielmente a los precursores realistas, aunque en sus escritos tardíos también ellos llegaron a cuestionar el desarrollo histórico lineal.
[18] Franco, "From Modernization to Resistance", p. 78.

distorsionándolo para conformar con la visión personal del autor (como en el caso de *Terra Nostra*). Es por ello que debemos establecer una distinción entre las manifestaciones más radicales de una vanguardia tardía, en las cuales la comunicación se halla subordinada a la experimentación, y lo que Linda Hutcheon ha denominado "metaficción historiográfica", en la cual "el pasado como referente no está marginado o borrado [sino] incorporado y modificado [...] investido con una vida y un significado nuevo y diferente [...] En otras palabras, ni siquiera las obras contemporáneas más autorreferenciales y paródicas intentan eludir los contextos históricos, sociales [e] ideológicos en los que han existido y continúan existiendo, sino que en realidad los colocan en primer plano".[19]

En la novela polifónica multivalente el autor presenta un relato en el que ciertos hechos pueden ser interpretados desde varios puntos de vista, todos igualmente probables, de tal modo que en última instancia el lector pueda completar la narración de acuerdo con las opciones que le parezcan más plausibles. En el texto unívoco, aunque a los lectores les sea permitido entrever varias interpretaciones, continuamente se ven devueltos con violencia a la visión de la realidad del autor. Por este motivo, la literatura retórica, didáctica y propagandística sólo será eficaz para aquellos lectores cuyo sistema de pensamiento se corresponde ya con el del texto, mientras que los lectores antagónicos se mantendrán indiferentes. Al estimular al lector (o lectora)[20] a la actividad, el texto polisémico es capaz de movilizarlo y de ese modo provoca un efecto externo al texto. El texto unívoco solamente reproduce la ideología de su creador,

[19] Hutcheon, *A Poetics of Postmodernism*, p. 25.
[20] Para facilitar la lectura de este estudio emplearé la expresión "el lector" de ahora en adelante.

mientras que el texto que incluye al lector en su realización produce ideología. Por otra parte, aunque el lector lleve a cabo una labor fundamental para la elaboración del texto, si consideramos el arte en términos de su contexto histórico, no puede ignorarse el papel del autor, puesto que existe un conjunto de relaciones sociales entre el autor y sus lectores susceptible de verse alterado por un cambio en las fuerzas de producción, de tal modo que el lector se convierta en colaborador en lugar de consumidor. Walter Benjamin señala que "el objeto (obra, novela, libro) rígido y aislado no tiene ninguna utilidad. Debe ser reinsertado en el contexto de las relaciones sociales vivas".[21]

La referencia a Benjamin no es arbitraria, ya que la estética marxista, especialmente la línea de pensamiento articulada por la Escuela de Francfort, se halla, a mi juicio, implícita en cualquier análisis dialéctico de la respuesta estética, en la medida en que alude a la necesidad de estimular al lector conservando al mismo tiempo una conciencia de los procesos sociohistóricos. La estética marxista tradicional considera que forma y contenido mantienen una interrelación dialéctica y, sin embargo, a menudo postula una primacía del contenido en la determinación de la forma.[22] Es importante reconocer que aun así el mecanismo sigue siendo dialéctico, y por tanto ni forma ni contenido deben ser analizados por separado. Este debate se volvió más problemático en el siglo xx con la aparición de movimientos artísticos de vanguardia como el expresionismo y el surrealismo, los cuales, al igual que la nueva narrativa, a menudo fueron considerados inaccesibles al público y, en algunos

---

[21] Benjamin, *Tentativas sobre Brecht*, p. 119, traducción revisada. Véase también Eagleton, p. 61.

[22] En *La filosofía del arte* Hegel defiende la unidad de forma y contenido, y esta noción se mantiene en su mayor parte intacta en el pensamiento de Marx.

casos, tan obsesionados con la forma como para estar desprovistos de contexto social.

Ernst Bloch defiende el diseño provocador de este tipo de arte con una pregunta: "¿Qué tal si la realidad auténtica es también discontinuidad?"[23] De ser éste el caso, entonces interpolaciones fragmentarias como el montaje serían la expresión del mundo capitalista hecho pedazos. Bloch sostiene, asimismo, que las obras experimentales, al responder a mecanismos de la sociedad contemporánea, son parte de la transición del viejo al nuevo mundo, postura que comparte Bertolt Brecht, para quien las obras innovadoras no son necesariamente inaccesibles a un público inculto, al menos en el teatro, donde "uno nunca debe temer presentarle cosas audaces e inusuales al proletariado, siempre y cuando tengan que ver con la realidad. Siempre habrá personas cultas [...] que saldrán con un 'El pueblo no va a entender eso'. Pero el pueblo los hace a un lado con impaciencia y se las entiende directamente con el artista".[24] En el arte burgués, el destinatario es el consumidor pasivo de una obra "acabada". Esta función se sustenta en la visión de que la sociedad humana es fija e inmutable, el mejor de los mundos posibles. Por medio del efecto de distanciamiento *(Verfremdung),* Brecht intenta presentar la realidad como cambiante y discontinua, transformable por el ser humano.[25] Al igual que ocurre con el distanciamiento, las novelas de la nueva narrativa representan la experiencia familiar de un modo extraño, obligando al lector a replan-

---

[23] Bloch, p. 22.
[24] Brecht, p. 111.
[25] Esta noción guarda estrecha relación con la de "desfamiliarización", la cual, como veremos, se atribuye a los formalistas rusos aunque había sido propuesta antes por otros (véase, por ejemplo, Percy Bysshe Shelley, *A Defence of Poetry,* p. 787). La innovación de Brecht reside en su aplicación de este recurso a la realidad política concreta del público.

tearse las ideas convencionalmente aceptadas en torno a la realidad empírica. La función de la literatura no es reflejar esta realidad como un espejo, sino mostrar que personajes y acciones son productos históricos y por tanto hubieran podido ser, y aún pueden serlo, diferentes. Así, el lector desempeña un papel fundamental en la actualización del texto dentro de un contexto sociohistórico más amplio. Por consiguiente, la situación del escritor en Latinoamérica conlleva un compromiso especial con el lector: no actuar como una voz omnipotente sermoneando desde el púlpito, sino entablar una relación dinámica potencialmente capaz de crear un nuevo tipo de lector, un nuevo tipo de persona. Según Ariel Dorfman, "la redención del lector como ente estético depende de la estrategia literaria, de las tácticas de construcción de la obra. Nuestra literatura organiza su asalto persuasivo con el deseo de estimular al lector a que participe, desgarrándolo para que salga de su pasividad y abulia, invitándolo a recorrer juntos la creación de un continente, de un lenguaje, de una ficción, todavía inacabados."[26] Dorfman alude además a lo que considera una íntima relación entre el proceso creativo y la liberación social, el impulso utópico de la literatura. Pero este sueño no es cuestión de contenido o mensaje. Aun cuando la utilización del arte como propaganda no disminuye necesariamente su valor artístico, el carácter unilateral de la comunicación que establece rara vez consigue provocar un cambio fundamental en los destinatarios:

> esa utilización suele ser reductora [...] circunscribe el rol del lector en cuanto lo considera tan sólo como un ente político, en cuanto la eficacia de esa literatura debe ser medida por los cambios, verificables socialmente, en la conciencia y comporta-

[26] Dorfman, pp. xi-xii.

miento del lector [...] Llevar a cabo esa democracia [...] hasta sus últimas consecuencias, puede ser también una tarea de la literatura. Pero no sólo en el sentido inmediato y legítimo, de sembrar la urgencia de un mundo democrático y socialista, sino en el sentido más estratégico, último, de confiar en el lector, permitirle que sea él que vaya decidiendo los vaivenes y orientaciones, las obsesiones y paradojas, que la obra incita. Esto sólo es concebible si se respeta al lector profundamente, si se lo trata como si fuera un ciudadano del futuro.[27]

Éste es precisamente el mecanismo clave en la obra de Fuentes: la ficción no reproduce la realidad sino que ofrece un discurso alternativo que, por su propia construcción, llama la atención sobre la necesidad de una nueva perspectiva. Fuentes sostiene que "si tienes una visión revolucionaria de la sociedad, entonces tienes que tener también una forma revolucionaria para expresarla".[28] El escritor no propone una determinada visión de la realidad social, sino que estimula a los lectores al sacudirlos de la complacencia y prepararlos para algo nuevo. La auténtica vanguardia, en opinión de Fuentes, es siempre revolucionaria, aun si, como observa en una entrevista de 1996, su único logro es hacer que el público vea que no vivimos en el mejor de los mundos posibles.[29] Al poner en práctica estrategias discursivas polivalentes, la obra de Fuentes lleva al lector a un ámbito "ex-céntrico" al discurso donde los sistemas centralizados y cerrados son cuestionados y, en última instancia, alterados.

Aunque casi todas las novelas de Fuentes movilizan al lector por medio de la activación de zonas de indeterminación, las cuatro novelas que forman el núcleo de este libro

[27] Dorfman, p. xvi.
[28] Baxandall, p. 50.
[29] Quemain, pp. 249-250. En *Casa con dos puertas,* Fuentes atribuye esta frase a Luis Buñuel, pp. 204 y 214-215. Véase también Mauro, p. 181.

han sido seleccionadas por ser las que le reservan al lector un papel más explícito en su elaboración. Fuentes ha señalado que *Cambio de piel* (1967) representa una ruptura con respecto a sus novelas anteriores precisamente por esta razón. Aunque el lector está presente en novelas como *La región más transparente* (1958) y *La muerte de Artemio Cruz* (1962), su función sigue siendo la de un testigo o juez en gran medida exterior al texto, mientras que en *Cambio de piel,* como explica el propio Fuentes, "el narrador le está pidiendo al lector que lea con el fin de escribir la novela [...] es un co-creador de la novela".[30] En *Terra Nostra* (1975) los lectores enfrentan un desafío aún mayor: no sólo deben esforzarse para elaborar la novela que tienen entre manos, sino que son inducidos por el texto a redefinir todo el discurso literario e histórico que compone la cultura hispánica. Por este motivo son invitados a acompañar al autor en una búsqueda que facilite la resolución de la novela, la cual, según Fuentes, "es una novela que [...] va ganando lectores [...] porque hay una exigencia ahí, porque hay una serie de misterios y porque hay un desafío de co-creación del lector [...] yo quiero tener la compañía de esos co-creadores, de esos co-autores, y que les cueste".[31]

Con *Una familia lejana* (1980), Fuentes aborda explícitamente la función de los participantes en el circuito literario de la comunicación, a la vez que ilustra su papel por medio de un relato gótico de dobles y reencarnaciones. El lector se convierte casi inconscientemente en el último eslabón de una cadena de narradores, en el co-autor que debe resolver las indeterminaciones de la novela fuera del texto. Esta cadena genealógica y su relación con el lector adquiere un desarrollo aún mayor en *Cristóbal Nonato*

[30] Doezema, p. 495.
[31] Lemus, p. 102.

(1987). Fuentes ha comentado que *Una familia lejana* es fundamental en su obra porque es "la novela donde yo me hago las preguntas sobre qué es para mí escribir novelas y llego a una conclusión, y es que la novela no termina nunca. La narración tiene que ser pasada inmediatamente a otras manos, es su destino".[32] *Cristóbal Nonato* es entonces el producto de esta estética, en cierto sentido, dice Fuentes, su "primera" novela: "Es la novela en virtud de la cual, habiendo llegado a una cierta concepción de lo que es la novela, descubro que lo que me queda es escribir mi primera novela. Entonces vamos a escribirla. Vamos a escribir la novela original".[33] En *Cristóbal Nonato* el lector no sólo se ve involucrado en el texto a causa de las indeterminaciones en el plano semántico, sino que es invocado explícita y directamente como "Elector" —el (o la) que elige—. Aquí el papel del lector es decisivo, puesto que "el lector [...] es el único que puede escribir la novela finalmente; de allí la creación de un personaje fundamental [...] que es Elector, el lector que elige y que lee y que ocupa ese espacio. Que acepte la invitación a ocuparlo es otro problema, pero mi deseo es reservarle ese espacio".[34]

Aunque el texto expresa la visión subjetiva de la realidad que tiene el autor, al mismo tiempo tiene la potencialidad para instigar una fuerte conciencia autoanalítica y crítica en el lector y obligarle a reaccionar ante su propia realidad para

[32] Ortega, "Carlos Fuentes: para recuperar...", p. 643.
[33] *Id.*
[34] *Id.* Esto aparece reiterado en la novela, donde el narrador señala que aspira a crear una obra en la que "todos los participantes en ella sean comparables: las posibilidades del Autor (quien obviamente ya concluyó la novela que el lector tiene entre sus manos) y las del Elector (quien obviamente aún no conoce la totalidad de esta novela, sino sus primeros meses apenas), así como las del Autor-Lector, que serás tú al terminar de leer la novela, dueño de un conocimiento que aún no tiene el Elector potencial" (p. 150).

que esta misma realidad pueda ser reelaborada.[35] En la obra de Fuentes, el carácter social de la escritura y su papel en la reconstrucción de la realidad del lector es parte del proceso literario mismo. El novelista, sostiene, "nos dice siempre que el pasado no ha concluido, que el pasado ha de ser inventado a cada hora para que el presente no se nos muera entre las manos".[36] Si hemos de enfocar la función comunicativa de la literatura, entonces el análisis debe perfilarse no sólo en términos de *qué* significa (en el nivel diegético), sino de *cómo* significa (en el nivel discursivo) y lo que produce mediante su relación con el lector. Aunque el eje en torno al cual se da esta interacción sólo puede ser evaluado desde fuera, es decir, desde el lector, su naturaleza está prefigurada estructuralmente por el autor. Para Fuentes, esta relación adquiere la forma de un contrato. Aunque el contenido de la narración no es nada irrelevante, este pacto es el que produce el significado del discurso. Es casi imprescindible, entonces, que el presente análisis se inicie en el nivel discursivo, como modo de entender los circuitos comunicativos del texto. Sin embargo, el estudio no puede detenerse ahí. Considero el texto como una especie de proceso que comienza con la activación del lector al nivel discursivo, cataliza la movilización de realidades transtextuales y, finalmente, mediante el vínculo con el lector, conduce a la realización del objeto estético. En su libro *En esto creo* (2002), Fuentes declara: "La novela convierte el pasado en memoria, en futuro, en deseo".[37] Confieso seguir creyendo en el impulso utópico que determina esta realización estética. Y, con Fuentes, tengo la seguridad de que la novela no morirá mientras siga existiendo este pacto entre autor, texto y lector.

---

[35] Iser, *Acto,* 142.
[36] Fuentes, *En esto creo,* p. 199.
[37] *Id.*

I. EL ARTE DE LA PERSUASIÓN: ESTRATEGIAS DISCURSIVAS

> El solo conocimiento de la verdad no te dará el arte de la persuasión.
>
> Platón, *Fedro*

Presupuestos

En toda comunicación existe inicialmente un desajuste entre texto y lector que se va corrigiendo como parte del proceso de lectura. Las ideas preconcebidas del lector pueden ser socavadas en dos niveles fundamentales: al nivel discursivo, cuando la perspectiva narrativa y las coordenadas espacio-temporales del discurso están organizadas de manera no convencional, y al nivel diegético, cuando se integran en el texto alusiones literarias y normas sociales, pero recontextualizadas. El grado de innovación del texto depende de la recodificación del repertorio estable de experiencias del lector. Al mismo tiempo, sin embargo, la eficacia de la recodificación depende de la habilidad del lector para establecer una relación comunicativa con el texto y aplicarlo al mundo exterior. El lector "recibe" el texto y, guiado por su organización estructural, realiza su función al ensamblar el significado. Por este motivo, las estructuras discursivas pueden ser incorporadas al análisis del texto como "indicadores" o "instrucciones" que determinan cómo y en qué medida el diseño del texto proyectado por el autor se va formando en la mente del lector.[1]

Para que funcione cualquier acto de comunicación, el

---

[1] Iser, *Prospecting*, p. 229. Para un análisis más detallado de la intención

mensaje requiere un *contexto,* ya sea verbal o susceptible de ser verbalizado, que el receptor debe ser capaz de aprehender, un *código* completo o al menos parcialmente común a emisor y receptor (un idioma común, por ejemplo) y, finalmente, un *contacto* entre emisor y receptor que les permita entablar comunicación y mantenerla.[2] La existencia de un contacto y un código es lo que posibilita la respuesta interpretativa del receptor. Como observa Umberto Eco, un código se convierte en sistema de significación cuando el receptor procesa la información de acuerdo con conocimientos previos. Aunque todo código contiene un potencial de significación en estado latente, exista o no un receptor real, "cualquier proceso de comunicación entre seres humanos —o entre cualquier otro tipo de aparato 'inteligente', ya sea mecánico o biológico— presupone un sistema de significación como condición [...] necesaria".[3]

La comunicación literaria se efectúa más o menos de la misma manera que cualquier otro tipo de comunicación. Un emisor (el autor) intenta que su mensaje (el texto) sea entendido por el receptor (el lector). Al mismo tiempo, sin embargo, presenta rasgos peculiares: puesto que el emisor y el receptor no están en relación de co-presencia, el procesamiento de un texto literario constituye una operación mucho más compleja que la conversación cotidiana. Mientras que en la conversación el significado se genera casi simultáneamente con la emisión y recepción del mensaje, en un texto literario el significado es sólo latente y el éxito de la comunicación dependerá de la memoria del lector y de su competencia o experiencia —o de las dos—. Como no hay un

---

fundamental de comunicabilidad del lenguaje desde una perspectiva fenomenológica, véase Humboldt, Gadamer y Ricoeur.

[2] Jakobson, pp. 32-33.
[3] Eco, *Tratado de semiótica general,* p. 25.

vínculo directo entre emisor y receptor, podría parecer que la relación entre ellos no es en absoluto dialógica, sino que se asienta en una enunciación monológica por parte del autor. Esta creencia ha dado lugar a la acusación, a menudo dirigida contra los textos experimentales, de que el autor abusa de su poder y coloca al lector en la posición de víctima.[4] No obstante, si bien el emisor es efectivamente indispensable para la comunicación literaria, el receptor desempeña una función de colaboración igualmente importante, en la medida en que tiene la responsabilidad de descodificar el mensaje que le proporciona el autor. Éste es responsable de la construcción semiótica del texto, pero es el lector quien pone dicha construcción en funcionamiento, otorgándole así significado. Como ha señalado Cesare Segre: "Los significados textuales surgen de su potencialidad, se convierten en significados [actualizados] tan sólo durante, y gracias a, la lectura".[5] Dado que el emisor no puede influir directamente sobre el receptor, la comunicación de un texto estético supone una manipulación especial de la expresión por parte del emisor, la cual obliga, a su vez, a una reevaluación del contenido por parte del receptor, que es la que produce la función estética. Esta función se refleja en cierta medida en los códigos que la sustentan, de lo cual se deduce un cambio en los códigos del receptor que a su vez provoca una nueva visión del mundo.[6]

Un medio para conseguir estos efectos es recurrir a nor-

---

[4] Ésta es la valoración que hace Eduardo González en su reseña de *Terra Nostra*, a la que caracteriza como "enredada en una maraña de triquiñuelas despóticas [...] que convierte al autor en un intrigante todopoderoso" (p. 150). Véase también *A Dictionary of Narratology* de Prince, en el que se define el discurso autorial como un discurso que posee "autoridad soberana" (pp. 8-9).
[5] Segre, p. 18.
[6] Eco, *Tratado de semiótica general*, p. 367.

mas basadas en subcódigos estilísticos, las cuales permiten asignar connotaciones adicionales al texto y además pueden producir una ambigüedad que indica al lector experimentado que debe enfocar su atención en el esfuerzo interpretativo y en los propios mecanismos del lenguaje. Por ejemplo, un cambio en el orden de las palabras puede no afectar la comprensión del significado de una frase, pero su desviación del lenguaje cotidiano obliga al lector a reconsiderar toda la organización del contenido. Este fenómeno coincide con el de la *ostranenie* —"desfamiliarización" o "extrañamiento"— esbozado por los formalistas rusos (especialmente Shklovski). El autor utiliza un lenguaje o unas asociaciones inusuales para describir aspectos de la vida cotidiana del receptor y con ello modifica su percepción de los mismos, que son vistos como si fuera por primera vez. Así, mediante la violación de las normas tanto en el plano de la expresión como del contenido, el texto se vuelve autorreferencial.

El circuito de la comunicación literaria se complica aún más por la existencia de una relación interna entre emisor/receptor, la del *narrador/narratario*. Aunque pueden ser delegados directos del emisor y el receptor, el narrador no se identifica necesariamente con el autor real ni el narratario forzosamente con los lectores reales del texto. Eco sugiere que, al construir la estrategia comunicativa del texto, el autor debe prefigurar un "lector modelo", esto es, un lector implícito[7] que sea capaz de procesar el conjunto de códigos utilizados en su elaboración. Todo autor prefigura

---

[7] El término "lector implícito" es usado por Booth, Chatman, Iser y Perry, aunque con distinto significado. En este estudio lo utilizo para designar esa configuración ideal que se supone se identifica con el lector real (Jauss), reservando el término "narratario" para el receptor interno del texto.

explícitamente a su público lector en un nivel elemental, por ejemplo al elegir un idioma común. No obstante, según Eco, el autor debe también tener presentes a los lectores cuando elige un estilo y un tema concretos. Si bien presupone cierto nivel de competencia enciclopédica en el lector, también puede ocurrir que sea el texto el que produzca la competencia del lector codificado en el texto.[8] Así, autor y texto constituyen el núcleo de la experiencia de la lectura, en la medida en que las estrategias discursivas del autor pueden determinar la naturaleza de dicha experiencia. Sin embargo, la actualización del texto depende en última instancia de la voluntad, o la capacidad, del lector para continuar la tarea propuesta por el autor. Es decir, que la producción del texto es un proceso de interacción continua.

Puesto que la producción del objeto estético depende de ciertos componentes estructurales que guían al lector, es evidente que cualquier análisis del discurso debe también tener en cuenta los procedimientos usados por el autor al escribir. Por consiguiente, a la hora de examinar el circuito de comunicación del significado entre autor, texto y lector, es fundamental considerar no sólo el contenido de la historia sino también, en igual medida, la organización sintagmática de la narración por parte del autor. El grado de activación del lector viene determinado por esta organización, mientras que el modo en que el autor presenta la historia refleja su visión subjetiva del contenido. El autor modela y guía al lector mediante ciertas estrategias textuales sobre las que se asienta la realidad ficcional. Un autor puede otorgar primacía al plano del contenido, exigiendo poca o ninguna participación del lector o, por el contrario, puede

---

[8] Eco, *Lector in fabula*, pp. 80-81.

sacrificar el contenido para estimular al receptor con experimentos formales. En cualquier caso, tanto la historia como el discurso reflejan el propósito del autor.[9]

La relación activa entre el texto y la realidad externa se complementa con una posición cambiante dentro del texto mismo: la interacción del comentario autorial, la perspectiva narrativa, el diálogo entre los personajes, el desarrollo de la trama y otros elementos discursivos contribuyen a determinar el grado de participación del lector. Al avanzar en la lectura, se ve obligado a colocar cada uno de los puntos de vista en el contexto más amplio de lo que ya ha leído y modificar sus ideas preconcebidas. La combinación de perspectivas corresponde a las estrategias discursivas del autor. Sin embargo, al embarcarse en el proceso de lectura, los lectores no se limitan a adoptar la perspectiva ideológica de aquél, sino que deben ensamblar los diversos elementos para decidir qué es lo que deben aceptar. El texto comunicativo, en suma, no busca expresarse por medio de un discurso monológico, sino de un discurso dialógico en que el autor no impone, sino que incita y guía al lector hacia su visión del mundo. Por consiguiente, la formulación del texto que lleva a cabo el lector está condicionada por sus facultades de percepción para reconstruir las posiciones establecidas por el autor. En el nivel más básico, debe poder conectar los elementos de tiempo y espacio que el autor ha dejado indeterminados, es decir, debe ser capaz de organizar las proyecciones generadas por el texto en un campo referencial sintagmático. Puesto que esta actividad depende en gran medida de su capacidad de ideación, ante un discurso convencional tiene la opción de acercarse al texto de manera activa o pasiva, pero un texto experimen-

---

[9] Véase Morrissette, "The Alienated 'I' in Fiction", p. 1.

tal o no convencional le exige que colabore activamente para darle significado. Además, mientras que los lectores del texto convencional completan los elementos no formulados explícitamente en gran medida de manera inconsciente, la aparente incoherencia del texto innovador los lleva a una conciencia de la estructura polisémica del mismo y de la multiplicidad del discurso en general.[10]

Perspectiva narrativa

En un sentido amplio, podría decirse que la narración constituye la convergencia de cuatro posiciones fundamentales: las del narrador, los personajes, el argumento y el lector implícito. Dentro de este marco, el lector real se instala "en el punto de perspectiva que se le ofrece, a fin de que pueda elevar a sistema de perspectiva los centros de orientación divergentes que marcan las perspectivas del texto; con lo cual, a la vez, se abre el sentido de aquello que es representado de forma correspondiente en las perspectivas particulares".[11] El papel del lector se estructura, por consiguiente, a base de tres elementos: las diversas perspectivas representadas por el texto, el punto estratégico desde el cual son enlazadas y el punto en que confluyen.

Quizás la perspectiva textual más eficaz a la hora de determinar la respuesta del lector sea la del narrador, por cuya versión de los hechos debe guiarse el lector real. Como señala Shlometh Rimmon-Kenan: "El nivel narrativo al que pertenece el narrador, su grado de participación en la histo-

[10] Iser denomina *indeterminaciones* los segmentos no formulados explícitamente en el texto. Según él, la indeterminación se puede clasificar en tres tipos fundamentales que operan en todos los niveles de la comunicación textual: *blancos, huecos* y *negaciones.*

[11] Iser, *Acto,* pp. 65-66.

ria, su grado de perceptividad, y finalmente su fiabilidad, son factores cruciales para la comprensión de la historia por parte del lector y su actitud ante ella".[12] El lector, desde fuera del texto, debe "ver" la narración con los ojos de otro y analizar la realidad ficcional conforme a esta visión, ya sea aceptando la perspectiva del texto o cuestionando sus evidentes inconsistencias. El uso de la metáfora visual es importante porque es posible, e incluso necesario, distinguir entre el personaje que cuenta la historia, la voz narrativa, y el observador desde cuya perspectiva se perciben los sucesos. El punto de vista o, en la terminología de Gérard Genette, la *focalización* del texto, es la expresión verbal de lo percibido, y puede o no coincidir con el narrador. El sujeto de la focalización, es decir, "quién ve", es el *focalizador*, mientras que el *narrador* es sólo el personaje que verbaliza esta visión.[13] Existen tres niveles básicos de focalización para presentar la perspectiva narrativa. La *focalización cero* no aborda explícitamente la perspectiva de los personajes; la *focalización interna* presenta una visión de los personajes desde el interior de su conciencia, mientras que la *focalización externa* los observa desde afuera, con poco o ningún conocimiento de sus motivaciones subyacentes. Dado que la perspectiva no se corresponde necesariamente con la voz narrativa, las focalizaciones interna y externa no deben ser confundidas con la narración en primera y tercera persona. Puede afirmarse, sin embargo, que la focalización externa exige más al lector en términos de identificación: cuando se explican los motivos, el lector puede verse inclinado a aceptar a un personaje cuyo comportamiento se aparta de las normas culturales convencionalmente aceptadas; pero si el texto muestra sólo sus acciones, o si el

---

[12] Rimmon-Kenan, p. 94.
[13] Genette, pp. 189-194.

narrador lo retrata desde una perspectiva limitada o deformada, el procesamiento de la realidad se vuelve más complejo.

Por otra parte, la focalización interna es un medio de manipulación muy eficaz que permite que incluso los lectores más pasivos accedan a la conciencia del personaje. Hay tres modos fundamentales de manifestarla en el discurso: el soliloquio, el monólogo interior y la corriente de conciencia. El soliloquio escenifica ante el lector el contenido y los procesos psíquicos del personaje, sin mediación pero con la premisa tácita de un público. El monólogo interior o estilo indirecto libre, por el contrario, no reconoce la presencia de un receptor porque no explica ni comenta lo que el personaje ya sabe. Según Seymour Chatman, el soliloquio no reproduce el habla o el pensamiento tal como se manifiestan en la mente, sino que es más bien una "combinación estilizada" de ambos, mientras que el monólogo interior pretende emular de modo más exacto la verbalización de la conciencia. La corriente de conciencia lleva este procedimiento más lejos, al expresar en palabras pensamientos verbalizados y no verbalizados junto con impresiones sensoriales. Chatman distingue entre una corriente de conciencia *conceptual* y otra *perceptual*. La primera reproduce las palabras que pasan por la mente del personaje (juegos de palabras, por ejemplo), mientras que la segunda representa percepciones sensoriales no articuladas. Lo que distingue a la corriente de conciencia del monólogo interior es su falta de dirección: mientras que éste constituye una asociación controlada con vistas a un fin, la corriente de conciencia es un flujo libre y aleatorio de asociaciones.[14] Fuentes utiliza los tres recursos, a menudo combinándolos en un mismo pasaje:

[14] Chatman, pp. 199-208.

Recordarás y recordarás por qué. Encarnarás lo que ella, y todos, pensaron entonces. No lo sabrás. Tendrás que encarnarlo. Nunca escucharás las palabras de los otros. Tendrás que vivirlas. Cerrarás los ojos: los cerrarás *[La muerte de Artemio Cruz,* p. 34].

El Señor decidió aferrarse a sí mismo y contar con la simple unidad de su propia persona para imponerse a la sorpresa, a la multitud, al enigma, al desorden. ¿Basta mi presencia?, se preguntó en seguida; y la respuesta fue ya un primer quebrantamiento de esa unidad simple —yo, Felipe, el Señor—: no, mi presencia no basta; mi presencia está transida por el poder que represento y el poder me traspasa porque, siendo anterior a mí, en cierto modo no me pertenece y al pasar por mis manos y mi mirada, de mí se aleja y deja de pertenecerme; no basto yo, no basta el poder, hace falta el decorado, el lugar, el espacio que nos contenga y nos dé una semblanza de unidad a mí y a mi poder *[Terra Nostra,* p. 349].

Se me hace que todos queremos cerrar nuestras vidas, saber que el círculo ha concluido y que la línea ha vuelto a encontrar la línea, el inicio: queremos completar tantas vidas dentro de nuestra vida, queremos, así sea nuestro sustento la razón, la voluntad o el sueño, creer que nuestro pasado significa algo en sí; todos somos poetas inconscientes y oponemos a la naturaleza estos designios aislados, a ella que no nos considera seres distintos, sino mezclas indiferenciadas de esta marea sin principio ni fin *[Cambio de piel,* p. 65].

[...] gracias por mis nueve meses y lo que en ellos he aprendido: tengo nueve meses de vida, soy gerentonono al nacer: noto que soy nonononato! y encima de todo los hermanitos del Nuevo Mundo, la Utopía del Pacífico, nos convidan a dejar esta tierra por otra mejor? Como si el esperma de mi padre que digo no pudiera recrear y repoblar a la tierra donde nos tocó! Como si los genesgegelesgelatinos de mi padre pudiesen inventar un pasado distinto [...] Los nuevos Colones del Oriente llegados: Nuevo Mundo del Nuevo Mundo! *[Cristóbal Nonato,* p. 553].[15]

Aunque los cuatro fragmentos contienen el libre fluir de asociaciones que normalmente se define como corriente de conciencia, se hallan en realidad más cerca del monólogo interior, por cuanto las asociaciones tienen como propósito una resolución o síntesis de la conciencia del personaje. Es importante establecer esta distinción porque desmiente la idea de que estos pasajes, a menudo extensos y difíciles de leer, sean superfluos. Antes bien, en la obra de Fuentes el fluir de asociaciones se dirige casi siempre a un fin específico. Es interesante observar también la presencia de un narratario en todos los fragmentos. En el primero, Cruz está hablando consigo mismo, pero el uso de la segunda persona traspasa del "otro" Cruz al Otro que es el lector. En el fragmento de *Terra Nostra,* Felipe también está hablando consigo mismo, pero en este caso en voz alta porque, aunque él no es consciente de ello, sus palabras están siendo escuchadas y registradas por Julián. Los pasajes de *Cambio de piel* y *Cristóbal Nonato* deberían calificarse de soliloquios porque el narrador se dirige explícitamente a sus narratarios; sin embargo, nuevamente las técnicas se presentan combinadas, de tal modo que el último fragmento a menudo deriva hacia los juegos de palabras típicos de la corriente de conciencia conceptual, que no son fáciles de encontrar en el habla cotidiana. Bajtín habla de un soliloquio *ético* para destacar la relación dialógica inconclusa, la cual exige para ser resuelta una interrogación activa.[16]

---

[15] En *Cristóbal Nonato,* Fuentes no sólo juega con el lenguaje, sino también con la puntuación. En este trabajo, todas las citas de su obra conservan la ortografía original.
[16] Bajtín, *Dialogic Imagination,* p. 250.

Como los mecanismos de su autoexploración quedan al descubierto, el lector se ve implicado en la medida en que, al ponerse en el lugar del narrador, puede trascender la particularidad de su propia experiencia.

Al igual que ocurre con la focalización, la voz narrativa se puede alterar según su distancia con respecto a lo narrado. Por ejemplo, el narrador puede ser un participante en la historia o puede estar narrando los hechos desde afuera. Chatman establece una útil clasificación que diferencia tres tipos de voz narrativa: el narrador representado, el mínimamente representado y el no representado u oculto. La narración no mediatizada o sólo mínimamente mediatizada no recoge nada más que el habla o los pensamientos verbalizados de los personajes. Los narradores ocultos insertan en el discurso una visión subjetiva de los hechos a través de recursos como la descripción, por ejemplo, pero su presencia no es explícita. Las narraciones representadas (diegéticas), en cambio, suelen utilizar un "yo" autorial y hacer extensas interpretaciones y observaciones a propósito de la historia.[17] El uso del narrador representado es un modo de otorgar veracidad al texto, el cual adquiere el carácter de un testimonio personal aun cuando la realidad a la que alude esté deformada o sea de naturaleza metatextual. Los textos no mediatizados y miméticos alcanzan un mayor nivel de ficcionalidad y el lector puede introducirse en ellos como en una fantasía, mientras que las narraciones representadas no suelen permitirle este privilegio: el lector está siempre presente de algún modo y por tanto comprometido. No debe sorprender, entonces, que los narradores diegéticos predominen en la obra de Fuentes, quien también involucra al lector por medio de innovadores indicios pro-

---

[17] Véase Chatman, pp. 211-243.

nominales, especialmente la narración en segunda persona, que acerca el texto escrito a una forma dialógica de comunicación.

La experimentación con la perspectiva narrativa es evidente desde las primeras novelas de Fuentes. *Aura* (1962) se inicia con un narrador oculto que se dirige en segunda persona a un narratario todavía sin especificar: "Lees ese anuncio: una oferta de esa naturaleza no se hace todos los días. Lees y relees el aviso. Parece dirigido a ti, a nadie más" (p. 11). Como el nombre de Felipe Montero, a quien van dirigidas estas palabras, no aparece al principio, los lectores se sienten inmediatamente involucrados a nivel personal. Posteriormente, cuando Felipe se convierte en el focalizador, los lectores asisten a los sucesos, no con indiferencia, sino como si realmente los estuviesen presenciando con los ojos de Felipe. Además, el uso casi exclusivo de los tiempos verbales de presente y futuro reproduce los procesos mentales del lector, porque le permite experimentar simultáneamente con el personaje cada uno de los sucesos a la par que ocurren en la lectura, aun cuando el destino de los personajes esté determinado de antemano por el autor. En las primeras páginas de la novela, el uso del futuro apunta a la idea de destino: "Vivirás ese día", "Te sorprenderá imaginar", "Levantarás la mirada" (pp. 12-13). Sin embargo, una vez que Felipe entra en la casa, el futuro adquiere el doble sentido de destino y conjetura: "Habrá caído la noche", "Tú ya no esperarás", "Querrás acercar tu mano a los senos de Aura" (pp. 59-61). Del mismo modo, cuando el lector comienza un texto, como no puede predecir con total exactitud el desenlace, es necesario que en la lectura vaya anticipando y descifrando las posibilidades que el texto le brinda conforme avanza.

En *La muerte de Artemio Cruz,* el focalizador es siempre

Cruz, pero hay tres voces narrativas –"yo", "tú" y "él"– que corresponden al personaje. Las secciones en tercera persona, las más extensas de la novela, están narradas en pasado y presentan a Cruz como figura histórica, como representante de México y, sobre todo, de la traición a la Revolución. Aunque casi todas revelan las motivaciones internas de Cruz, también contienen información a la que el personaje no habría podido tener acceso. Los monólogos interiores de Catalina son un ejemplo de esta omnisciencia y, de hecho, aluden explícitamente a las limitaciones de Cruz como focalizador: "Él no la escuchó decirlo, cuando ella despertó de su insomnio. 'Me dejé ir'" (p. 93). Los episodios en primera y segunda persona están más claramente enfocados en las percepciones internas de Cruz. Los primeros se desarrollan en presente y recogen las sensaciones físicas de dolor que experimenta el protagonista en su lecho de muerte, según se desliza gradualmente de la conciencia al delirio: "Ahora despierto, pero no quiero abrir los ojos [...] Contraigo los músculos de la cara, abro el ojo derecho y lo veo reflejado en las incrustaciones de vidrio de una bolsa de mujer. Soy esto. Soy esto. Soy este viejo con las facciones partidas por los cuadros desiguales del vidrio" (p. 9).

Si las secciones en primera persona retratan al Artemio moribundo, los episodios en segunda persona, que están narrados en futuro, funcionan como el espejo inconsciente en el cual se refleja el "yo", como una confrontación con su yo consciente y al mismo tiempo una lamentación por las opciones vitales que ha desechado: "[...] elegirás, para sobrevivir elegirás, elegirás entre los espejos infinitos uno solo, uno solo que te reflejará irrevocablemente, que llenará de una sombra negra los demás espejos, los matarás antes de ofrecerte, una vez más, esos caminos infinitos para la elección: decidirás, escogerás uno de los caminos, sacrificarás los demás, te sacrificarás al escoger" (p. 209). Como señala Wendy Faris, la sucesión de espejos no sólo alude a las reflexiones de Cruz, sino que también supone "un emblema de la narración que los contiene. Cruz se duplica en espejos según se va multiplicando a través de las diversas voces que consignan su pasado".[18] El propio Fuentes resume la interacción de las tres voces del siguiente modo:

> [el *Tú* es una] especie de Virgilio que lo guía por los doce círculos de su infierno, y [...] es la otra cara de su espejo, la otra mitad de Artemio Cruz. [Es] el subconsciente que se aferra a un porvenir que el *Yo* –el viejo moribundo– no alcanzará a conocer. El viejo *Yo* es el presente, en tanto que *Él* rescata el pasado de Artemio Cruz. Se trata de un diálogo de espejos entre las tres personas, entre tres tiempos que forman la vida de este personaje duro y enajenado [...] En su agonía Artemio trata de reconquistar, por medio de la memoria, *sus* doce días definitivos, días que son, en realidad, doce opciones.[19]

De este modo, en dos novelas publicadas el mismo año Fuentes emplea la narración en segunda persona pero con fines diferentes. En *Aura* el uso de la segunda persona convierte a los lectores en protagonistas y cómplices, mientras que en *La muerte de Artemio Cruz* los invita a erigirse en la conciencia de Cruz, para juzgar sus actos.[20] Sea como fuere, se cierra la brecha comunicativa entre autor-narrador-lector. Podría argumentarse que, al proporcionar al lector una visión de los pensamientos más íntimos de Cruz en relación con las opciones que debió haber escogido pero no eligió, el uso del "tú" es lo que transforma al cacique despia-

[18] Faris, *Carlos Fuentes,* p. 50.
[19] Carballo, p. 441.
[20] Reeve, pp. 85-86.

dado en una figura trágica con la que el lector puede identificarse. De hecho, aunque a Cruz le ha sido negada la posibilidad de seguir eligiendo, dentro del texto el lector conserva este derecho: "En el tiempo presente de la novela, Artemio es un hombre sin libertad: la ha agotado a fuerza de elegir. Bueno o malo, al lector toca decidirlo".[21]

En *Cambio de piel,* Fuentes utiliza la narración en segunda persona de un modo diferente: un narrador en primera persona, al parecer omnisciente, Freddy Lambert, se dirige explícitamente a la(s) narrataria(s) interna(s) Elizabeth e Isabel.[22] La narración se va refractando según el narrador refiere otras narraciones dentro del relato, especialmente las historias de Franz y Javier tal como éstos se las cuentan a Elizabeth e Isabel, la historia que Elizabeth le relata a Franz y le repite a Freddy, y la historia de Hanna que recuerda (o imagina) Franz, tal como se la narra a Elizabeth e Isabel. La mayor parte de esta información es transmitida de manera dialógica, con un oyente que interrumpe a menudo para aclarar y canalizar la narración (pp. 74-87, por ejemplo) o, en el caso de Elizabeth con Javier, para convertirse en cómplice de las historias que este último repite, muchas veces en tercera persona.

Son numerosos los ejemplos de ambigüedad narrativa en *Cambio de piel:* la repetición inexplicada de ciertas frases por parte de Javier y Elizabeth, por ejemplo, o las dos versiones de la pelea de Javier en el bar. Por otra parte, a veces el narrador salta de lo que parece ser una conversación con

---

[21] Carballo, p. 441.

[22] El retrato impreciso y estereotípico de Isabel, unido a las numerosas alusiones a la reencarnación a lo largo del texto, ha llevado a algunos críticos a plantear que Elizabeth e Isabel pueden ser el mismo personaje. El propio Fuentes ha insinuado que Isabel es "una repetición de Elizabeth en otro momento, con otro ritmo" (Rodríguez Monegal, "Situación del escritor", p. 11). Véase también Durán, pp. 131-132.

Elizabeth a otra con Isabel, que se señala tan sólo por un cambio en el lenguaje y en el apodo de su interlocutora, "Dragona" y "Novillera", respectivamente. Además, la novela adquiere dimensión metatextual, puesto que el narrador funciona también como autor implícito del texto. Es por esto que, desde el principio de la novela, Freddy afirma que ya sabe la "verdad" sobre los personajes. Cuando Elizabeth declara que "lo sabes todo", él responde: "Casi todo. Hasta aquí. Hasta donde ustedes lo escribieron", y ella, a su vez, contesta enigmáticamente: "No sé si lo adivinamos todo, o si cada vez que escribíamos una escena posible y [...] guardábamos el papelito en un cajón del baúl, del mundo ese con el que viajamos, nos condenamos a repetirla después, tarde o temprano" (p. 86). Aunque Freddy no siempre comprende sus motivaciones, se siente obligado a consignar lo que los otros le han "dicho": "Y yo sólo quiero escribir, un día, lo que me han contado. Bastante es lo que me dicen y escribirlo significa atravesar todos los obstáculos del desierto. Toda novela es una traición [...] Es un acto de mala fe, un abuso de confianza" (p. 407). Sin embargo, el narrador no tiene control total sobre sus personajes: por ejemplo, su visión retorcida de las mujeres, verbalizada a través de Javier y confirmada por los recortes de periódico que él mismo colecciona, no impide que Elizabeth ofrezca un elocuente testimonio de su sufrimiento como mujer, siempre obligada a ajustarse a las imágenes impuestas por la conciencia patriarcal. El lector le arrebata a Freddy el control del texto cuando atiende a ciertas voces que éste menospreciaría, como el rebelde lamento de La Pálida en el papel de Elizabeth cuando grita: "¿Nadie puede amarme a mí? [...] ¿Tengo que ser la repetición de una pesadilla o la anticipación de un sueño para que un hombre me ame?" (p. 399). Al final de la novela, parece que los personajes han asumido el control, actuando incluso contra los deseos de Freddy, como se ve en la última sección, cuando es asaltado por sus creaciones, los Monjes, en un viaje alucinógeno, orgiástico y pesadillesco: "[...] los seis Monjes se están fecundando a sí mismos para decirnos que existe otra historia donde la nuestra es apenas una pesadilla reservada para el largo sueño de la muerte [...] Con sus bocas llenas de hongos, no me arrebatarán el derecho de nivelar sus poderes, salvar mis palabras y oponerles los hechos nimios de mi unidad laboriosa, la que ellos quisieran destruir con una sola intuición incandescente" (p. 417).[23] De hecho, aun cuando a veces Freddy posee información de la que no disponen sus personajes, lo más frecuente es que su perspectiva sea limitada, y queda claro que la parte principal del texto depende de Elizabeth. Así, la sección central de la novela se abre con el narrador diciéndole: "Me ibas a contar algún día, Elizabeth" (p. 25); de vez en cuando Freddy se hace a un lado para verificar su narración con ella: "¿Voy bien?" (p. 33); y al final corrobora su importante papel dentro del relato al comentar: "Todo esto me lo contaste una tarde, cuando te dieron permiso para visitarme" (p. 439).

Boris Uspensky, al analizar el punto de vista narrativo desde un enfoque psicológico, observa que en el texto plurivocal "el autor asume la forma de algunos de los personajes, encarnándose en ellos durante un tiempo. Podríamos comparar al autor con un actor que interpreta diferentes papeles, transfigurándose alternativamente en varios personajes".[24] Es precisamente esta faceta de la actividad creado-

---

[23] Lilvia Soto-Duggan, citando a Jean-Jacques Lebel, observa que una de las características de las sesiones de drogas alucinógenas es que cada sujeto sueña los sueños de otros y todos entran en un sueño colectivo (p. 128). Fuentes también utiliza este recurso metafóricamente por medio de los sueños de los tres jóvenes en *Terra Nostra*.

[24] Uspensky, p. 91.

ra a la que alude Fuentes a través del narrador Freddy Lambert. A veces, incapaz de decidir el destino de sus personajes, Freddy se funde con ellos, ratificando así la fragmentación de su conciencia: "[...] soy Javier, Elizabeth y Franz: en nombre de ellos retengo la cólera de mi destino" (p. 415). La ambigüedad del discurso de Freddy se complica aún más por la inusual disposición de los tiempos verbales y las referencias espacio-temporales. Aunque supuestamente la novela está escrita en un momento posterior a los sucesos narrados, "una noche de Septiembre", se emplean referentes temporales como "hoy" y "esta mañana" con los relatos del pasado (pp. 14, 29, 58), intercalados en conversaciones con Elizabeth, aparentemente anteriores, que se refieren al mismo día: "[...] me ibas a contar algún día" (p. 25) y "Me ibas a decir, dragona, que esa noche tú y él ya no hablaron más" (p. 337). Además, la sección final hace amplio uso del futuro para reforzar su ficcionalidad: "El Negro cantará"; "El Barbudo abrirá la cajuela y sacará ese bulto inerte y volverá a esconderlo" (p. 413); "Acusará al Barbudo con una voz [...] que nada tendrá que ver con ese cuerpo contrahecho, del que se esperaría un tono chillón" (p. 420). La intercalación de escenas históricas como la masacre de Cortés en Cholula, relatada en presente, es un indicio de que el ambiguo uso de los tiempos verbales tiene también como objetivo la simultaneidad. Freddy confirma el carácter distanciado de la narración: "Hoy, el hoy que narraré, es una mañana que desconoce su nombre" (p. 413). En términos espaciales, la novela también se mueve en direcciones inesperadas, como ocurre en la escena de Xochicalco en que la narración de Freddy interrumpe el monólogo interior de Elizabeth y, mediante un abrupto cambio de focalización, la transporta de "allí" a "aquí":

Contra el friso, a espaldas de la plaza, donde no te podían ver. Conozco tu tentación [...] ibas a creer que en esta pérdida encontrarías la semilla secreta del país, el grano escondido por la miseria y la ostentación, por la mediocre crueldad posesionada de México: ibas a exclamar que ésta es su grandeza, este rayo de luna perdido, este mundo que quisieras para ti, después de haberlos perdido todos sin saber que otro [...] te estaba esperando, un mundo al servicio de fuerzas que no necesitan ser nombradas. O. K. Has leído bien tu D. H. Lawrence: allí estabas y allí querías permanecer, aunque en apariencia te alejaras, regresaras al automóvil y en él comenzaras, otra vez, a desear [...] Aquí, unida al friso, donde los demás no podían verte ni adivinarte, volvió a tentarte ese caudal de palabras aprendidas [pp. 38-39].

La fragmentación de las coordenadas espacio-temporales que muestra este pasaje es otro indicio de la escasa fiabilidad de Freddy como narrador, aunque es muy posible que el lector no se dé del todo cuenta de ello hasta el final de la novela, cuando se confirma que está loco, que está encerrado en un manicomio y que su nombre es una combinación del de dos locos famosos, Louis Lambert, personaje de Honoré de Balzac, y Friedrich Nietzsche.[25] Sin embargo, aun cuando el lector no se haya percatado de la locura de Freddy, sí hay claros signos de que su principal fuente de in-

---

[25] Sin embargo, para Fuentes el hecho de que la narración sea poco fiable no la invalida. Por el contrario, al igual que los surrealistas, Fuentes considera la locura como una metáfora de la imaginación sin trabas que se enfrenta a la sociedad. En su ensayo "La novela como tragedia" defiende la lucidez del loco: "Encerrado en su cuarto oscuro, a solas [Louis] Lambert pasa por un imbécil; en realidad su pensamiento es más veloz que la historia y no puede, por ello, encontrar expresión en el tiempo y el espacio; como Nietzsche, Lambert *sabe* para el futuro: es un idiota en el presente [...] los locos [...] anuncian la tierra olvidada. Ellos saben que el absoluto de la 'realidad' es sólo un fragmento de la verdadera realidad, que es todo lo sacrificado, escondido, racionalizado por la civilización occidental" (*Casa con dos puertas*, pp. 61-62).

formación, Elizabeth, está desequilibrada: a menudo tiene dificultades para asociar correctamente personajes y acontecimientos durante sus conversaciones y es incapaz de distinguir su propia historia de la historia ficticia que se ha construido por medio de películas y libros. En última instancia, la novela, como el misterioso *ouroborus* que aparece en la cajuela del coche (y la noción del "cambio de piel" en general) es circular porque, como declara Freddy, "la noche final [...] es la del principio" (p. 434); "ese día del juicio en que principio y fin serán uno solo" (p. 408). Además, la fiabilidad de Elizabeth es cuestionada continuamente por el narrador, a veces de manera sutil —"A mí no tienes por qué mentirme" (p. 52)— y otras abiertamente, como cuando ella menciona la cinta adhesiva y él le señala que aún no había sido inventada (p. 83), o cuando las idílicas rememoraciones de su infancia en el campo de Connecticut que elaboran entre ambos se convierten en ridículas parodias: "Es la época [...] en que tu madre vende los cerdos que han engordado durante el invierno [...] a Mr. Duggan, sí, Duggan, Duggan, ¿por qué no, dragona? [...] Una inquietud empieza a entrar por las ventanas, ahora abiertas, del cuarto de clase [...] Miss Longfellow, sí Longfellow (O. K. dragona, como gustes) se muestra impaciente" (p. 225). Aparte de la invención claramente deliberada de nombres y escenarios rurales idílicos, el narrador incluye el detalle altamente improbable de una familia judía que cría cerdos. Por si el lector no captara esta broma, Fuentes también parodia la ficcionalidad de la historia de Elizabeth al hacerla soñar con su *Easter bonnet* y los salmos del Domingo de Pascua.

La lectura unívoca se ve también obstaculizada al nivel intratextual por las numerosas y perturbadoras inconsistencias. Muchos episodios están repetidos y/o imitados varias veces, a menudo desde perspectivas diferentes, a veces con variantes y contradicciones, por el mismo personaje. La estructura señalada en el acto de la selección también subyace tras el acto de la combinación. Aquí los límites van desde los significados léxicos hasta la constelación de personajes. La novela juega reiteradamente con la presencia/ausencia de Javier y Elizabeth, atribuida alternativamente a uno y otro. Al principio se repite el episodio en que Javier despierta y descubre que Elizabeth se ha ido (pp. 65, 117, 246), pero en otras secciones es ésta quien se encuentra repentinamente sola en la habitación del hotel (pp. 202, 276). Hay varias repeticiones de la escena en que Elizabeth regresa a la habitación que al parecer Javier ha abandonado (pp. 173, 199, 203, 241); le dice a Franz que dejó a Javier durmiendo en la habitación (p. 74), pero luego éste le dice a Isabel que ha sido él quien ha dejado sola a su esposa (p. 147). Posteriormente, Elizabeth le pregunta: "¿Ya estás de vuelta?", y él responde: "¿Qué quieres decir? No me he movido de aquí" (p. 311), y cuando él, a su vez, le pregunta por Franz, ella contesta: "Cómo voy a saber. No he visto más a Franz" (p. 312). Poco después de embarcarse en el texto el lector se ve obligado a ajustar su punto de vista a una perspectiva siempre cambiante; al surgir las contradicciones, se le exige adoptar un papel más activo: debe decidir si rendirse y tirar el libro, frustrado, o bien internarse en el ámbito textual que le brinda el autor. El uso de un narrador poco fiable (multiplicado por tres en el caso de *Cambio de piel)* también desplaza el enfoque del lector. Aunque Freddy utiliza el "yo" autorial para apoyar su presunta veracidad, las inconsistencias de su relato no pueden ser aceptadas sin más por el lector, quien, al dudar de su autoridad, acaba cuestionando la autoridad en general y empleando mayores facultades de ideación en el ensamblaje de la información fragmentaria y a menudo contradictoria que recibe.[26] Cuando no se cumplen las expectativas tradicionales, se ve obligado a examinar con mayor detenimiento el diseño, no sólo del texto, sino también de sus propias estrategias para la reconstrucción del mismo.

La falta de una autoridad legitimadora es explorada en mayor profundidad en *Terra Nostra,* donde se entrelazan múltiples voces narrativas que fragmentan la novela y desafían los patrones normativos de lectura. La novela empieza de manera tradicional, con un narrador en tercera persona aparentemente omnisciente y un objeto de focalización, Polo Febo, descrito como "nuestro héroe" (p. 29).[27] Sin embargo, al final de la aventura el lector se encuentra en un territorio completamente distinto, puesto que la narración se traslada a la segunda persona y Polo Febo se convierte al mismo tiempo en sujeto y objeto de la focalización. En el fondo, Polo es un doble del lector: al principio de su búsqueda no sabe nada de la historia, pero al final asume el papel protagónico.[28] Es más, al igual que le ocurre al lector, el éxito de su apropiación del pasado depende de su capacidad para recordar; por tanto, no es casual que todas las demás instancias narrativas en segunda persona (pp. 63-68, 80-84, 255-258, 545-546 y 717-739, entre otras) aludan a la transmisión de la memoria.

La fuente de su memoria es Celestina, cuya especie de

---

[26] Al mismo tiempo, la utilización de narradores pertenecientes a los márgenes de la sociedad –locos en *Cambio de piel* y *Zona sagrada,* una mujer en *Terra Nostra,* un nonato en *Cristóbal Nonato*– convierte a la literatura en un contrapunto del discurso de la autoridad, en una voz para los que carecen de ella.

[27] Polo Febo aparece anacrónicamente como un hombre-*sandwich,* figura que Benjamin había descrito como "la última encarnación del *flâneur*" *(Arcades Project,* 451).

[28] No es una coincidencia que narratólogos como Greimas describan el proceso de asimilación textual como una búsqueda. Véase Prince, *A Dictionary of Narratology,* p. 59.

conjuro, "Este es mi cuento. Deseo que oigas mi cuento. Oigas. Oigas. Sagio. Sagio. Otneuc im sagio euq oesed. Otneuc im se etse" (p. 35), parece validar su autoridad como narradora, poder que reafirma a menudo: "[...] todo lo sé; ésta es mi historia; yo la estoy contando, desde el principio: yo la conozco en su totalidad" (p. 257). Sin embargo, Julián le niega legitimidad como narradora, al revelar que ha sido él quien ha narrado al Cronista los capítulos 2 al 135, basándose en lo que ha escuchado en la confesión:

> Hasta aquí, le dijo Julián al Cronista, lo que yo sé. Y nadie sabe lo que yo sé, ni sabe más que yo. He sido el confesor de todos; no creas sino en mi versión de los hechos; elimina a todos los demás narradores posibles. Celestina ha creído saberlo todo y contarlo todo, porque sus labios heredaron la memoria y creen transmitirla. Pero ella no escuchó la confesión cotidiana del Señor antes de comulgar, el detalle de las vencidas ilusiones de la juventud, el sentido de sus penitencias en la capilla, el ascenso por las escaleras que conducen al llano, el desafío de su enumeración herética, su relación con nuestra Señora, ni su tardía pasión por Inés. Yo escuché, además, las confesiones de la Dama Loca, las de las monjas y las de las fregonas; las del bobo y la enana [...] y las de los obreros. Escuché la confesión de Guzmán [...] Y escuché, Cronista amigo, los relatos de Ludovico y Celestina en la alcoba del Señor [...] [Y]o les presté mi oreja penitente, pues más sufre, a menudo, el confesor que el confesante, que éste se alivia de una carga, y aquél, la asume [p. 657].

Julián es, por consiguiente, la voz mediadora entre el Cronista y los demás personajes. Al dar cuenta de los relatos de otros, sus narraciones se expresan casi siempre en tercera persona, salvo cuando se especifica que es el mismo narrador quien habla, como en la crónica del Nuevo Mundo que le relata en primera persona el Peregrino al Señor, aunque la fuente de este relato será también cuestionada cuando se descubra que cada uno de los tres hermanos ha soñado el sueño del otro. En los capítulos 138 a 140, el Cronista asume la narración en primera persona, dirigiéndose aparentemente al lector con palabras que recuerdan la empresa autorial del *Quijote:* "Dejaré abierto un libro donde el lector se sabrá leído y el autor se sabrá escrito [...] Fundado en estos principios, lector, escribí, paralelamente, esta crónica fiel de los últimos años del reinado y la vida del señor don Felipe. Cumplí así el temeroso encargo de quien hasta aquí narró esta historia, el fraile Julián" (p. 674). De este modo parecería que es el Cronista quien ha consignado todo lo relatado por las diversas voces del texto. Sin embargo, ninguno de los capítulos que enmarcan el texto podría ser obra suya, a pesar de la asociación explícita entre él y Polo Febo.

No hay consenso crítico sobre quién podría ser el narrador principal de la novela.[29] Lucille Kerr sugiere que la narradora *puede* ser Celestina, quien "parece una narradora perfecta en la medida en que es, en virtud de su nombre, la intermediaria por antonomasia", aunque, en última instancia, la complejidad de la novela le niegue este rango.[30] Juan Goytisolo ha comentado que la narración de Celestina "*parece* abarcar *(no es seguro)* la casi totalidad de la novela";[31] Pere Gimferrer opina que no puede identificarse *nin-*

---

[29] Intentar identificar todas las voces registradas en el texto llevaría al lector a un terreno aún más complicado, tanto en términos de los indicadores diegéticos como de los deícticos. En los capítulos 12 al 22 y 84 al 126, la historia que Celestina le cuenta al Peregrino, el Señor se la relata simultáneamente a Guzmán (y Julián), y los capítulos 84 al 126 alternan las narraciones de Celestina y Ludovico. Ingrid Simson atribuye los capítulos 84, 86-89, 91, 93, 95, 100 y 102-125 a Ludovico; el 90, 94, 96, 98, 99, 101 y 126 a Celestina, y el 85 y 95 a ambos (p. 45).

[30] Kerr, p. 192.

[31] Goytisolo, p. 250.

gún narrador, ya que en el mundo tecnológico moderno no podemos saber quién narra porque no sabemos quiénes somos,[32] y Wendy Faris concluye que el narrador es "todos y nadie".[33] Otros críticos especulan con la posibilidad de que el narrador sea el propio Fuentes. Así, Catherine Swietlicki se pregunta: "[...] si Cervantes es la reencarnación de Teodoro, ¿no sería Fuentes la reencarnación de Cervantes?"[34] Sayers Peden aventura una conclusión similar, al comparar la estructura de *Terra Nostra* con la de *Una familia lejana,* donde el narratario "Fuentes" se convierte en narrador al final de la novela:

> Así que el "tú" del último capítulo puede efectivamente ser el autor, un "tú" que-es-Peregrino-que-es-Cervantes-que-es-Fuentes dirigiéndose a sí mismo. O, posiblemente, el lector [...] se convierta en el último autor. O, con el fin de trascender las voces múltiples de la Celestina y el Peregrino [...] el superviviente andrógino puede ser la síntesis de todas las voces, todas las voces reducidas a una, quizá para conservarse unívoca en el "otro mundo".[35]

Oviedo es quizá quien más se acerca al mecanismo por el cual opera la voz narrativa en *Terra Nostra,* al señalar que se trata de un sistema de "narradores múltiples que se ceden la voz en una cadena ininterrumpida y que tiende a la circularidad. Cada voz anuncia e inaugura un relato que conduce a otra voz que repite el esquema".[36] El recurso de la narración dentro de la narración remite a la dimensión mágica de la diégesis, utilizada con frecuencia en la tradi-

---

[32] Gimferrer, pp. 58-60.
[33] Faris, *Carlos Fuentes,* p. 162.
[34] Swietlicki, "Doubling, Reincarnation, and Cosmic Order", p. 102.
[35] Sayers Peden, "A Reader's Guide to *Terra Nostra*", p. 44.
[36] Oviedo, *"Terra Nostra:* Sinfonía del nuevo mundo", p. 168.

ción árabe y adoptada por Cervantes en el *Quijote,* novela en la cual, como en la de Fuentes, no sólo hay narración dentro de la narración (narración metadiegética), sino, explícitamente, manuscritos dentro de manuscritos. Por ejemplo, en cierto momento el Cronista relata la historia de Zoraida del *Quijote* (I: pp. 39-41), combinándola, como Cervantes, con detalles de su propia vida (p. 658), mientras que "El manuscrito de un estoico" "reproduce" textualmente el relato de Teodoro, escrito durante el Imperio romano (pp. 681-704).

Aunque la existencia de un sistema de narradores múltiples parece la interpretación más plausible al nivel de discurso, a la vista de la totalidad de la novela podría afirmarse con igual certeza que, si bien Julián y el Cronista pueden ser quienes trasladan la novela al papel (algo que la propia Celestina admite), la historia en sí es narrada por Celestina. Esta hipótesis es la más consistente con la visión central de la novela, que propone la unidad y la recuperación de las voces olvidadas por el discurso unívoco. El origen de las primeras tradiciones líricas españolas, como las jarchas andaluzas, las cantigas de amigo gallegas y los villancicos castellanos, se halla probablemente en la poesía *oral* creada y transmitida por mujeres.[37] Por tanto, no es casual que en *Terra Nostra* sean las mujeres quienes transmitan la memoria y que lo hagan a través de la *lengua,* en el doble sentido anatómico y lingüístico. Celestina representa la historia femenina, mítica y cíclica que supera la historia masculina lineal: ella es el único personaje que *deliberadamente* trasciende el tiempo y aparece tanto en el Viejo como el Nuevo y el Otro Mundo. La memoria es un tema recurrente en la obra de Fuentes, y en *Terra Nostra* su emisaria es Celestina.

[37] Véase Deyermond, p. 28.

Varias veces se mencionan sus labios tatuados en relación con la memoria: "La mujer acercó los labios a los del hombre y le reanimó con su aliento, pasándole la vida de la boca a la boca. Luego dijo: –Los labios son la vida. La boca es la memoria. La palabra lo creó todo" (p. 548). Además, es una "gitana" con los labios tatuados quien les da a los tres peregrinos las botellas con los manuscritos que guardan la clave del texto. William Siemens ha observado que mientras los personajes masculinos reaparecen y son reencarnaciones unos de otros, sólo Celestina obedece a un proceso de continuidad, y es ella quien le transmite a aquéllos la memoria que deben reconstruir.[38] Celestina es la emisaria enviada a Polo Febo, quien posibilita la regeneración del universo. Polo Febo no puede realizar su unión profética con Celestina por no poder recordar, y es el beso de ella lo que le devuelve la memoria: "Deliras; te sientes transportado al Teatro de la Memoria [...] te apartas del beso de la muchacha de labios tatuados; estás lleno de memoria, Celestina te ha pasado la memoria" (p. 779). Del mismo modo, si el lector ha de sacar conclusiones a partir del texto, también debe recordar lo que ha pasado; de otra manera el texto carece de sentido.

Si la experiencia del lector en *Terra Nostra* es una búsqueda, en *Una familia lejana* la relación entre autor, texto y lector adquiere el carácter de una herencia. Hugo Heredia hereda el secreto familiar de Víctor Heredia y se lo pasa a Branly, quien, a su vez, se lo lega al narrador "Carlos Fuentes". El nombre mismo de Heredia refuerza la importancia del concepto. En última instancia, sin embargo, los misterios de la familia Heredia le son confiados al lector, quien, le guste o no, constituye el último eslabón en el circuito de la

---

[38] Siemens, "Celestina as *Terra Nostra*", p. 61.

comunicación. El discurso de la novela es engañosamente sencillo: enmarcado por la conversación entre el narrador en primera persona "Carlos Fuentes" y su amigo Branly, el carácter dialógico se mantiene a lo largo de la novela, ya que se vuelve reiteradamente a la discusión y abundan indicios narrativos como "me dice" y "me indica mi amigo". Al igual que el lector cuando se enfrenta a un texto escrito, el oyente desempeña un papel clave en la reconstrucción de la historia; así, el narratario (y posteriormente narrador) "Fuentes" ayuda a Branly a organizar su narración oral mediante las preguntas e hipótesis que le plantea, intentando sacar sus propias conclusiones al final.

La parte principal de la novela está integrada por la narración de Branly, tal como se la transmite, en tercera persona, "Fuentes" al lector. Por este motivo, aunque el narrador sea "Fuentes", el focalizador es casi siempre Branly y, efectivamente, a veces aquél deja que el relato de éste sea presentado en primera persona y sin mediatización, como en la secuencia onírica del capítulo xvi. Sin embargo, "Fuentes" puede ser caracterizado en líneas generales como un narrador representado que a menudo incurre en digresiones, insertando sus propios comentarios –la descripción de la personalidad de Branly (pp. 52-53), por ejemplo– o preguntas para aclarar la narración (p. 60).[39] La única excepción a este patrón la constituyen los capítulos que tienen título: "Clemencita" y "La Mamasel" (xiii, xiv), donde las historias que le cuenta la criada mulata Clemencita al Heredia francés son relatadas a Branly y después a "Fuentes"; "Hugo Heredia" (xx), en el cual Branly reproduce el relato en primera persona de Hugo, y "El verano de San Martín" (xxiii),

---

[39] En esto podemos asociar su función con la del confesor, Julián, de *Terra Nostra*.

con el propio "Fuentes" actuando como focalizador principal.

En *Una familia lejana,* dos mecanismos fundamentales activan a los lectores. En primer lugar, Fuentes los implica incorporando en boca de Branly comentarios explícitos sobre la naturaleza de la narrativa y, especialmente, los medios por los cuales el receptor, ya sea oyente o lector, se convierte en componente esencial del proceso diegético. Al poner énfasis en la narración oralmente transmitida, la novela subraya el aspecto performativo del relato y por consiguiente la función más directa del público como sucede en el espacio dramático. La representación funciona como estructura metatextual ya que la atención del lector vacila entre el acto de contar y el cuento mismo. Al incluirse a sí mismo en el texto, Fuentes juega con la percepción convencional por la cual se identifica al narrador en primera persona con el autor.[40] Como narratario del discurso de Branly, "Fuentes" es de algún modo su cómplice y, a la vez, un doble del lector, puesto que el primero no puede comprender cabalmente su narración hasta que le sea relatada a otro. Cuando "Fuentes" le dice que al contarle su historia lo ha colocado en la posición de narrador, Branly lo corrige, señalando que él es sólo un narrador probable, porque la historia no está aún completa, y "la naturaleza de lo narrado es que sea incompleto y sea contiguo" (p. 155). Unos minutos después, cuando está a punto de referir la narración de Hugo Heredia, Branly le exige a "Fuentes" que en su papel de oyente acepte el carácter incompleto de la historia, un pacto que, como observa éste, es análogo al que se

[40] En realidad, el narrador "Fuentes" es *una versión* de lo que el autor Carlos Fuentes pudo haber sido de no haber vuelto a México. Es posible que también esté jugando con la noción, difundida por los posestructuralistas, de que los lectores suelen imponer su propia imagen en el texto y se ven condenados así a una lectura equívoca.

establece entre lector y autor y, como se descubre más adelante, el mismo que Branly había hecho con Heredia. "Fuentes" señala que fuera de la acción es capaz de "establecer esas relaciones entre las cosas que él fue incapaz de percibir antes" (p. 100), del mismo modo que el lector es quien en última instancia ensambla el texto. La conexión entre el diálogo ficticio de Branly y Fuentes y la del lector con el texto es tan íntima, que Branly se refiere a su narratario como un "lector" en la cadena de narradores y Heredia utiliza el verbo "leer" en lugar de "escuchar" en el relato que le hace a Branly.

La cadena de narradores también involucra al lector por medio de preguntas sin respuesta, pistas ambiguas y simbiosis extrañas, las cuales, en la última página, quedan grabadas en la mente del lector por la incapacidad de los personajes para recordar la historia completa. Branly quiere deshacerse de la historia que ha heredado: "No quería ser el que recibe y sabe para pasar el resto de su vida buscando otra víctima a la cual darle y hacerle saber. No quería ser el narrador" (p. 190). Pero "Fuentes" tampoco quiere la herencia que Branly le ha traspasado: "No quería ser el último en saber la historia y no sabía la verdad, a pesar de la fuerza de mi imaginación amedrentada, porque [...] saberla me quemaba" (p. 195). Al ser el receptor de las historias, Branly acaba identificándose con Hugo y Víctor, como también lo hace el narrador "Fuentes" mediante extrañas fusiones e identificaciones que, a su vez, implican al lector. Cuando Branly, que se está "leyendo" en las historias de los Heredia, le cede la narración de Hugo Heredia a "Fuentes", lo insta a que visualicen juntos su imagen diciendo "tú eres Heredia" (p. 158); en la última página se repiten estas palabras cuando "Fuentes" oye una voz desencarnada susurrándole al oído: "Heredia. Tú eres Heredia". "Fuentes" tiene la impresión de que Branly dirige su narración no sólo a su interlocutor inmediato, sino a "ese usted numeroso que yo representaba en ese momento, y que se esconde, irónico y enemigo, en el nosotros de las lenguas romances, *nos* y *otros,* yo y los demás" (p. 11). En última instancia la historia queda en manos no de "Fuentes" sino del lector porque, según la enigmática clausura del texto, "Nadie recuerda toda la historia" (p. 214): el lector debe sacar sus propias conclusiones.

La idea de la narración "heredada" se desarrolla con mayor profundidad en *Cristóbal Nonato,* donde el narrador no nacido cuenta a su lector implícito todo lo que ha "aprendido" de su herencia genética. El lector es invocado directamente a lo largo del texto como "tú", "usted", "ustedes", "sus mercedes" y, sobre todo, "Elector", un juego de palabras que alude a su papel y responsabilidad a la hora de determinar el desenlace de la narración. Para Fuentes, el receptor del texto no es sólo "el lector", sino "Elector": el que elige. Al igual que *Terra Nostra, Cristóbal Nonato* es una novela dentro de una novela, con lo cual se confunde y multiplica la visión de la realidad. Además, Cristóbal no es sólo el "autor" interno del texto: *es* el texto, literalmente, una novela en gestación. Esta naturaleza dual del personaje se complica todavía más por su función como narrador en primera persona. No obstante, aunque constituye el nexo principal entre el lector y el texto, la información que proporciona es pocas veces directa: más bien, actúa como intermediario entre las diversas voces narrativas y el lector.

Tradicionalmente el narrador, al igual que el autor, sabe el desenlace de la historia desde la primera página. En contraste, Cristóbal da la impresión de funcionar no sólo como narrador y novela, sino también como lector, ya que procede por el texto de la misma forma, organizando el pasado tal como se lo han narrado sus padres. Cristóbal interrumpe a menudo la narración para hacerles preguntas sobre su origen o pedirles descripciones a uno del otro. Además, frecuentemente vuelve al lector, recapitulando, completando datos o pidiendo ayuda exterior: "Y yo dónde quedé? Dímelo pronto antes de que se me olvide, Elector" (p. 52). La dependencia explícita de Cristóbal en el lector demuestra que aunque los lectores implícitos no coinciden necesariamente con los lectores reales, su función puede sobreponerse en la actualización del texto. Dado que Cristóbal controla no sólo la diégesis, sino también las invenciones metacomunicativas, estas distinciones se borran: nuevamente, se cierra la brecha entre autor y texto, aun cuando Cristóbal no sea siempre la fuente principal de información. Si bien la voz narrativa a lo largo del texto es en apariencia la suya, rara vez es el focalizador primario de la narración, sino que es más bien un intermediario entre las voces de sus padres (ya sea que hablen con él o entre ellos) y las de otros personajes secundarios, cuyos pensamientos aparentemente le son transmitidos a través de los genes y, sobre todo, de la imaginación de sus padres.

Un ejemplo de la aparente omnisciencia de Cristóbal lo constituye la multitud de voces que integran el capítulo II.1. Éste se inicia con el relato que hace Cristóbal en primera persona de un diálogo –aprehendido a través de sus "filtros prenatales"– entre sus padres (p. 59). La narración se traslada entonces fugazmente a Ángel, quien le hace a su hijo nonato una descripción de Ángeles en primera persona (pp. 59-60); luego, imperceptiblemente, la descripción se desliza a la tercera persona (¿el personaje "Fernando Benítez"?) (p. 60); y a ello sigue la descripción que de Ángel hace Ángeles en primera persona (pp. 61-62). Entonces Ángel comienza a hablarle a Cristóbal de sus padres en primera persona, siendo interrumpido de vez en cuando por la voz de Cristóbal, quien entre paréntesis informa al lector de ciertos antecedentes. Al final del pasaje, Ángeles se convierte en la narrataria explícita y asume la historia de Ángel en segunda persona, añadiendo información que éste no ha revelado (pp. 62-68). En la última parte Ángel describe a su tío Homero y su primer encuentro con Ángeles en tercera persona, mientras Cristóbal agrega, entre paréntesis, los pensamientos de Homero (pp. 68-70). Con frecuencia la voz de Cristóbal desaparece casi del todo, como cuando Ángel relata episodios de su pasado o, sobre todo, cuando el enfoque se traslada a personajes externos cuyos pensamientos los padres de Cristóbal no pueden conocer, como el capítulo sobre Mamadoc (I.4), el de "Fernando Benítez" con los indios (v.1), el sueño de Rigoberto Palomar (VII.11) o el *collage* de voces mínimamente mediatizadas que componen los capítulos VIII.1 a VIII.9. A pesar de su aparente habilidad de penetrar en los pensamientos y acciones de los demás, Cristóbal tiene limitaciones como narrador omnisciente: por ejemplo, cuando Ángel se niega a contarle el secreto de sus piadosas tías, Cristóbal no tiene acceso a su mente para aclarar el misterio. Además, cuando transmite sus propias percepciones y sensaciones físicas directamente como focalizador primario, su perspectiva se halla limitada por su propia ingenuidad. En un episodio, Matamoro Moreno (némesis de Ángel) y sus seguidores violan a Ángeles. Aunque al principio los miembros desconocidos le inspiran temor, Cristóbal acaba dándoles la bienvenida a sus invitados: "bienvenidas al huevo de Cristóbal, atribuladas masas trabajadoras mexicanas!" (p. 277). Su visión embrionaria convierte a Cristóbal, que normalmente es un narrador competente, en un narrador poco fiable. Al teñirse de ambigüedad el marco de referencia, el lector debe elaborar nuevos criterios con los que formular una respuesta al texto. Por supuesto, no percibe la situación desde la misma perspectiva ingenua, y reconoce el toque irónico de la escena.

De hecho, al lector se le ofrecen muchas oportunidades para sacar sus propias conclusiones: por ejemplo, Cristóbal lo deja a cargo del destino de Robles Chacón y Mamadoc: "Dénles ustedes sus destinos, s. v. p.! Esta novela es de ustedes, señores electores!" (p. 513). Pero su función más importante es la que reside fuera del texto: "[...] no cerraré mi pobre novela nonata sin dirigirte una súplica, sin reconocerte [...] pero seré breve: Aquí te dejo este lugar, tú dirás si lo ocupas o no!" (p. 560). El último párrafo arrebata la narración completamente a Cristóbal, al dirigirse a un narratario no mediatizado, con Cristóbal como focalizador en tercera persona. El lector, que ha sido alertado por éste, se da cuenta en seguida de que la muerte del narrador ha dejado el texto en sus manos:

> Tú sabes que no he narrado nada solo, porque tú has venido ayudándome desde la primera página [...] Tú sabes, elector, que sin ti no me habría salido con la mía, que es comunicarles a los vivos mis pesadillas y mis sueños: ahora ya son *sus* pesadillas y *sus* sueños [...] ENTIENDE ELECTOR POR QUÉ YO CRISTÓBAL LO SÉ TODO Y TEMO PERDERLO TODO: Ah, elector, mi pacto contigo no es desinteresado, qué va: Te voy a necesitar más que nunca *después* (habrá un *después...?),* al nacer [p. 551].

La eficacia de este diálogo simulado entre Cristóbal y el "tú" del lector demuestra que la elección de índices pronominales puede determinar el grado de participación del lector, independientemente del nivel de focalización. Aunque la narración en tercera persona puede incluir aberturas subjetivas para la focalización interna, la primera persona proporciona un tipo de identificación que acerca al lector a la narración, y la distancia se reduce aún más con el uso de la segunda persona. Aunque ésta es la persona menos utilizada en literatura, es, por supuesto, frecuente en la comunicación verbal. Benveniste sostiene que todo acto de comunicación presupone una enunciación y que los indicadores de persona ("yo", "tú") representan el intercambio discursivo en un nivel que la tercera persona externa sólo puede aproximar parcialmente.[41] En el acto de enunciación el hablante ("yo") se propone emplear el lenguaje en relación con los otros ("tú", "usted", "ustedes", "Vuestra merced") a quienes el discurso va dirigido. Aunque en el texto literario la comunicación dialógica esté sólo simulada, puede no obstante considerarse que opera según los mismos preceptos. El texto representa la enunciación y el narrador funciona como doble del "yo" autorial (aunque su visión no coincida necesariamente con la del autor). El lector, por su parte, está representado por el narratario del texto, es decir, la persona a quien se le relata la historia. Cuando el narratario es invocado explícitamente en segunda persona, el lector se identifica aún más con este emisario interno. Por consiguiente, la elección de la persona gramatical afecta tanto al lector como al mundo narrativo presentado. La eficacia de los índices pronominales puede ser valorada comparando algunos pasajes de la obra de Fuentes:[42]

---

[41] Benveniste, pp. 79-88. Morrissette señala que este recurso es en realidad bastante común en los géneros literarios populares, como las novelas de detectives y de espías, y en el cine, especialmente como elemento de encuadre de las secuencias de *flashback* ("Narrative 'You' in Contemporary Literature", pp. 19-21).

[42] La idea para este modelo se la debo a Margaret Sayers Peden, quien en su artículo "Voice as a Function of Vision" ofrece un análisis comparativo similar del efecto de los distintos índices pronominales.

Tercera persona

Él sale del lugar [...] camina tropezando con las gentes que vienen en dirección contraria a la suya, aprovechando los encuentros para pedir perdón y mirarlos a la cara, tocar sus brazos, obligarlos, quizás, a mirarlo. Toca la cabeza de un niño que agota las canicas y las resorteras que trae metidas en la bolsa del overol –una cabeza de tuna–, los hombros dóciles de una mujer con permanente y gafas gruesas que viste una blusa de seda barata cuyo contacto le hace a Javier el mismo efecto que escuchar un cuchillo raspado sobre un plato de metal, toca como un ciego pero ve los ojos, rápidos, sorprendidos, negros, interrogantes, desvalidos, duros, acuciosos, desviados, ve las bocas gruesas, lineales, apretadas, abiertas, que mascan, escupen, toman aire, lo arrojan, se pasan la lengua por las encías, se muerden el labio inferior. Se fruncen. Se ha perdido. Salió de la casa y se perdió [...] Se ha perdido *[Cambio de piel,* pp. 46-47].

Primera persona

Siento una sombra descender a mi garganta y posesionarse de ella. Me siento, sobre todo, objeto de una hostilidad implacable. Pero a pesar de ello me niego a alejarme de ese niño que me observa detrás de los cristales biselados. No me alejo, aunque le dé la espalda. No sé si la confusa barbarie que siento en mi mirada es sólo mía o sólo un reflejo de la suya [...] Estoy de pie sin decir palabra, dando la espalda al niño que me mira *[Una familia lejana,* pp. 124-125].

Yo despierto [...] Me despierta el contacto de ese objeto frío con el miembro [...] Permanezco con los ojos cerrados. Las voces más cercanas no se escuchan. Si abro los ojos, ¿podré escucharlas? [...] Pero los párpados me pesan: dos plomos, cobres en la lengua, martillos en el oído, una [...] una como plata oxidada en la respiración *[La muerte de Artemio Cruz,* p. 9].

Segunda persona

Empujas esa puerta [...] y las luces dispersas se trenzan en tus pestañas, como si atravesaras una tenue red de seda. Sólo tienes ojos para esos muros de reflejos desiguales, donde parpadean docenas de luces. Consigues, al cabo, definirlas como veladoras, colocadas sobre repisas y entrepaños de ubicación asimétrica. Levemente, iluminan otras luces que son corazones de plata, frascos de cristal, vidrios enmarcados, y sólo detrás de este brillo intermitente verás, al fondo, la cama y el signo de una mano que parece atraerte con su movimiento pausado *[Aura,* p. 15].

La recámara empieza a iluminarse con un fulgor tibio, color de pasto nuevo, una luz de esmeraldas pulverizadas [...] La muchacha se acerca a ti, te quita el caftán, apareces desnudo, el caftán cae al piso [...] La ropa y las baratijas caen al piso: los dos desnudos, una frente al otro, hace tanto tiempo que no amas a una mujer, la miras, te mira, se acercan, la abrazas con ternura; ella, con pasión *[Terra Nostra,* p. 781].

Aunque el pasaje en tercera persona es tan detallado como los demás en su evocación de la experiencia del focalizador, el lector, al igual que la voz narrativa, se mantiene ajeno a la experiencia. En cambio, el pasaje en primera persona, en el que coinciden la voz y la perspectiva visual, acorta esta distancia, permitiéndole al lector identificarse más completamente con el personaje. Otra función importante del narrador representado en primera persona es su utilización del comentario y las generalizaciones filosóficas como medio de persuasión. En su esfuerzo retórico por demostrar la veracidad de su relato, el narrador se presenta como testigo de los hechos (o, en las narraciones metatextuales, como el autor y por tanto la *autor*-idad de los hechos representados) y sus comentarios pueden ir desde la interpretación y explicación de la historia y/o el discurso, a generalizaciones de índole moral que conectan el texto con el mundo real mediante verdades universales o datos históricos. Por consiguiente es importante distinguir entre las narraciones en que la posición ideológica del autor es planteada directamente y aquellas en las que se asume la postura contraria para provocar una actitud crítica en el lector, como ocurre con la ironía.

En la narración en segunda persona es como si el lector no tuviera opción: se ve involucrado, le guste o no, por la voz narrativa. La activación de esta respuesta no es en absoluto arbitraria: queda claro en las obras posteriores de Fuentes que la narración en segunda persona se dirige a un narratario externo. Como lo expresa Sayers Peden, en *Una familia lejana,* cuando la voz dice "Tú eres Heredia" (p. 214) es como si el narrador tomara al lector del brazo y le susurrara al oído, mientras que todo el discurso de *Cristóbal Nonato* se asienta sobre la presencia explícita de un "Elector" en segunda persona. En *Cambio de piel* el narrador utiliza el "yo" y el "tú", pero el narratario está especificado dentro del texto; de modo análogo, en *Terra Nostra* y *Una familia lejana* el lector se ve implicado pero nunca es invocado directamente. En contraste, Cristóbal es un intermediario que transmite lo que sabe, no a un narratario interno, sino directamente al lector. Al referirse expresamente a éste en segunda persona y, sobre todo, al especificar su papel en la novela, el texto se vuelve más personal y el lector se ve obligado a apoyar a Cristóbal. La lógica nos dice que aun cuando el narratario sea invocado como "lector", el narrador no puede comunicarse directamente con el receptor externo de la obra. Ésta, sin embargo, no es la respuesta subjetiva del lector activo, quien se somete a una alianza con el lector implícito: al articularse explícitamente el pacto que entraña la literatura, el lector puede identificarse con el

"Elector" como si el narrador le estuviese hablando personalmente.

El lenguaje "literario" y el texto dialógico

En la obra de Fuentes la perspectiva narrativa estimula al lector al reservarle un lugar explícito en el texto. Gracias a los índices pronominales, los narradores (a menudo autoconscientes) y los focalizadores múltiples, la ficción desemboca siempre en un diálogo con el lector. Al mismo tiempo, sin embargo, el autor nunca desaparece del texto. El lector puede acercarse a éste desde muy diversas perspectivas pero, en última instancia, el fin al que se dirige ha sido propuesto de antemano por el creador. Como observa Robert Weimann, la perspectiva narrativa representa "la suma total de las actitudes consumadas del autor-narrador ante el mundo (el cual incluye a los lectores) y ante la historia como imagen generalizada de lo que el novelista quiere decir sobre el mundo con su arte". Dentro de este marco, la función del lector es "resolver la ironía implícita en la perspectiva y recuperar ese elemento de totalidad que es homólogo del punto de vista".[43]

En algunos momentos, y *Terra Nostra* es un caso ilustrativo, un solo texto puede presentar varias perspectivas ideológicas que el lector debe sintetizar. Mijaíl Bajtín denomina a este tipo de narración "polifónica" o "plurivocal". La polifonía remite a la naturaleza pluridiscursiva del lenguaje: del mismo modo que las unidades del lenguaje interactúan formando múltiples isotopías, existen diversas unidades de composición dentro de una narración que pueden expre-

---

[43] Weimann, pp. 244, 266.

sarse al nivel de cada personaje. En *Filosofía de la nueva música,* Theodor Adorno describe la polifonía como disonancia, pero apunta que, incluso en su desviación, provoca armonía a la vez que rescata la nota y el punto de vista individuales.[44] Del mismo modo, cada unidad del texto literario conecta con las demás para componer una sinfonía de significados. Tomando a Dostoievski como ejemplo, Bajtín define el texto polifónico por la ausencia de una postura ideológica externa que subordine la de los personajes.[45] Sin embargo, éste no es siempre el caso: cuando el lector termina de leer el texto, debe ser capaz de reconocer, si no de aceptar, el valor relativo de las diversas posturas ideológicas que aparecen en la obra, aunque esta jerarquía sea implícita y sin relación alguna con la noción superficial de "identificación". En *Cambio de piel,* por ejemplo, es sumamente improbable que ni siquiera el lector más dedicado pueda identificarse con Freddy Lambert, aunque está claro que su perspectiva es la dominante. Algunas de las posturas ideológicas expresadas por Freddy pretenden ser irónicas, pero la intención autorial puede ser despojada de su ambigüedad por la relectura.

En *Terra Nostra,* por el contrario, el valor relativo de las diferentes posturas es explícito: aunque el discurso autoritario de Felipe ocupa el mismo espacio que los demás, no puede considerarse como representativo de la cosmovisión del autor, salvo quizás en la medida en que supone un exorcismo del padre español y, con él, del peso de la actividad creadora. Kerr sugiere que la negación estructural de una jerarquía discursiva en *Terra Nostra* le niega al lector el principio organizador de una autoridad autentificadora y

---

[44] Adorno, pp. 58-59.
[45] Véase Bajtín, *Problemas de la poética de Dostoievski,* pp. 101-102 y 133-134.

constituye por tanto un abuso de parte del autor.[46] Mas si aceptamos a Celestina como narradora, queda claro que las voces marginadas por la historia son las que en última instancia triunfan: que el mundo de muerte al que ha dado lugar la dominación de la mujer será reemplazado con un mundo de vida, simbolizado por la unión andrógina en la cual ni lo masculino ni lo femenino se subyugan uno al otro. El lector activo reconocerá inmediatamente la repetición de esta y otras ideas clave que le muestran el camino que debe seguir. Un símbolo fundamental en la novela es la máscara de plumas que es también un mapa. Al igual que ocurre con los mapas, la línea que conecta dos puntos no siempre es recta: puede desviarse, puede haber varias rutas, desde cada punto espacial o temporal puede haber múltiples caminos que transitar, o puede no haber ningún camino pavimentado; sólo la posibilidad de varias rutas. Asimismo, el texto puede ofrecerle al lector varios senderos que transitar, pero es el autor quien ha diseñado el mapa y quien determina el destino, incluso si no aparece expresamente ningún diagrama de este tipo en el texto.[47] Además, el hecho de que la experiencia del lector sea paralela a la de Polo Febo muestra claramente que en última instancia el orden de *Terra Nostra* alude, no al discurso histórico cerrado representado por El Escorial, sino al tiempo mítico representado por la máscara.

Para realizar este proceso, el lector debe aceptar sin vacilaciones el ámbito textual, del mismo modo que el autor se ha apropiado de la realidad empírica mediante el discurso. Esta apropiación sólo puede realizarse a través del lenguaje.

---

[46] Kerr, pp. 77-78.
[47] De hecho, la cicatriz invisible del jardín en *Una familia lejana* y la línea serpenteante de la cadena genética de *Cristóbal Nonato* postulan una lectura que sale del camino más obvio.

Por consiguiente, al examinar la cuestión de "quién habla" y "quién ve", es inevitable que en el análisis del plano de la expresión exploremos también el *cómo,* porque el modo de hablar del narrador es un componente inseparable de las estrategias comunicativas del autor. Estos dos elementos están tan imbricados, que Hans-Georg Gadamer utiliza metáforas visuales como "visión" y "punto de vista" en su teoría del lenguaje y la ontología hermenéutica.[48] Así, el lenguaje y la percepción se entremezclan en el proceso de la conciencia. Sin embargo, como apunta Boris Gasparov, el discurso literario no es idéntico al lenguaje cotidiano, sino que "funciona como un sistema secundario en relación con el idioma natural en que está escrito".[49] Gasparov distingue dos extremos del discurso: el práctico y el oficial. El discurso práctico suele estar dirigido a un destinatario concreto en una situación específica, mientras que el discurso oficial se dirige a un público amplio y está dictado por el poder, de tal modo que sus referentes se alejan de la concepción de la realidad empírica que tienen los destinatarios. El discurso literario se halla a medio camino: coincide con el discurso oficial en que no se vincula a una situación concreta, pero se aproxima al habla cotidiana en su incorporación del lenguaje oral y del juego. La estilización, los juegos de palabras y la parodia son fenómenos estrictamente literarios que se oponen tanto al habla cotidiana como al discurso oficial en un acto de movilización que agudiza la atención del lector en el texto de un modo tan concentrado que le invita a repensar el lenguaje mismo.

Si el lenguaje es intrínsecamente una forma de conocimiento del mundo, de ello se deduce que el discurso literario se distingue del habla cotidiana por una diferenciación

---

[48] Véase Gadamer; véase también Chamberlain.
[49] Gasparov, p. 245. Véase también Iser, *Acto,* pp. 334-335.

consciente, de tal modo que en lugar de reflejar directamente la realidad empírica, ofrece un nuevo orden del mundo a través del uso plural e invertido de la palabra. Esta visión es una de las preocupaciones fundamentales de Fuentes, quien defiende a lo largo de su obra la creación de un "nuevo lenguaje". El novelista se rebela contra los que llama "escritores de lo ilegible: el lenguaje del anunciante, el tartamudeo acronímico del burócrata, y el clisé satisfecho del *best seller* sensacionalista".[50] Si los escritores se conforman con justificar el orden establecido, sus obras son inútiles, puesto que, en su opinión, la literatura debería proponer una alternativa a dicho orden. Visto así, el lenguaje deja de ser un símbolo de la realidad empírica para convertirse en el catalizador de una "realidad paralela" o "segunda realidad": "Nuestras obras deben ser de desorden, es decir, de un orden posible, contrario al actual [...] Nuestra literatura es verdaderamente revolucionaria en cuanto le niega al orden establecido el léxico que éste quisiera y le opone el lenguaje de la alarma, la renovación, el desorden y el humor. El lenguaje, en suma, de la ambigüedad: de la pluralidad de significados, de la constelación de alusiones: de la apertura".[51]

Marcuse defiende la búsqueda de formas artísticas de comunicación que puedan "romper el dominio agresivo del lenguaje y de las imágenes establecidas en la mente y el cuerpo del hombre; lenguaje e imágenes que hace mucho se convirtieron en medios de dominación, de indoctrinamiento y de engaño". No obstante, si ha de conservarse la intención comunicativa del texto, este lenguaje no puede ser "inventado", sino que debe asentarse en la subversión de materiales tradicionales.[52] Para esta subversión Fuentes

---

[50] *Cervantes, o la crítica de la lectura,* p. 33.
[51] *La nueva novela hispanoamericana,* p. 32.
[52] Marcuse, *Contrarrevolución y revuelta,* p. 91.

acude a dos espacios lingüísticos que normalmente se hallan en extremos opuestos de la escala cultural, el de las artes y el de las tradiciones populares, incluidas el habla coloquial y la cultura *pop*. Uno de los medios por los cuales Fuentes se enfrenta al discurso oficial utilizando la tradición artística es el redescubrimiento del idioma castellano —el idioma de Cervantes y Quevedo— degradado por la sociedad de consumo. Éste es el objetivo, según él, de *Terra Nostra:* "[...] darle al lenguaje una vida nueva, despertarle todo lo que está distorsionado y muerto: los sueños, la imaginación".[53] Otro modo de renovar el lenguaje literario es desacralizarlo por medio del humor y la incorporación de la lengua oral. En *La nueva novela hispanoamericana,* Fuentes elogia con particular entusiasmo el humor como instrumento para profanar el texto sagrado. Un medio para conseguirlo es lo que él llama en inglés, combinando *Spanish* y *pun,* el idioma *Spunish,* puesto que en los juegos de palabras cada una contiene un "nudo de significados" que a su vez se abre a múltiples "centros de alusiones" y nuevas interpretaciones.[54]

El juego de subvertir el lenguaje abre el texto a las posibilidades infinitas de ideación que se producen en colaboración con el lector.[55] En *Cristóbal Nonato,* Fuentes explora este recurso lúdico ampliamente: "Y es usted miembro del PRI, tío Homero?, dijo mi madre sin mirarlo, sino mirando al mar, mira Homero, miramar, miramón, miromero, maromero oh mero oh mar oh mère oh merde Homère" (p. 171). Al combinar el PRI con "miramar", "miramón" y "maromero" lo que a primera vista puede parecer un juego de palabras sin sentido se revela como una censura irónica de la estructura

---

[53] "Fuentes on his *Terra Nostra",* p. 63:2.
[54] *La nueva novela hispanoamericana,* p. 31.
[55] Iser, *The Fictive Imaginary,* p. 262.

de poder en México.[56] El tío Homero, destinatario de esta enunciación aliterada, no sólo es representante de un orden social petrificado sino también del elitismo lingüístico. Con "don Andrés Bello en la mano" Homero se jacta de ser el "Presidente de la Academia Mexicana de la Lengua [y] Correspondiente de la Real Academia de Madrid (o lo que en ambas ruinas resta)". "La lengua", declara, repitiendo las palabras de Antonio de Nebrija, "siempre fue compañera del imperio" (p. 97), y por consiguiente, para subvertir las fuerzas opresoras que legitiman la hegemonía de las clases privilegiadas, se debe comenzar por el lenguaje. En *Cristóbal Nonato* estos juegos de lenguaje plurilingües se extienden a las figuras y personajes históricos: Ronald Reagan, el controvertido presidente de los Estados Unidos en los ochenta, se convierte en "Rambo Ranger" o "Donald Danger", el ministro fundamentalista, "Royall Payne", la dueña chino-francesa de la sala de fiestas, "Ada Ching" y la mujer que le interesa a Ángel, "Penny López". Asimismo, Fuentes se complace en inventar diálogos absurdos para las estereotipadas tías solteras Capitolina y Farnesia, que hablan sin escucharse, y, así, Capitolina emite frases disparatadas con un doble sentido sexual que juega con las variaciones del lenguaje popular hispanoamericano: "Hacen cajeta en Celaya y panochitas en Puebla. Niégueme usted eso! Atrévase!" (p. 81).[57] Estos juegos tienen un propósito serio cuando la invasión cultural norteamericana se manifiesta en que los nombres de lugares y figuras consagrados adquieren la ortografía fonética en

[56] Miramar era la sede de Maximiliano, "emperador" de México impuesto por Luis Bonaparte con la ayuda de conservadores como Miguel Miramón. "Maromero" en su sentido figurativo se refiere a un político que varía de opinión o partido según las circunstancias.

[57] Estos diálogos de sordos quizás sugieran la "ignorancia mutua" que separa a las culturas latinoamericanas a partir de la crisis de los ochenta. Véase Tapia, p. 276.

inglés: así por ejemplo Cuauhtémoc pasa a ser "Whatamock", y Juárez "Warehz". Como declara el propio Fuentes, lo único que tiene Cristóbal es el lenguaje, y es así como el lenguaje y la historia se encuentran para reinventarse en la frontera entre la tradición y la modernidad.[58]

La visión que tiene Fuentes del lenguaje innovador (y, sobre todo, del lenguaje humorístico) como fuerza socialmente desestabilizadora coincide con la noción bajtiniana de lo carnavalesco. En su análisis del papel del discurso carnavalesco en el desarrollo de la novela, Bajtín destaca la importancia del folclor y las fuentes cómicas populares, y sostiene que la risa ritual "destruyó la distancia épica, comenzó a investigar al hombre libremente y con familiaridad, a darle la vuelta del revés, a exhibir la disparidad entre su superficie y su centro, entre su potencial y su realidad", lo cual introdujo una "autenticidad dinámica" en la imagen de la humanidad.[59] Bajtín define el carnaval como un espacio en el cual "se suspenden las leyes, prohibiciones y restricciones que determinan la estructura y el orden de la vida [...] ordinaria [...] El carnaval es el ámbito en el cual se pone en práctica, mediante una actuación deliberadamente sensual, medio real y medio simulada, un *nuevo modo de interrelación* entre los individuos que se contrapone a las todopoderosas relaciones socio-jerárquicas de la vida no carnavalesca".[60] Una de las manifestaciones típicas del discurso carnavalesco la constituye la combinación dionisiaca de opuestos diametrales: lo sagrado y lo profano, la comida y los excrementos, la risa y las lágrimas. Este quebrantamiento de las divisiones binarias es especialmente evidente en *Cam-*

---

[58] Ferman, p. 101.
[59] Bajtín, *The Dialogic Imagination*, p. 35.
[60] Bajtín, *Problems of Dostoievsky's Poetics*, pp. 122-123. Véase también Kristeva, *Kristeva Reader*, p. 49.

bio de piel, cuyo narrador define a la novela como una "imposible fiesta" y un "Happening personal", y cuya estética *pop* ha sido reconocida por el propio Fuentes.[61] Al infringir el código tácito de la narración, el autor disuelve el carácter de objeto del texto, facilitando así que se convierta en "novela de consumo inmediato: recreación", una experiencia que puede ser compartida por el lector. De modo análogo al acto de la lectura, *Cambio de piel* está estructurada como un paréntesis en el tiempo, una suspensión del orden normativo. La naturaleza carnavalesca de la obra no es, sin embargo, gratuita. Al hablar de los predecesores de la novela polifónica, Bajtín observa que la parodia es un recurso que obliga al espectador a "experimentar aquellos aspectos del objeto que normalmente no están incluidos en un género o estilo determinado". La parodia induce una "permanente risa regeneradora" que proporciona una visión múltiple de la realidad imposible de alcanzar por medio del texto unívoco.[62] Al mismo tiempo, sin embargo, la risa carnavalesca es más que una parodia, porque es a la vez trágica y cómica: es una exploración del lenguaje y por tanto una rebelión contra la historia y su representación. Como declara Bajtín: "El pensamiento carnavalesco también habita el ámbito de las preguntas esenciales, pero no les otorga una resolución abstractamente filosófica o religiosamente dogmática; [sino que] las escenifica bajo la forma deliberadamente sensual de actos e imágenes carnavalizados".[63] En *Cambio de piel* hay varios pasajes donde la narración carnavalesca a nivel discursivo oculta un subtexto más profundo:

[61] Esta visión de Fuentes del "happening" personal tiene mucho en común con la noción de lo sagrado de Roger Caillois y de los surrealistas disidentes del llamado Collège de la Sociologie (que también contaba con Georges Bataille y Michel Leiris, entre otros). Véase Clifford, p. 175.
[62] Bajtín, *The Dialogic Imagination*, p. 55.
[63] Bajtín, *Problemas de la poética de Dostoievski*, p. 189.

¿Qué tal si el güerito J. C., nuestro primer rebeldazo, hace las paces con Roma y los fariseos y se dedica a jugar al tute con Iscariote como en una película de nuestro mero Buñueloes o le entra al comercial jabonero con Pilatus Procter & Gamble? Lo que no le reconocen al Güero claveteado es que fue el primer sicópata, el primer tipo verdaderamente desordenado de la historia, que hoy andaría moto y en moto y bailaría watusi nomás para darle en la chapa a los beatos, y que eso de resucitar muertos y caminar por el agua y llevarse a todo trapo con las troneras del barrio era una manera de escandalizar, porque no hay otra manera de consagrar. Imagínate que J. C. hubiera maniobrado como el PRI o LBJ: ahí estaría todavía en Israel, metidito en su provincia y el Nuevo Testamento lo hubiera escrito Theodore White: "The Making of a Saviour, 32 A. D." [p. 263].

Bajo la superficie del lenguaje coloquial, es evidente que la imagen de Cristo es simultáneamente desacralizada y elevada. Su recontextualización imaginaria en el siglo XX lo transforma, para el narrador, en reflejo del dilema existencial contemporáneo. De este modo, la narración trasciende el plano único del discurso unívoco e ingresa en la ambivalente esfera de lo carnavalesco, mientras que las preguntas planteadas trascienden el punto de vista del autor y entran en relación dialógica con el lector, quien debe acudir a su propia realidad en busca de respuestas. Fuentes justifica el uso del lenguaje carnavalesco en la plasmación de ideas importantes, señalando que para abordar los males de la sociedad contemporánea es preciso que el lenguaje se exprese en su mismo nivel de realidad. En *Cambio de piel* hay un intento de

> legitimizar toda la vulgaridad, el exceso y la impureza de nuestro mundo [...] Vivimos en sociedades modernas maltratadas, inundadas de objetos, de mitos y aspiraciones de plástico y alu-

minio, y tenemos que encontrar los procedimientos, las respuestas, al nivel de esta realidad: tenemos que encontrar las nuevas tensiones, los nuevos símbolos, la nueva imaginación [...] Esa es la intención de la novela y por eso llega un momento en que se autodefine como "pop lit".[64]

La intención de la novela no es, pues, la literatura *pop* en sí misma, sino que los recursos tomados de los medios masivos de comunicación tengan por objeto transmitir una sensación de simultaneidad, una confluencia del tiempo y el espacio dentro del propio texto:

> Quisiera que *Cambio de piel* se leyese como dice McLuhan que se integra una imagen de televisión: a razón de tres millones de estímulos por segundo [...] En todo caso, en las coexistencias disímbolas de *Cambio de piel* no hay ni la azarosa voluntad del "pop art" (aunque en ciertos momentos fue estímulo), ni un intento de valorización. Prefiero hablar de un trayecto [...] de una circunvalación en la que el paso histórico de la cacería medieval de las brujas a la cacería moderna de los judíos, o el paso físico del ágora de Delos a un cuarto de baño de hotel, quisiera decir que el uno vale el otro, en el sentido de contaminarse, de reactivarse –y con la esperanza de que esa re-activación sea una sub-versión.[65]

Por consiguiente, la estructura de la novela determina una actitud ideológica hacia su contenido, un subtexto, una "sub-versión" que es, al mismo tiempo, "subversión" en sentido tanto político como estético, porque en el contexto latinoamericano lo político y lo estético operan conjuntamente. En *Gringo viejo,* Fuentes recrea un episodio de la Revolución durante el cual, tras instalarse en un salón de

---

[64] Rodríguez Monegal, "Carlos Fuentes", p. 47.
[65] Ullán, p. 341.

baile lleno de espejos en la hacienda que han ocupado, los campesinos se ven reflejados por primera vez (pp. 44-45). Efectivamente, a pesar de todos sus desengaños, la Revolución mexicana enseñó a los mexicanos a verse por primera vez: como todas las grandes revoluciones, provocó un instante de trágica conciencia en que "todos los hombres pudieron reconocerse en la vida de otros hombres".[66] Del mismo modo que los mexicanos deben arrancarse la máscara y reconocer su identidad subyacente, el lenguaje debe romper con la falsa retórica que ha ocultado la realidad de la colonización, la explotación y el imperialismo. A través del humor, el argot, los regionalismos, la dislocación de la sintaxis y las analogías previamente inexploradas, se contamina la sagrada retórica de la iglesia y la academia. Según Fuentes, una vez que se produce esta contaminación, la lectura unívoca queda eliminada.

Discurso literario e histórico

Fuentes considera la historia como un fenómeno polifacético que abarca todos los niveles de la realidad. No condena la historia, pero sí denuncia el discurso histórico, que ha funcionado como un sistema cerrado, diseñado por el poder y edificado sobre el sacrificio de los herejes, esas voces marginadas que conforman la historia "verdadera". Fuentes sostiene que ésta no es lineal y cronológica, sino simultánea y múltiple. La realidad histórica, tal como él la ve, es una totalidad cultural que no puede ser reducida a mecanismos psicológicos, políticos o económicos. El discurso histórico (épico) dominante, sin embargo, se manifiesta

---

[66] "Nuestras sociedades no quieren testigos", p. 7.

como cerrado porque ha intentado retratar el mundo actual como resultado de una progresión lineal y causal, justificando así lo más negativo de las acciones humanas. En contraste, al situarse en el ámbito de la imaginación, las voces marginadas o desacreditadas por el discurso histórico –las voces de los sueños, del mito y del arte– están capacitadas para romper las cadenas de la autoridad. Por este motivo, el arte, y especialmente la literatura, representa la realidad de un modo que reproduce con mayor fidelidad su naturaleza ambigua: "Sólo la poesía sabe enfrentar la realidad total, más allá de la acotada o reducida por el esquema ideológico, la ficha clínica, la necesidad política o la facticidad histórica".[67] Fuentes asegura que la literatura revela "lo real" que subyace tras el contexto comúnmente aceptado de la realidad: "Pues precisamente en nombre de la polivalencia de lo real, la literatura crea lo real, añade a lo real, deja de ser correspondencia verbal de verdades inconmovibles o anteriores a ella. Nueva realidad de papel, la literatura dice las cosas del mundo pero es *ella misma* una *nueva cosa* en el mundo".[68] El mundo de la ficción es, entonces, un componente esencial de la realidad, porque cada instancia imaginativa constituye una acción potencial, una historia inexplorada. Gracias a la imaginación se expanden los límites del mundo y, paralelamente, se transforma la realidad empírica. Para Fuentes, este precepto se halla ejemplificado en el *Quijote:* "Su esencia poética es definida por la pérdida, la imposibilidad, una ardiente búsqueda de la identidad, una triste conciencia de todo lo que pudo haber sido y nunca fue y, en contra de esta des-posesión, una afirmación de la existencia total en la realidad de la imaginación, donde todo lo que no puede ser encuentra, en virtud, preci-

---

[67] *Casa con dos puertas,* p. 60.
[68] *Cervantes,* p. 93.

samente, de esta negación fáctica, el más intenso nivel de la verdad".[69]

La visión que tiene Fuentes del discurso histórico está influida en gran medida por la obra de Giambattista Vico. En una entrevista de 1983, Fuentes comenta que Vico es "probablemente el primer filósofo que dice que *nosotros* creamos la historia. Nosotros, hombres y mujeres, creamos la historia, es *nuestra* creación, no la creación de Dios. Pero esto supone una cierta responsabilidad. Puesto que hemos hecho la historia, tenemos que imaginar la historia. Tenemos que imaginar el pasado".[70] Vico considera que la sabiduría poética es el mejor medio para interpretar los aspectos básicos de la existencia humana porque refleja con mayor exactitud el carácter espontáneo de la conciencia. Mientras que la orientación lineal y racionalista del discurso histórico aleja a la humanidad de la unidad original, la naturaleza pre-lógica del discurso literario la devuelve a un estado edénico. Fuentes opina que la función de la literatura no es repetir el pasado, sino instaurar un nuevo origen en el cual el tiempo cronológico del mundo occidental se funda con la configuración cíclica del tiempo indígena, dando lugar a una espiral poética donde las formas del pasado sean recuperadas en el presente para encaminarse así al futuro.[71] Esta recuperación del origen corresponde al concepto de los *ricorsi* de Vico, ese esfuerzo mediante el cual una nación retorna "a sus orígenes para asir de nuevo,

---

[69] *Cervantes,* pp. 81-82.

[70] Weiss, p. 106. En una entrevista de 1986 Fuentes reitera su deuda con Vico al declarar: "Me gusta la idea de Vico de que nosotros hacemos la historia y somos responsables de ella y procedemos en espirales; ascendiendo, sí, pero cargando con el bagaje de nuestra cultura, y de lo que nos integra como hombres y mujeres. Lo que somos y lo que hemos sido –y ésta es la virtud de Latinoamérica– es una sociedad policultural y multirracial" (Ventura, p. 33).

[71] *Tiempo mexicano,* p. 40.

en la órbita de las ideas, los principios de su propia vida y poder espontáneos".[72] Fuentes explora este pasado polifacético para comprender la realidad presente de su país. Según él, México "no está fatalmente abocado al tiempo de Pepsicóatl: el nuestro no es un país culturalmente huérfano; posee un rico acervo de donde extraer un nuevo modelo de desarrollo".[73] A través de la imaginación, a través de la literatura, a través de los *ricorsi,* estas reservas cobran vida.

El novelista es, entonces, el verdadero historiador, porque es capaz de ofrecer una visión de la realidad que ha sido silenciada por el discurso histórico: "Radical ante su propio pasado, el nuevo escritor latinoamericano emprende una revisión a partir de una evidencia: la falta de un lenguaje. La vieja obligación de la denuncia se convierte en una elaboración mucho más ardua: la elaboración crítica de todo lo no dicho en nuestra larga historia de mentiras, silencios, retóricas y complicidades académicas. Inventar un lenguaje es decir todo lo que la historia ha callado".[74] La literatura capta una realidad alternativa que le confiere un sentido universal a la experiencia humana: "El arte da vida a lo que la historia ha asesinado. El arte da voz a lo que la historia ha negado, silenciado o perseguido. El arte rescata la verdad de manos de las mentiras de la historia".[75] Al explorar posibilidades alternativas, la literatura tiene la capacidad de modificar la visión de la realidad del lector. La escritura es "una nueva herejía", una fuerza revolucionaria que continuamente ofrece una perspectiva nueva.

---

[72] Caponegri, p. 136.
[73] *Tiempo mexicano,* p. 41. Para un comentario más reciente sobre estas cuestiones, véase Parkinson, pp. 185-187.
[74] *La nueva novela,* p. 30.
[75] *Cervantes,* p. 82.

El lenguaje y el discurso científico

La realidad polivalente que late bajo el discurso histórico tiene su imagen especular en los cambios de percepción instigados por el discurso científico. En *Terra Nostra,* Fuentes muestra, por medio del personaje de Toribio, de qué manera el mundo medieval se vio transfigurado por la ciencia. Al observar la rotación de las esferas, Copérnico revolucionó la percepción humana: ya no se podía seguir aferrado al geocentrismo, ya no podía considerarse como inequívocamente verdadero un punto de vista único y privilegiado:

> El universo se dilata; se desmorona la idea triunfante del cosmos como diseño emanado de la Deidad y reaparecen las ideas soterradas de Heráclito y los herejes: la realidad es un flujo de formas en perpetua transformación [...] El centro desaparece de toda composición y se multiplican las visiones [...] herejes: la visión de la realidad deja de ser única e impuesta jerárquicamente; se escoge la realidad, se escogen las realidades [...] el hombre es Divino. ¿Y cuál es la realidad de este nuevo hombre? Marsilio Ficino la establece de un plumazo: "Todo es posible. Nada debe ser desechado. Nada es increíble. Nada es imposible. Las posibilidades que negamos son sólo las imposibilidades que desconocemos".[76]

A su vez, esta nueva realidad se traduce en el lenguaje y la literatura: la épica es desplazada por novelas polifónicas como el *Quijote,* en las cuales la lectura unívoca se desmorona y aparece una nueva figura literaria. Sin embargo, como observa Fuentes, la literatura refleja esta realidad polivalente sólo en la medida en que

---

[76] *Cervantes,* p. 25.

obliga a la realidad a someterse a lecturas plurales y visiones múltiples desde perspectivas variables. Precisamente en nombre de la polivalencia de lo real, la literatura crea la realidad, añade a la realidad, deja de ser una correspondencia verbal de verdades inconmovibles o anteriores a ella. Esta nueva realidad impresa, la literatura, habla de las cosas del mundo, pero la literatura, en sí misma, es una cosa nueva en el mundo.[77]

Del mismo modo que la revolución científica cambió la faz de la literatura en la época de Cervantes, la difusión de la reproducción mecánica en el siglo xx, tal como la ejemplifican el cine y especialmente la producción masiva, influyó sobre los escritores. La tecnología y la ciencia contemporáneas han engendrado una realidad que ya no es accesible con los modos tradicionales de percepción. Walter Benjamin consideraba que el cine era un medio potencialmente revolucionario en la medida en que admitía perspectivas diversas y concurrentes de un mismo objeto, y además, gracias a la simultaneidad de perspectivas narrativas, tenía la capacidad de modificar los hábitos de percepción. De manera optimista, veía el cine como un medio que, al fortalecer la voluntad de la humanidad para enfrentarse a los significados monolíticos y a la esclavitud política, "hizo saltar ese mundo carcelario".[78] Aunque no llegó a efectuar el cambio social postulado por Benjamin, el cine sí tuvo un impacto en la conciencia del público del siglo xx al introducir una nueva versión de la concepción mítica del tiempo y el espacio simultáneos.

El estrecho vínculo de Fuentes con el cine se ve también en su simpatía por el surrealismo, no sólo en cuanto técnica subversiva, sino por lo que dicha técnica implica: el poder de provocación del arte, tal como lo ejemplifican sobre

[77] *Myself with Others*, p. 68.
[78] Benjamin, *Discursos interrumpidos,* p. 47.

todo las películas de Luis Buñuel. Fuentes señala que en una ocasión Breton definió a México como la tierra predilecta del surrealismo, por percibir en este país la unión de los opuestos y la insatisfacción con el orden establecido. Al combinar las imágenes mediante analogías inesperadas y emplear un discurso discontinuo e irregular, el emisor convoca al receptor a especular críticamente sobre la relación dialéctica entre los diversos elementos, incitándolo de ese modo a examinar el mundo que hasta entonces había aceptado sin cuestionarlo. En su ensayo "Luis Buñuel: el cine como libertad", Fuentes elogia las películas de Buñuel porque le devuelven al espectador la libertad trágica y la responsabilidad moral del ser humano que el poder institutionalizado le ha arrebatado:

> [...] creo que el modo auténtico de Buñuel es el final abierto, la historia inconclusa, la devolución de la responsabilidad a su sitio pristino: la conciencia y la imaginación de cada espectador [...] en manos de Buñuel el cine es libertad también por esto: porque es capaz de entregar su visión desarmada, en manos de nuestra posible libertad. Entonces podemos empezar a preguntarnos, honestamente, no en qué consiste la responsabilidad del artista, sino en qué consiste nuestra responsabilidad.[79]

En las sociedades primitivas el universo se limita a aquello que es perceptible por los sentidos. En la cultura contemporánea, en cambio, la humanidad encuentra que su existencia se apoya en fenómenos accesibles sólo mediante la imaginación, en entidades y acontecimientos intangibles, microscópicamente pequeños o telescópicamente grandes. El concepto de realidad empírica definido por la ciencia se vio nuevamente revolucionado por la teoría cuántica, que

---

[79] *Casa con dos puertas,* pp. 213-214.

cuestionó las viejas nociones de causalidad y determinismo físico. La física cuántica, y sobre todo el principio de indeterminación de Werner Heisenberg, devolvieron el concepto de potencialidad a las ciencias físicas y tuvieron por ello implicaciones tanto ontológicas como epistemológicas. La teoría cuántica propone un mundo regido por el azar y la multiplicidad: por ejemplo, un electrón puede comportarse a veces como una partícula y a veces como una onda. La gama de actividades que sustentan el universo no puede ser explicada por una sola teoría y sin embargo obedece a cierto orden: estas actividades están al mismo tiempo indeterminadas e interrelacionadas. En las novelas de Fuentes es palpable un mecanismo análogo, el cual explica su tensión dinámica: la narración parece serpenteante y caótica, incurre en digresiones y los personajes son difíciles de seguir, pero al final del texto se puede discernir cierta pauta: la información clave se repite, se conectan personajes que parecían no guardar ninguna relación entre sí y el viaje llega a término. En su análisis de *Cristóbal Nonato,* Leticia Reyes-Tatinclaux observa que esta dialéctica de orden/desorden está estipulada de antemano en lo estructural por la interacción del "adentro", la matriz (y la mente del autor, la cual es también generadora), y el "afuera", el mundo al borde del apocalipsis (y la mente del lector), dialéctica que puede extenderse a la que se da entre el orden interno del texto y el desorden exterior del universo, de la realidad percibida.[80]

William Siemens sugiere que la denominación de "Elector" para el lector en *Cristóbal Nonato* puede aludir al principio de Heisenberg ya que, "del mismo modo que en los procesos físicos la realidad depende de cómo *elige* montar

---

[80] Reyes-Tatinclaux, p. 100.

los instrumentos de medición el investigador, la naturaleza de un texto literario emergente depende de cómo elige interpretarlo un 'elector' determinado".[81] Al comentar el problema filosófico de la imprecisión intrínseca de las palabras para describir los objetos que representan, Heisenberg apunta que "cualquier tipo de conocimiento, sea o no científico, depende de nuestro lenguaje, de la comunicación de las ideas".[82] La brecha entre la palabra y el objeto aumenta aún más cuando el científico intenta hallar palabras para describir fenómenos que carecen de referente en la expresión ordinaria. El lenguaje cotidiano sólo puede formular de manera aproximada conceptos de la física contemporánea como "partículas subatómicas", "masa cero" o la raíz cuadrada de menos uno. Heisenberg considera que estas definiciones se sitúan en el filo de la racionalidad, que es precisamente donde comienza la creatividad. Este lenguaje, en el cual la palabra se abre a significados plurivalentes y las nociones simplistas de causa y efecto han sido revolucionadas, coincide con el ideal expresado por Fuentes de un lenguaje que sea una "contradicción en movimiento de posibilidades concretas: no como un transitorio optimismo dogmático, sino como una confrontación dialéctica permanente, a través de la palabra".[83]

La teoría de Heisenberg apunta al potencial creativo del lenguaje para adaptarse a la realidad: "en el proceso de expansión del conocimiento científico también el lenguaje se expande; se introducen nuevos términos y los viejos son

---

[81] Siemens, "Chaos and Order", p. 213. Para un análisis más detallado sobre la relación entre el lenguaje y la física cuántica, véase Merrell.
[82] Heisenberg, p. 144. Para más información sobre el componente epistemológico de la filosofía de la física contemporánea, véase la introducción de F. S. C. Northrop a la obra de Heisenberg, *Physics and Philosophy*.
[83] *La nueva novela*, p. 35.

aplicados en un campo más amplio o al menos de modo diferente al lenguaje ordinario";[84] o, como declara el narrador en *Cristóbal Nonato,* "el lenguaje es el fenómeno y la observación del fenómeno cambia la naturaleza del mismo" (p. 72). En *Cristóbal Nonato,* Fuentes aborda otra de las graves implicaciones epistemológicas de las teorías científicas del siglo XX, la de la relación entre el observador y lo observado (p. 561). Antes del desarrollo de la mecánica cuántica, se suponía que el margen de error en los datos directamente observables podía ser casi descartado si el experimento se repetía suficientes veces. En contraste, Heisenberg afirmó que "la observación juega un papel decisivo en el acontecimiento y [...] la realidad varía dependiendo de si la observamos o no". A lo sumo, se puede calcular la "probabilidad" de obtener cierto resultado, pero el cálculo de probabilidades no puede limitarse a un único acontecimiento sino que debe aplicarse a "un conjunto completo de posibles acontecimientos [...] La misma observación modifica el cálculo de probabilidades de manera discontinua; de entre todos los posibles acontecimientos selecciona el que realmente ha tenido lugar [...] Por tanto, la transición de lo 'posible' a lo 'real' tiene lugar durante el acto de observación".[85] Esto sugiere una interacción entre sujeto y objeto análoga a la que existe entre lector y texto: es la *percepción la que crea el objeto.*

Hacia un nuevo lenguaje

Fuentes afirma que el nuevo lenguaje "está en proceso de descubrirse y de crearse y, en el acto mismo de descubrimiento y creación, pone en jaque, revolucionariamente,

[84] Heisenberg, p. 173.
[85] *Ibid.,* pp. 52 y 54.

toda una estructura económica, política y social fundada en un lenguaje verticalmente falso".[86] El escritor revolucionario vuelve a las raíces del idioma, al lenguaje "intocado" anterior a su apropiación por el sistema: de este modo la creación de un lenguaje se convierte en una "prueba del ser" y la novela en un "acta de nacimiento, como negación de los falsos documentos del estado civil que hace poco encubrían nuestra realidad".[87] Este descubrimiento/creación del lenguaje está ejemplificado en *Cristóbal Nonato,* una novela en la que "combaten todos los lenguajes" (p. 25): el español, el inglés, el italiano, el francés, el náhuatl y las síntesis inventadas de éstos, el "espanglés", el "angloñol" y el "ánglatl". Fuentes subraya la importancia de los juegos lingüísticos en la novela:

> El lenguaje es insuficiente, en efecto, y esto es algo que yo vengo viendo desde hace mucho; y de allí el lenguaje de *Cristóbal Nonato,* precisamente, que es un intento de adaptarse a las mutaciones calcónicas de una realidad que avanza con mucha más rapidez que la capacidad verbal para aprehenderla. En *Cristóbal Nonato* hay una acumulación de lenguajes, una búsqueda de conexiones con otros lenguajes, incluso extranjeros, una crítica del lenguaje propio, toda suerte de mutaciones carnavalescas del lenguaje, palabras portmanteau a la Joyce, la invención de lenguajes, la mezcla imposible del inglés y el azteca, o la mezcla de francés y español, una serie de acoplamientos monstruosos como puede ser el del águila y el toro. ¡O el águila y la serpiente![88]

Al trascender los límites del idioma castellano –y todo lo que éste significa como vestigio de la hegemonía española

---

[86] "Nuestras sociedades", p. 8.
[87] *La nueva novela,* p. 65.
[88] Ortega, "Carlos Fuentes: para recuperar", p. 640.

en las Américas– la invención de un nuevo lenguaje supone una forma de descolonización, una saludable profanación y una contaminación de las tradiciones españolas. En *La nueva novela hispanoamericana,* Fuentes sostiene que "esta resurrección del lenguaje perdido es uno de los signos de salud de la novela latinoamericana",[89] y en *Cristóbal Nonato* el narrador elogia esos "carnavales verbales" cuya intención es "darle en la ídem a todos los lenguajes oficiales, terminados, acabados, a todas las expresiones que pretenden el buen gusto [...] para que sepan cuántos que ya no hay nada estable, perenne, ni siquiera el encabronamiento español" (p. 411). El orden establecido tiende a simplificar el mundo definiéndolo de acuerdo con dicotomías irreconciliables, pero cuando se introduce una anomalía, se produce la indeterminación. El mundo se ve ahora de forma diferente, no en términos de "A o B" sino de "A y/o B". Fuentes ve el texto literario como una fuerza mediadora entre la estructura sincrónica y el acto diacrónico del lenguaje, entre el lenguaje tal como ha sido utilizado y los medios por los cuales puede ser transformado, entre las reglas generales y las obras individuales. Es en este punto donde el uso revolucionario del discurso literario permite transformar el sistema semántico y por consiguiente la manera en que el destinatario percibe y concibe el mundo.

Fuentes es consciente del poder del lenguaje para hacer frente al sistema imperante. El papel del escritor es elucidar la verdadera naturaleza del signo oculta bajo las palabras del lenguaje institucionalizado, de tal modo que la sociedad pueda adquirir conciencia de su realidad política y social: "La corrupción del lenguaje latinoamericano es tal, que todo acto de lenguaje verdadero es en sí revoluciona-

---

[89] *La nueva novela,* p. 30.

rio. En América Latina [...] todo escritor auténtico pone en crisis las certidumbres complacientes porque remueve la raíz de algo que es anterior a ellas: un lenguaje intocado".[90] Como el discurso oficial adultera "lo real", el escritor debe otorgarle un nuevo significado a la realidad, para así "devolver al lenguaje su función reveladora y liberadora". La función de la literatura es crear otro lenguaje que fomente una perspectiva política nueva y le permita al lector desentrañar lo que subyace tras el discurso oficial y la retórica burguesa. En *Cervantes*, Fuentes habla de un proceso de "desyoización" por el cual el lenguaje se transforma en producto colectivo, rompiendo así con la noción de creación exclusiva. Puesto que está fundado en el lenguaje, el texto deja de pertenecer a un solo individuo para pasar a formar parte de la comunidad en su conjunto, convirtiéndose en un territorio donde tanto el autor como el lector participan en la "labor dinámica y perpetuamente inacabada, que consiste en crear al mundo creando la historia, la sociedad, la literatura".[91]

---

[90] "Nuestras sociedades", p. 9.
[91] *Valiente mundo nuevo*, p. 36.

II. EL MUSEO IMAGINARIO: REPERTORIO Y TRANSTEXTUALIDAD

> Conocía la historia. Ignoraba la verdad.
>
> Carlos Fuentes, *Los años con Laura Díaz*

El narrador puede actuar como intermediario entre el lector y el mundo fictivo, pero el modo en que el lector percibe este mundo depende en gran medida de la "voz interna de la tradición", ese *repertorio* que conforma su conciencia literaria. Por consiguiente, y puesto que existen varios grados de competencia interpretativa que pueden afectar el nivel de comunicación, el proceso por el cual se presente el ámbito textual trasciende la mera aprehensión de la construcción verbal del texto. El acto de la lectura implica dos fases de comprensión: la primera, que corresponde al nivel más básico, depende de la "competencia lingüística"; la segunda, y más compleja, requiere la "competencia literaria". Para Michael Riffaterre, toda lectura está delimitada por el conjunto de signos entrelazados que componen la "matriz" semiótica del texto y cuya ambigüedad debe ser descifrada durante el proceso de interpretación.[1]

Para este proceso resulta fundamental la noción dialógica de interacción textual (Bajtín), su *intertextualidad* (Kristeva), *extratextualidad* (Mukarovsky) o *transtextualidad* (Genette). La transtextualidad puede verse como una activación mutua que altera la interpretación tanto del texto en cues-

---

[1] Riffaterre, *Semiotics of Poetry*, pp. 4-6; "Interpretation and Undecidability", p. 238.

tión como de sus precursores. Según señala Borges, se trata de una relación recíproca: "El hecho es que cada escritor *crea* a sus precursores. Su labor modifica nuestra concepción del pasado, como ha de modificar el futuro".[2] Este aspecto de la literatura es central en la estética de Fuentes, como él mismo reconoce: "Los libros se escriben porque han sido escritos otros libros: todo libro es hijo de otros libros, todo libro prosigue a otros libros y anticipa a otros [...] Hay una cadena genésica en la literatura que es imposible romper: de Homero a Joyce, todo es influencia, contaminación".[3] Al mismo tiempo, y puesto que el eje de esta actividad lo constituye el lector, quien debe descodificar –y a veces recodificar– las referencias textuales, la transtextualidad podría definirse de manera más precisa, siguiendo a Hutcheon, como un diálogo "entre el lector y su *memoria* de otros textos, tal como la despierta el texto en cuestión".[4]

El reconocimiento de elementos externos pone al lector en condiciones de situar el texto que está leyendo dentro de un contexto referencial y gracias a ello puede alcanzar una visión más compleja que la articulada explícitamente por el autor. Para poder activar sus conocimientos extratextuales, el lector debe también ser capaz de percatarse de las implicaciones de la deformación o recontextualización del transtexto. Así, la "competencia literaria" a la que alude Riffaterre se actualiza a su vez en dos etapas: en la más elemental, el lector debe reconocer ciertas convenciones y motivos, mientras que en la segunda debe procesar el significado de la reorganización y recontextualización de los mismos. Mediante este proceso las convenciones sobresalen para que el lector se las pueda replantear:

[2] Borges, p. 148.
[3] Fortson, p. 32.
[4] Hutcheon, *A Theory of Parody,* p. 87, cursivas mías.

Por lo que respecta al lector, se ve obligado a desentrañar por qué ciertas concepciones han sido seleccionadas para que recaiga la atención sobre ellas. Este proceso de descubrimiento tiene el carácter de una acción performativa, por cuanto saca a la luz las motivaciones que rigen la selección. En este proceso, el lector es guiado mediante diversas técnicas narrativas [...] las estrategias del texto. Estas estrategias corresponden a los *procedimientos comúnmente aceptados* de los actos de habla, en la medida en que lo orientan en su búsqueda de las intenciones que subyacen a la selección de las convenciones. Pero difieren de los *procedimientos comúnmente aceptados* en que se combinan para frustrar las expectativas establecidas o las expectativas que ellas mismas establecieron originalmente.[5]

Para conseguir una interacción dinámica entre lector y texto, entonces, las referencias transtextuales no pueden limitarse a reproducir lo que los lectores ya saben, sino que deben servir más bien como un punto de partida que los lleve en nuevas direcciones, obligándolos así a examinar las normas que hasta entonces habían aceptado sin cuestionar: el "estar presente" del texto literario "tiene el carácter de lo que transcurre, en cuanto que lo conocido ya no es mencionado y lo pretendido no está formulado. Mediante esta situación dinámica provisional, se vigoriza el valor estético del texto".[6] Al modificar la percepción que tiene el lector del discurso establecido, la transtextualidad, sobre todo cuando aparece combinada con otros recursos metatextuales, tiene un potencial revolucionario por cuanto cuestiona, revisa y a veces incluso desmantela las intenciones de sus precursores y, con ello, la clausura ideológica

---

[5] Iser, "The Reality of Fiction", p. 14. Sobre los actos de habla, véase Austin y Searle. Irónicamente, el lenguaje literario fue excluido de los análisis de Austin y Searle debido a su naturaleza inestable.

[6] Iser, *Acto*, p. 119.

que acompaña a la interpretación unívoca. Como señala Kristeva, independientemente de lo "directa" que pueda ser, la transtextualidad se ve siempre de alguna manera transformada, distorsionada, desplazada o corregida de acuerdo con el sistema de valores de la voz narrativa.[7]

Las estrategias de activación textual pueden ser establecidas por el autor en muchos niveles y, como éstos aparecen a menudo superpuestos en la narrativa contemporánea, no siempre puede aplicarse una clasificación rígida. Para el propósito de este análisis me limitaré a dos categorías de activación transtextual, que denominaré *imitativa* e *inversa*. La primera, que incluye la alusión, la cita y el pastiche, es una estrategia de integración por la cual los textos previos se conservan intactos pero recontextualizados. La transtextualidad inversa, por su parte, que incluye la ironía y la parodia, no transcribe el texto original, sino que lo altera mediante una deformación crítica –pero no necesariamente peyorativa– del texto anterior.[8]

Esté o no esté explicitada en el texto, la transtextualidad imitativa corresponde a la activación simultánea de otro texto que se produce al mencionarlo, ya sea directamente, como cuando el narrador de *Cambio de piel* alude al ejemplar de *Rayuela* que utiliza como almohada (p. 379), o indirectamente, como en el pastiche de *Cien años de soledad* que elabora Fuentes en *Terra Nostra* al reiterar la reconocible construcción de García Márquez "Muchos años después [...] había de recordar" (pp. 259 y 595). Las citas directas, al igual que las alusiones, ayudan al lector a ubicar la referencia en el contexto de otras que ha leído, puesto que muestran claramente la intención del autor. Al citar textualmen-

---

[7] Kristeva, *Révolution du langage poétique,* pp. 343-357.
[8] Este concepto se relaciona con el de la "deformación coherente" de Merleau-Ponty. Véase en particular pp. 54 y 78.

te sus fuentes, el autor permite que el lector capte inmediatamente la conexión que pretende instaurar. En otros casos, sin embargo, la transcripción de otros textos desempeña una función más dinámica: al ser alterado y colocado en un nuevo contexto, tanto el texto precursor como el nuevo son sometidos a una reevaluación.

Hallamos un ejemplo de la transtextualidad imitativa que sirve únicamente para orientar al lector en *Terra Nostra*, donde la repetición del célebre "Tan largo me lo fiáis" ayuda a identificar al personaje de Juan con el legendario Don Juan. Esta conexión se ve reforzada cuando, tras la muerte de Juan, Ludovico encuentra en la pared un trozo de papel que dice: "Advierten los que de Dios / juzgan los castigos tarde, / que no hay plazo que no llegue / ni deuda que no se pague" (p. 539). Las palabras de Tirso de Molina se reproducen casi textualmente: sólo se ha reemplazado el adjetivo "grandes" por "tarde".[9] En otra sección de la novela se da una recontextualización más significativa: se duplican, palabra por palabra, versos de *El sueño* de Sor Juana Inés de la Cruz (pp. 1-4 y 111-122) pero, al estar dispuestos en un orden distinto al original, son calificados de traicioneros por Felipe (p. 744). Fuentes despierta la atención del lector citando los conocidos primeros versos del poema ("Piramidal, funesta, de la tierra [...] "), pero luego combina el final de la estrofa que se refiere al rey con la que alude al mito de Acteón. Al intercalar las dos figuras, modifica el sentido original del texto. Por consiguiente, estas referencias no son simplemente imitativas, sino funcionales. Una alusión puede provocar una reacción contra el sistema anterior, pero, una vez integrada en un nuevo contexto, genera un significado nuevo. Es por medio de este recurso como las refe-

---

[9] Grau, p. 115.

rencias transtextuales provocan un cambio a nivel ideológico.

La transtextualidad inversa le exige habilidades adicionales al lector, porque éste no sólo debe ser capaz de identificar las referencias, sino que también debe deducir su función en el texto. Como declara Hutcheon: "Aunque toda comunicación artística sólo puede darse en virtud de acuerdos tácitos entre codificador y descodificador, lo que caracteriza la estrategia propia de la parodia y la ironía es que sus actos de comunicación no pueden considerarse acabados si la precisa intención codificadora no es reconocida por el receptor".[10] Ziva Ben-Porat define la parodia como la "supuesta representación, generalmente cómica, de un texto literario u otro objeto artístico, es decir, una representación de una 'realidad modelada', que a su vez es una representación concreta de una 'realidad' original". En contraste, la sátira es una "representación crítica, siempre cómica y a menudo caricaturesca, de la 'realidad no modelada', es decir, de los objetos reales (su realidad puede ser mítica o hipotética) que el receptor reconstruye como referentes del mensaje".[11] Así, mientras que la parodia suele limitarse a otros textos, la sátira puede tocar las costumbres, las actitudes y las estructuras sociales.

Puesto que ambas hacen uso de la ironía, la parodia y la sátira a menudo coexisten en el mismo texto. Sin embargo, no son sinónimas. Aunque ambas tienen una intencionalidad ideológica, la sátira suele emplearse para distorsionar el objeto de un modo negativo. Hutcheon observa que ya no es posible limitar la parodia (ni tampoco, en realidad, la sátira) al objetivo de ridiculizar, sino que debe ser considerada como una "inversión" o "transcontextualización" iróni-

[10] Hutcheon, *A Theory of Parody*, p. 93.
[11] Ben-Porat, pp. 247-248.

ca, no necesariamente a costa del texto parodiado. En este sentido, la apropiación de un texto se convierte en una "confrontación estilística, una recodificación moderna que introduce la diferencia dentro de la semejanza".[12] Por ejemplo, en *Cristóbal Nonato,* donde Fuentes utiliza abundantemente la parodia y la sátira, cuando Ángeles traduce el célebre "To be or not to be" de Hamlet como "Ser o qué?" y "Estar o no?" (p. 345), la intención del autor es paródica pero no necesariamente una burla de Shakespeare. En contraste, la pomposa verborrea del tío Homero o la caricatura de la pedantería de los críticos Emilio Domínguez del Tamal y Egberto Jiménez-Chicharra tienen una intención de censura. Así, mientras el crítico marxista Emilio cae en una veneración disparatada de un bolillo, el igualmente ridículo Egberto medita sobre su ponencia para el próximo "Primer Congreso de la Novísima Última y Reciente Literatura Hispanoamericana que Nunca Envejece y Siempre Sorprende" con una jerga exageradamente estructuralista: "[...] lo sedujeron, literalmente, con un discurso cuyo referente estaba, d'ailleurs, ailleurs, en la otredad de una literatura que se hacía, metonímicamente, al nivel de la estructura sintagmática pero también, semánticamente, en pretericiones sucesivas que constituyen constelaciones sustantivadoras sin sacrificio de la indicada preterición. Dibujó un diagramita en la miel derramada sobre el plato de waffles" (p. 215). No deja de ser significativo que los dos críticos mueran, junto con los turistas estadunidenses y un grupo de insípidas modelos, a consecuencia de la serie de desastres que precede al apocalipsis final en forma de "ola de caca" que destruye Acapulco.

Como ilustra este ejemplo, la sátira puede ser cómica sin

---

[12] Hutcheon, *Theory of Parody,* p. 8.

ser necesariamente burlesca. De hecho, la crítica que propone puede lindar con lo trágico o, como señala Kristeva refiriéndose a lo carnavalesco, puede ser cómica y trágica a la vez.[13] Otro ejemplo de esto se encuentra en un pasaje de *Terra Nostra* en el que Isabel, impedida por la falda abombada que usa, se cae en el patio del palacio y debe permanecer allí 33 días hasta que regrese su marido, porque nadie más puede tocar a la reina. Mientras está tendida en el suelo, un ratón se introduce en la falda y la viola (pp. 167-168).[14] Este humor negro se torna trágico cuando, unas páginas después, se descubre que la misma escena fue representada por la madre de Felipe, pero en su caso una jauría de perros le destrozó las piernas, que tuvieron que ser amputadas (p. 189). La subversión de los códigos reales y del fervor religioso con que la reina vieja acoge su castigo no es un alarde de humor gratuito a costa de los reyes medievales: la intención de Fuentes es reflexionar sobre este tipo de absurdos tal como suceden hoy en día. Al poner de relieve el lado serio de la sátira, se desencadena una transformación dialéctica entre lo cómico y lo trágico que cataliza el cuestionamiento del lector. Por consiguiente, la reevaluación de otros textos, ya sea por medio de una estrategia imitativa o inversa, obliga al lector a reconsiderar no sólo discursos anteriores, sino también el contexto en que fueron escritos. El *Quijote* no critica solamente las novelas de caballerías, sino todo el código caballeresco del cual emergieron; asimismo, *Terra Nostra* no sólo revisa la España de los Habsburgos sino el compendio total de la cultura hispánica que hace posible este orden social. Como señala Hutcheon en su análisis de la parodia: "Parodiar no

---

[13] Kristeva, *Kristeva Reader,* p. 49.
[14] Posteriormente, Isabel llama al ratón su marido y lo responsabiliza de estar poseída por fuerzas satánicas.

significa destruir el pasado; en realidad, parodiar implica tanto entronizar el pasado como cuestionarlo. Y ésta es la paradoja posmoderna".[15]

"Cambio de piel"

Fuentes ha declarado que aunque la intertextualidad es una "obsesión" en toda su obra, *Cambio de piel* constituye su primera indagación en la transtextualidad de la parodia.[16] Esta novela supone una ruptura con su obra anterior por cuanto es una "novela de la experiencia literaria [...] en *Cambio de piel* el propósito del narrador es crear dos, tres, cuatro, cinco instancias infinitas de ficción, establecer que lo que estamos presenciando es una novela que es una novela sobre una novela, sobre una novela, sobre una novela, sobre una novela".[17] Dentro del mundo ficcional de *Cambio de piel* se invierten los modos tradicionales de percepción: el mundo de la literatura se convierte en realidad concreta y el mundo real se desmaterializa, transformándose en espejismo. De este modo, la literatura propone una alternativa a la historia y, a la vez, se apropia del discurso histórico para recrearlo y con ello alterar el futuro. Éste, sin embargo, sólo puede ser sugerido por el texto; para que se actualice como objeto estético requiere la colaboración del lector. El anuncio en la primera página de que "Terminado, el libro empieza" apunta, por lo tanto, no sólo al desafío a las convenciones normativas postulado por la novela, sino también al potencial del texto para comprometer al lector.

La novela se centra en un solo día, el 11 de abril de 1965,

---

[15] Hutcheon, "Historiographic Metafiction", p. 6.
[16] Tittler, p. 55.
[17] Doezema, pp. 494-495.

domingo de Ramos, y en un solo escenario, Cholula, pero a medida que se relatan acontecimientos del pasado, el presente y el futuro ficcional, se abre para incluir coordenadas geográficas tan diversas entre sí como la Ciudad de México, Buenos Aires, Praga, Nueva York, Xochicalco y Falaraki. El enfoque se expande aún más cuando el narrador combina acontecimientos y estados de conciencia del presente con sucesos de otras épocas (pp. 1349, 1368, 1392, 1573-1585) y lugares (San Luis Potosí, Nevada, Missouri, la Francia medieval) presuntamente recogidos en "el periódico de hoy" (p. 57) como si acabasen de ocurrir. Pese a la insistencia del narrador en señalar con precisión periodística el momento y el lugar en que suceden estos episodios, su convergencia nos lleva a una dimensión de la realidad situada fuera del proceso histórico, donde todos los mundos son simultáneos. "Acá o allá, da lo mismo", afirma, "[...] no salimos nunca de este día" (p. 105).

La novela es un *collage* de referencias transtextuales, que van desde la versión de Bernal Díaz del Castillo de la masacre de Cholula y alusiones a los réquiems de Brahms y Verdi, hasta el cine y la música pop. Hay también referencias a las obras del propio Fuentes: el segundo libro de Javier –el único que tiene éxito– es una novela corta sobre el amor reencarnado al estilo de *Aura,* que más tarde se descubre que se la robó a "Vasco Montero", el amante de Elizabeth. Al yuxtaponer imágenes de otras obras, el autor desencadena múltiples asociaciones que derivan, no del propio texto, sino de la relación entre el texto original y el nuevo contexto al que ha sido incorporado. Esta recontextualización se insinúa claramente desde las primeras páginas de la novela, donde se intercalan escenas de la Cholula actual con el relato de Díaz de la conquista del siglo xvi:

Hoy, al entrar, sólo vieron calles estrechas y sucias y casas sin ventanas, de un piso, idénticas entre sí, pintadas de amarillo y azul, con los portones de madera astillada [...] ¿Dónde estarían sus moradores? Tú no los viste. Él ve a cuatro macehuales que llegan a Tlaxcala sin bastimento, con la respuesta seca. Los caciques están enfermos y no pueden viajar a presentar sus ofrendas al teúl. Los tlaxcaltecas fruncen el entrecejo y murmuran al oído del conquistador: los de Cholula se burlan del Señor Malinche [...] Cortés, con la camisa abierta al cuello y el pelo desarreglado, se sujeta el cinturón y ordena a sus lenguas agradecer las ofrendas de Cholula [...] Jerónimo de Aguilar, botas cortas y pantalón de algodón. Marina, trenzas negras y mirada irónica.

¿No vieron hoy a sus hijos? [pp. 11-12].

La sensación de simultaneidad en este pasaje se ve reforzada por el hecho de que los sucesos de 1965 se recuerden en el pasado, mientras que la masacre del siglo XVI es relatada en el presente. Aunque la evocación de Fuentes no es una transcripción directa de la *Historia verdadera de la conquista de la Nueva España* (en realidad, Díaz refutó las acusaciones de crueldad dirigidas contra los españoles), su resumen del acontecimiento tiene evidentes ecos de los capítulos LXXXII y LXXXIII de Díaz:[18]

Habiéndonos recebido tan solemnemente como dicho tengo [...] sino que después paresció envió a mandar Montezuma a

---

[18] Fuentes ha comentado que considera *La historia verdadera* la primera novela latinoamericana. La crónica de Díaz también puede distinguirse de las de sus contemporáneos en que, en lugar de dirigirse exclusivamente al rey, a menudo habla a "los curiosos lectores". Fuentes regresa a la crónica de Díaz en *El naranjo* (1994). Para más detalles sobre la valoración de Díaz que hace Fuentes, véase el capítulo que le dedica en *Valiente mundo nuevo,* pp. 72-96. Para una versión más explícita de los excesos de los españoles, véase López de Gómara, *Historia de la conquista de México,* pp. 195-197, y Las Casas, "Brevísima relación de la destrucción de las Indias", *Tratados de Fray Bartolomé de las Casas,* especialmente vol. I, pp. 69-71.

sus embajadores que con nosotros estaban que tratasen con los de Cholula que con un escuadrón de veinte mil hombres que envió Montezuma, que tenía apercibidos para en entrando en aquella ciudad que todos nos diesen guerra, de noche o de día, nos acapillasen, e los que pudiesen llevar atados de nosotros a Méjico que se los llevasen, e con grandes prometimientos que les mandó, e muchas joyas que entonces les envió, e un atambor de oro, e a los papas de aquella ciudad, que habían de tomar veinte de nosotros para hacer sacrificios a sus ídolos [Díaz, 267].

[...] vinieron tres indios [...] y secretamente dijeron a Cortés que han hallado, junto adonde estábamos aposentados, hechos hoyos en las calles, encubiertos con madera e tierra encima [...] para matar los caballos si corriesen, e que las azoteas que las tienen llenas de piedras e mamparos de adobes. Y en aquel instante vinieron ocho indios tascaltecas [...] y dijeron a Cortés: "Mira, Malinche, questa ciudad está de mala manera, porque sabemos questa noche han sacrificado a su ídolo, ques el de la guerra, siete personas, y los cinco dellos son niños, por que les dé vitoria contra vosotros" [Díaz, p. 270].

De noche, han sido sacrificados siete niños a Huitzilopochtli; han sido ofrecidos para propiciar la victoria [...] Los españoles han de ser acapillados y se les dará guerra. Moctezuma ha enviado a los caciques de Cholula promesas, joyas, ropas, un atambor de oro y una orden para los sacerdotes: sacrificar a veinte españoles en la pirámide. Veinte mil guerreros aztecas están escondidos en los arcabuesos y barrancas cercanos, en las casas mismas de Cholula, con las armas listas. Han hecho mamparas en las azoteas y han cavado hoyos y albarradas en las calles para impedir la maniobra a los caballos de los teúles [*Cambio de piel,* pp. 13-14].

[L]es decimos: que no sean malos, ni sacrifiquen hombres, ni adoren sus ídolos, ni coman las carnes de sus prójimos, que no sean sométicos, y que tengan buena manera de vivir [Díaz, p. 276].

> [Cortés] se les dió a entender muy claramente [...] que dejasen de adorar ídolos y no sacrificasen ni comiesen carne humana, ni se robasen unos a otros, ni usasen las torpedades que solían usar [Díaz, p. 279].
>
> Cortés hace su discurso. No adoren ídolos. Abandonen los sacrificios. No coman carne de sus semejantes. Olviden la sodomía y demás torpedades *[Cambio de piel,* p. 13].[19]

Al narrar la matanza de Cholula en el presente, Fuentes convierte el relato en algo más que una simple lección de historia para los lectores: sugiere que muy poco ha cambiado desde entonces, que los hijos de Cholula continúan sometidos a las mismas relaciones de explotación que sus antepasados conquistados por los españoles. Esta fusión de pasado y presente se repite a lo largo de *Cambio de piel*. Aunque con frecuencia el narrador cita sus fuentes directamente, no hay separación formal entre las esporádicas y a menudo dispares referencias transtextuales yuxtapuestas en el texto. Esto nos remite nuevamente a la simultaneidad, porque el soliloquio del narrador provoca un efecto de montaje. En uno de los muchos pasajes plagados de digresiones, la atención del narrador se desvía del argumento principal mientras escucha en la radio unas canciones de los Beatles que desencadenan un torrente de imágenes:

> Isabel maneja con una sola mano y con la otra busca las voces en la radio y aumenta el volumen,
>
>> in my mind there's no sorrow,
>> don't you know that it's so?

---

[19] Para otros ejemplos de las afinidades entre los textos, compárese Díaz y *Cambio de piel* en pp. 268 y 13; 272-273 y 14; 274-275 y 15, y 275-276 y 15, respectivamente. En su *Memoria original de Bernal Díaz del Castillo*, Verónica Cortínez examina esta relación detenidamente.

y como los hombres de Luca Signorelli, se visten con el desenfado de una elegancia testicular y desatan los poderes constructivos de su ánimo de destrucción: crean, a su alrededor, un mundo tan vasto y rico y ordenadamente libre y confuso como una tela de Uccello y tan piadosamente demoniaco como los cuadros de Bosco que le paga el precio de admisión a Satanás...

> what am I supposed to do?
> give back your ring to me
> and I will set you free:
> go with him,

cantan, liberándonos de todos los falsos y fatales dualismos sobre los que se ha construido la civilización de los jueces y los sacerdotes y los filósofos y los artistas y los verdugos y los mercaderes y Platón cae ahogado y rendido y enredado en esas melenas y mesmerizado por estas voces...

> there'll be no sad tomorrow,
> don't you know that it's so?

y en el periódico dice que la epidemia también ha llegado a Estrasburgo este verano y se estima que han muerto dieciséis mil almas. En este asunto de la peste los judíos en todo el mundo han sido injuriados y acusados de haberla causado envenenando el agua y los pozos y por esta razón los judíos están siendo quemados del Mediterráneo a Alemania, pero no en Aviñón, pues ahí han contado con la protección del papa [pp. 237-238].

Si consideramos los distintos elementos por separado, el pasaje tiene poco sentido: presentados conjuntamente, sin embargo, el lector puede deducir el significado conectando esos elementos aparentemente dispares en un instante de simultaneidad. Por otra parte, el hecho de que el narrador ponga las citas separadas del resto del texto obliga incluso al lector más pasivo a especular sobre las fuentes históricas y sobre el significado de su presencia en esta obra.[20] Éstas no son, por lo tanto, sólo divagaciones de un loco: al colocar el arte culto (el Bosco, Signorelli, Uccello) y sucesos históricos (el exterminio de los judíos) al mismo nivel que la cultura pop (los Beatles), estas categorías entran en interacción y acaban siendo recontextualizadas por el lector, lo cual supone un desafío a las actitudes monolíticas que hacen posible ese tipo de atrocidades.[21]

Robert Alter ha señalado que la novela autorreferencial, al ostentar su condición de artificio, ahonda en la problemática relación entre ficción y realidad.[22] En una entrevista con Rodríguez Monegal, Fuentes insiste en subrayar los cimientos metatextuales de su novela: "[...] la única manera de entender esta novela es si se acepta su ficcionalidad absoluta [...] Es una ficción total. No pretende nunca el reflejo de la realidad. Pretende ser una ficción radical, hasta sus últimas consecuencias".[23] Todos los personajes están definidos en cierta medida por una construcción ficcional: Elizabeth imagina su vida a partir de libros que ha leído y películas que ha visto ("el mundo", declara, "se llama Paramount Pictures presents" [p. 85]), las confesiones de Franz están también inventadas a partir de textos de ficción y Javier intenta crear su realidad –y la de todos los que lo rodean– a partir de una novela imaginaria que no ha llegado a terminar. Elizabeth es, según manifiesta el narrador, cómplice del Javier escritor (p. 269). Ella le dice a éste: "Tra-

---

[20] Al nivel más básico, el lector podrá asociar a "Anna", la destinataria de una de las canciones mencionadas, con Hanna, la amante que Franz abandonó para morir en un campo de concentración.

[21] Según Julio Ortega, *Cambio de piel* fue el único Premio Biblioteca Breve prohibido por la censura franquista y no se publicó hasta 1974 en España *(Retrato,* p. 53).

[22] Alter, p. x.

[23] Rodríguez Monegal, "Carlos Fuentes", p. 38.

taré de adivinar qué juegos estamos jugando, qué drama estamos repitiendo [...] Esa ha sido nuestra vida, ¿no? [...] para eso hemos leído tanto, tú y yo" (p. 244).[24] Este transtexto se ve subrayado por la inclusión, como parte de la novela, de fotografías que reflejan a los personajes: una foto publicitaria de John Garfield evoca la visión idealizada que tiene Elizabeth del joven Javier; un fotograma del documental *Le temps du ghetto* y una escena de *Das Cabinet des Dr. Caligari* ilustran el relato de Franz sobre la Europa de la ocupación nazi; las fotos de Joan Crawford, como joven ingenua con John Barrymore en *Grand Hotel* y como la vieja y atormentada Blanche en *Whatever Happened to Baby Jane?*, pueden aludir a las personalidades presente y pasada de Elizabeth, o a la relación entre Isabel y Elizabeth; un retrato de Nietzsche refleja al narrador, Freddy Lambert.

Aunque siempre se ha autodefinido como "cineadicto enfermizo", cuando escribió esta novela Fuentes estaba especialmente involucrado con el cine, y ello se manifiesta en el predominio del transtexto cinematográfico de la novela.[25] La infancia de Elizabeth en Nueva York se construye con base en películas de segunda de los años treinta, las experiencias de Franz reproducen escenas del cine expresionista alemán y hasta el campo mexicano se compara con un

[24] Fuentes deja clara la ficcionalidad de estos episodios en una entrevista con Rodríguez Monegal: "[...] los episodios de Praga o de Nueva York, que en apariencia se presentan de manera realista, son otros tantos episodios ficticios en la novela" ("Carlos Fuentes", 40).

[25] El mismo año de *Cambio de piel*, Fuentes publicó *Zona sagrada*, una ficcionalización levemente disfrazada de la vida de María Félix y su hijo, que al parecer iba a ser llevada al cine con la propia Félix como protagonista. Ese año también colaboró en el guión de *Los caifanes*. Fuentes confirma esta herencia cinematográfica en entrevistas con Rodríguez Monegal ("Carlos Fuentes") y Clara Passafari Gutiérrez, entre otros. Para un análisis detallado de su utilización del cine como técnica narrativa en *Cambio de piel*, véase Salcedo.

"paisaje de película del Indio Fernández" (p. 261). Allan Thiher ha señalado que el lenguaje pop del cine constituye una especie de mito *ready-made*,[26] y, efectivamente, la incorporación del cine reitera la tensión entre los aspectos mítico e histórico de la novela. Como apunta Michael González: "Todos los personajes y todas las relaciones dentro de la novela tienen una expresión ideal (literaria) y una configuración real (histórica). La novela suministra la estructura que sirve de marco a la lucha entre esas dos versiones de la realidad".[27] Elizabeth e Isabel pueden ser dos mujeres o una sola; Isabel puede ser una invención de Javier o de Elizabeth, como en el cuento de Edgar Allan Poe del que procede el apodo "Ligeia"; por su parte, Franz y Javier representan dos lados de la realidad. Los múltiples niveles de ficcionalidad con que debe entendérselas el lector aumentan aún más por la representación metatextual de los Monjes, quienes, al encarnar la identidad de otros personajes, reproducen, en una especie de *mise en abîme,* las acciones de los intérpretes principales, articulando perspectivas tanto trágicas como burlescas que no han concebido éstos. El narrador afirma que los Monjes son sus "títeres" y que puede modificar su destino según le plazca, y ellos mismos responden a esta realidad deliberadamente falsa con apartes sobre el "guión" y sus "papeles".[28] En realidad, Fuentes extiende la duplicación a la novela misma: "La novela está llena de dobles. Todo apunta a una cosa: la novela misma es un

---

[26] Thiher, p. 151.
[27] Michael González, p. 6.
[28] La imagen de sus personajes como "títeres" hace pensar al lector en los títeres de Herr Urs, quien, a su vez, activa una relación transtextual con *Das Cabinet des Dr. Caligari,* tanto con el loco Caligari como con el sonámbulo César, cuando aparece primero sepultado en un refrigerador y luego, precisamente en forma de títere, en el baúl de Elizabeth. También se asocia con el motivo del Gólem. Para más sobre esta imagen, véase Scholem, *La cábala y su simbolismo,* pp. 173-222.

doble."[29] En la medida en que son factibles varias posibilidades por estar presentadas con un grado equivalente de realidad narrativa, se apela continuamente a la imaginación del lector: ¿qué es verdadero y qué es falso? ¿Qué es soñado? ¿Es todo un producto de la imaginación del narrador, quien modifica y corrige según traslada la novela al papel? ¿O es el propio narrador quien es imaginado por Javier? En lugar de destacar una perspectiva única, la sobredeterminación le ofrece al lector múltiples posibilidades, lo cual produce indeterminación. Esto tiene dos consecuencias: por una parte, cuestiona la autenticidad de cualquiera de las versiones; por la otra, abre el texto a múltiples lecturas. Elizabeth puede ser de Nueva York o de México; Franz y Elizabeth pueden haber muerto bajo la pirámide de Cholula durante un terremoto e Isabel estrangulada por Javier; o Franz puede haber sido asesinado por los Monjes.

Entre las películas alemanas que se mencionan explícitamente en el texto se encuentran *Der Golem, Nosferatu, Vampyr, Das Rheingold* y *Das Cabinet des Dr. Caligari*. La novela de Javier, que se titula *La caja de Pandora,* tiene resonancias obvias de la película *Die Buchse der Pandora,* y su miedo a las mujeres se inspira en el estereotipo de la sirena tal como aparece en esta película y en *Der Blaue Engel*. Asimismo, aunque no siempre aparece marcado claramente en el texto, los recuerdos de Franz, tal como Elizabeth los refiere, apuntan firmemente a otra configuración cinematográfica ya que tienen resonancias de películas como *Der Student von Prag* y la versión estadunidense de la novela de Erich Marie Remarque, *Im Western Nichts Neves (Sin novedad en el frente).*[30] En cierto momento, Elizabeth interrumpe la narración de Franz para exclamar: "Ya lo sé. Ya lo vi. Cali-

---
[29] Rodríguez Monegal, "Carlos Fuentes", p. 42.
[30] Posteriormente los campos de concentración son comparados con los

gari y el sonámbulo se pierden en un laberinto blanco. No tienes que contármelo, Franz, ya lo sé [...] ¡Ya lo sé! [...] ¡Ya vi a Nosferatu, sin edad, bajar de cabeza, como una lagartija, por los contrafuertes del castillo!" (p. 141). Y posteriormente, según avanza la historia: "Y ya sabes lo que más me gusta. Jean Epstein. Robert Weine. Henrik Gaalen. Paul Leni. Murnau. Fritz Lang. Conrad Veidt. De niña soñaba con Conrad Veidt y lo veía con mil rostros superpuestos, pero todos presentes y visibles al mismo tiempo" (p. 157). Del mismo modo, Javier, a quien Elizabeth intenta sobreponerle la figura del actor John Garfield, teme a los poderes de Elizabeth "como si temiera que lo volviera a inventar" (p. 331). En esta fusión de identidades, muchos de los pasajes sugieren que Franz y Javier son meras fabricaciones de la imaginación de Elizabeth, o, quizás, que la propia Elizabeth, a quien el narrador *oye* pero no *ve,* puede ser en realidad producto de la mente esquizofrénica de Freddy (p. 441).

En *Cambio de piel,* el uso de referencias transtextuales y la indeterminación, estén o no marcadas, distorsionan la realidad al engañar a los lectores para que sientan la falsa complacencia de lo familiar. A medida que cada coyuntura se revela como ficcional, se ven obligados a cuestionar, imaginar y a veces incluso a descartar todo lo que han leído hasta entonces y, con ello, a examinar tanto el funcionamiento del texto como la misma validez de la realidad. Según Iser, cuando el texto literario se revela como

escenarios expresionistas de Caligari (p. 341). El propio Franz elabora una ficción dentro de la ficción al justificar su abandono de Hanna (p. 353). La centralidad de esta película en la novela no es casual ya que se trata de una obra en la que la crítica del conformismo ciego ante la autoridad del guión original se vio diluida por las secuencias de encuadre que impuso el director Robert Weine y en las que se descubre que todo fue la alucinación de un loco. El producto final sugiere un mensaje que tal vez ni los guionistas ni los directores previeron: la locura se vuelve revolucionaria.

un discurso escenificado en que el mundo representado sólo puede tomarse *"como si"* fuese un mundo real, entonces los lectores tienen que suspender su actitud habitual ante la realidad. Al mismo tiempo, sin embargo, esta concepción de la realidad se mantiene como un "trasfondo virtualizado con el cual se pueden establecer comparaciones y del cual pueden surgir nuevas actitudes".[31] Así, hasta el discurso más explícitamente ficcional puede provocar un cambio radical en la mente del lector. *Cambio de piel* es quizás la novela más autorreferencialmente ficcional de Fuentes. Sin embargo, el artificio y la ironía no son en absoluto gratuitos; la transgresión autorizada que postulan induce a repensar el canon del cual se burlan. Al invertir la ficción y la realidad, la lectura se convierte en un ejercicio de libertad en el cual los lectores son guiados, paso a paso, hacia un estado de pluriprobabilidad y el desenlace se produce dentro de su conciencia más que en el propio texto.

"Terra Nostra"

En *Cambio de piel,* Fuentes lleva al límite la idea de la ficción como realidad alternativa. En *Terra Nostra,* su enfoque se amplía para cuestionar la naturaleza no sólo del texto, sino de la totalidad de artefactos históricos y literarios sobre los que se ha edificado la cultura hispánica. Sumamente ambiciosa, como señala Oviedo, lo que *Terra Nostra* pretende es

> *ser y decir todo,* colmarnos y vaciarse [...] es (o puede ser) una suma de mitos humanos fundamentales, una re-escritura de la

---
[31] Iser, *Prospecting,* p. 238. Véase también *The Fictive Imaginary,* pp. 3 y 19-20.

historia, una interpretación de España, una reflexión americana, un ensayo disidente sobre la función de la religión, el arte y la literatura en el destino humano, una propuesta utópica, un *collage* de otras obras (incluyendo las de Fuentes), un tratado de erudición, una novela de aventuras, un nuevo diálogo de la lengua, un examen del pasado, una predicción del porvenir y [...] un inmenso poema erótico.[32]

Aunque la novela abarca desde el Imperio romano en la época de Cristo hasta los albores de un futuro milenio en 1999, la mayor parte de la acción gira en torno a tres ejes cronológicos fundamentales: 1492, el año de la llegada de Colón a América, la expulsión de los judíos de España, el final de la Reconquista y la publicación de la primera *Gramática Castellana;* 1521, el año de la conquista de México y la malograda rebelión de los comuneros de Castilla, y 1598, el año de la muerte de Felipe II. Pero la novela es mucho más que un catálogo de hechos históricos: cada uno de estos años clave representa una posibilidad de apertura a la pluralidad cultural abortada por las fuerzas del orden monolítico, propiciando una clausura correspondiente del lenguaje.[33] En el Teatro de la Memoria, Ludovico ve a España reproducirse a sí misma en un proceso de gestación:

[...] doblemente inmóvil, doblemente estéril, pues sobre lo que pudo ser [...] tu patria, España, impone otra posibilidad: la de sí misma [...] cierra sus puertas, expulsa al judío, persigue el moro, se esconde en un mausoleo y desde allí gobierna con los nombres de la muerte: pureza de la fe, limpieza de la sangre, horror del cuerpo, prohibición del pensamiento, exterminio de lo incomprensible. Mira: pasan siglos y siglos de muerte en vida

[32] Oviedo, *"Terra Nostra:* Sinfonía del nuevo mundo", p. 143.
[33] Como reconoce Fuentes en *Cervantes,* sus ideas sobre el pluralismo en España deben mucho a la obra de Américo Castro.

[...] Al mutilar su unión, España se mutilará y mutilará cuanto encuentre en su camino [p. 568].[34]

Cada uno de los acontecimientos históricos descritos en la novela refleja una opción negada, una posibilidad sacrificada por quienes temieron a las medidas que amenazaban su poder. Sin embargo, las opciones que propone *Terra Nostra* forman parte de una corriente de la historia que sigue en movimiento –aunque sólo sea en virtud de la eterna repetición de sus errores (p. 658)–. En última instancia, Fuentes sugiere que aún hay tiempo para buscar esta historia oculta, la historia marginada, la historia del mito, la memoria y el arte (p. 163).

Aunque, al igual que en *Cambio de piel,* se hace amplio uso de la transtextualidad imitativa, en este caso se aprovechan al máximo las implicaciones radicales de la transtextualidad inversa. Fuentes presenta la historia no como ha sido registrada, sino como hubiera podido ser: alterando y reinventando hechos, figuras y épocas en el multiforme ámbito de la imaginación. La función de la literatura no es reflejar la realidad sino su reverso, el lado que de otro modo quedaría oculto. Sólo así la realidad de una época histórica puede alcanzar pleno cumplimiento: "Al poner de relieve las regiones inexploradas de la cultura imperante, [la literatura] cambia su cartografía, que se recubre con las imágenes de lo que permanece cognitivamente insondable".[35] Es precisamente este terreno desconocido el que Julián se propone explorar en el relato que después trasla-

---

[34] Además del juego de palabras "lúdico" y "Vico" que sugiere su nombre, es probable que Ludovico se asocie con Ludovico Agostini, autor del siglo XVI de un tratado utópico *(La república imaginaria)* que propone mejorar la condición social a base del reparto de las riquezas.
[35] Iser, *Prospecting,* p. 283.

dará al papel el Cronista, una empresa dialéctica que en muchos sentidos refleja la de la propia *Terra Nostra:*

> [...] así como las palabras enemigas del Señor y de Ludovico se confunden para ofrecernos una nueva razón nacida del encuentro de los contrarios, así mismo se alían sombras y luces, silueta y volumen, color plano y honda perspectiva en un lienzo, y así deberían aliarse, en tu libro, lo real y lo virtual, lo que fue con lo que pudo ser, y lo que es con lo que puede ser. ¿Por qué habías de contarnos sólo lo que ya sabemos, sino revelarnos lo que aún ignoramos?, ¿por qué habías de describirnos sólo este tiempo y este espacio, sino todos los tiempos y espacios invisibles que los nuestros contienen?, ¿por qué, en suma, habías de contentarte con el penoso goteo de lo sucesivo, cuando tu pluma te ofrece la plenitud de lo simultáneo? [p. 659].

Si se puede reescribir la historia quiere decir que aún no ha terminado, que se proyecta más allá de este mundo, y hacia el próximo. En este sentido, *Terra Nostra* no transcurre en el pasado, sino en el futuro: al igual que Polo Febo, el lector renueva las posibilidades negadas para que el tiempo venidero pueda ofrecer una segunda oportunidad.

Fuentes ha descrito *Terra Nostra* como un homenaje a la intertextualidad, "un texto intertextual",[36] y efectivamente, la novela constituye una verdadera enciclopedia de otros textos: se reproducen y se recrean textos históricos, religiosos y literarios, e incluso iconográficos.[37] Eco ha señalado:

---

[36] Tittler, p. 55.

[37] Entre los intertextos visuales identificados por Goytisolo se hallan: *El sueño de Felipe II* de El Greco, *El juicio final* de Luca Signorelli, *El jardín de las delicias* de El Bosco y *La familia real de Carlos IV* de Goya (242). La imagen que se forma de Felipe también se ve indudablemente influida por los retratos de Felipe IV y su corte pintados por Velázquez, tales como *Felipe IV a caballo*, *El Cardenal-Infante Don Fernando de Austria* y *Las meninas*.

EL MUSEO IMAGINARIO   111

Ningún texto se lee independientemente de la experiencia que el lector tiene de otros textos. La competencia intertextual [...] representa un caso especial de hipercodificación y establece sus propios cuadros [...] La competencia intertextual (periferia extrema de una enciclopedia [semántica]) abarca todos los sistemas semióticos con que el lector está familiarizado.[38]

Para Eco, el texto es un acertijo cuya ambigüedad sólo puede ser descifrada por el lector capaz de organizar la información transtextual. Esta capacidad es especialmente crucial en *Terra Nostra*, ya que la transtextualidad no sólo funciona como un marco de alusiones que orientan al lector, sino que requiere la habilidad de reconocer que Fuentes está organizando muchas de estas referencias de un modo no previsto por el autor original. Así, aunque no es necesario –de hecho, sería imposible– que cada lector desentrañe todos los hilos que forman este denso tapiz, la novela exige cierta formación cultural si se ha de captar plenamente la manipulación de textos anteriores.

Un medio por el cual Fuentes altera los referentes aludidos es la modificación y síntesis de acontecimientos y personajes históricos fácilmente reconocibles. Por ejemplo, aunque Felipe, *el Señor,* está construido principalmente según el modelo del devoto y autocrático Felipe II, rey de España de 1556 a 1598, también representa, entre otros, a Fernando *el Católico,* bajo cuyo reinado (1479-1516) tuvieron lugar el viaje de Colón, la expulsión de los judíos y la caída de Granada, y a Carlos V (1517-1556), responsable de la conquista de México y la represión de los comuneros. Al representar el final estéril de la dinastía de los Habsburgos, también se puede asociar con Carlos II *el Hechizado*.[39] La

---
[38] Eco, *Lector in fabula,* p. 116.
[39] Hijo "adoptivo" de *la Dama Loca,* también *el Príncipe Bobo* se puede vincular con este personaje.

vida de *la Dama Loca*, madre de Felipe en la novela, mantiene semejanzas sobre todo con la de Juana *la Loca*, pero también con la de Mariana de Austria y la de Carlota, "emperatriz" de México,[40] mientras que su esposa, Isabel, combina e invierte las figuras de Isabel y María Tudor con las de Isabel de Osorio y Elizabeth de Valois.[41]

Por su parte, en Hernando Guzmán, secretario de Felipe y emisario suyo en el Nuevo Mundo, se mezclan elementos de conquistadores como Cristóbal Colón, Hernán Cortés y Nuño de Guzmán con aspectos de figuras clave de la corte española como Enrique de Guzmán, virrey durante el reinado de Felipe II, Pedro de Guzmán, canciller real de Felipe III, y, sobre todo, el ambicioso Gaspar de Guzmán, conde de Olivares, quien gobernó España por unos veintiún años durante el reinado de Felipe IV. Fuentes señala que fue un tal Diego de Guzmán quien recibió una de las cartas con las exigencias de los comuneros.[42] Además, "Guzmán" se usó en el pasado como vocablo general para designar a los nobles que servían en el ejército español, lo cual remite al destino último del personaje, similar al de Cortés, como un "Don Nadie" a quien la monarquía le niega el poder. En la novela es Guzmán quien estampa en América la imagen de España durante el terrible encuentro que supone la conquista (p. 494), y su desmedida crueldad es sólo parcialmente mitigada por la presencia del cura, Julián (p. 743).[43] Paradójicamente, sin embargo, esta nega-

---

[40] La novela también la relaciona con otras reinas viudas, Blanca, Leonor y Urraca.

[41] Tanto Carlos V como Felipe IV y, por supuesto, Fernando *el Católico*, tuvieron esposas llamadas Isabel. Además, los falsos embarazos de Isabel la vinculan con Mariana de Austria (véase Aguado Bleye, pp. 849-850).

[42] *Cervantes*, p. 59. Simson también cita a Antonio Pérez y Guzmán *el Bueno* como posibles modelos para este personaje (p. 227).

[43] El propio Julián puede ser una amalgama de varias figuras históricas:

ción de la pluralidad cultural no sólo esclaviza al Nuevo Mundo, sino que también mutila a España. Hacia el final de la novela, el propio Felipe vaticina el destino de su país cuando encuentra a un homúnculo ocupando su lugar en el trono:

> [...] un hombre pequeñito [...] tocado por boina negra, con uniforme de tosca franela azul, una banda gualda y roja amarrada a la gran barriga fofa, un espadín de juguete, botas negras, ojos de borrego triste, bigotillo recortado, con el brazo derecho levantado en alto, que chillaba con voz tipluda:
> –¡Muerte a la inteligencia! ¡Muerte a la inteligencia! [p. 747]

Esta alusión fáustica a Franco[44] se ve reforzada cuando, al subir las escaleras de El Escorial, Felipe se encuentra repentinamente en el Valle de los Caídos en el año 1999. Por consiguiente, la figura de "El Señor" no es sólo la de un Felipe II ficcionalizado, sino un símbolo del absolutismo, una confluencia de todos los líderes, desde los Habsburgos hasta Franco, cuya oposición al cambio privó a España –y a América– de su vitalidad.

A excepción de las cartas que narran la rebelión de los comuneros (pp. 633-655),[45] las cuales aparecen en cursiva, hay pocas indicaciones formales que marquen la inclusión de otros textos en *Terra Nostra,* aun cuando en algunos casos

---

Julián de Fuente Saz, pintor en El Escorial, y Julián Tricio, prior del monasterio, así como Julián Garcés, misionero dominico y seguidor de Erasmo. Véase Aguado Bleye, vol. I, p. 1178.

[44] La figura es probablemente un compuesto de Franco, Hitler y el general fascista Millán Astray. El homúnculo también se asocia con el ritual golémico.

[45] Otra excepción notable es el relato de Andrés Bernáldez sobre el sufrimiento de los judíos y conversos, aunque aparece resumido en un solo párrafo de la novela (p. 677). Véase Bernáldez, pp. 94-103 y 251-264. Sobre las cartas de los comuneros, véase *Cervantes,* p. 59.

están reproducidos casi literalmente. Así ocurre con muchas de las secciones relacionadas con el Nuevo Mundo, basadas en crónicas como las *Cartas de relación* de Cortés, la *Historia verdadera* de Bernal Díaz, la *Historia de la conquista de México* de Francisco López de Gómara, la *Historia de las Indias* de Bartolomé de las Casas y la *Historia de las Cosas de Nueva España* de Bernardino de Sahagún. Guzmán representa al conquistador prototípico, pero es el viaje del Peregrino el que repite los pasos de Cortés, su llegada a la costa y su descubrimiento de Tenochtitlán tras pasar por Cempoala, Cholula y los volcanes que rodean el valle de México.

La descripción de la primera imagen de Tenochtitlán que percibe el Peregrino y sus impresiones del mercado de Tlatelolco se asemejan en estilo y contenido, aunque no utilizan las mismas palabras, al relato de Cortés *(Terra Nostra,* pp. 457-460; Cortés, pp. 184-187),[46] pero nuevamente es la crónica de Bernal Díaz a la que Fuentes se refiere de manera más explícita, por ejemplo al describir el encuentro con "el cacique gordo" (Díaz, pp. 141-144 y 154; *Terra Nostra,* pp. 421-422) y la recepción de Moctezuma (Díaz, p. 303; *Terra Nostra,* p. 463). De hecho, en el relato del narrador se destaca la descripción de Tlatelolco que hace Díaz:

> [...] y desque llegamos a la gran plaza, que se dice el Tatelulco, como no habíamos visto tal cosa, quedamos admirados de la multitud de gente y mercaderías que en ella había [...] *cada género de mercaderías estaban por sí, y tenían situados y señalados sus asientos.* Comencemos por los *mercaderes de oro y plata y piedras ricas y plumas y mantas y cosas labradas y otras mercaderías de indios esclavos y esclavas [...] e traíanlos atados en unas varas largas con colleras a los pescuezos,* por que no se les huyesen, y otros dejaban sueltos. Luego estaban otros mercade-

---
[46] Véase también López de Gómara, pp. 236-240.

EL MUSEO IMAGINARIO 115

res que vendían [...] *cueros de tigres, de leones y de nutrias, y de adives y de venados y de otras alimañas e tejones e gatos monteses,* dellos adobados y otros sin adobar estaban en otra parte, y otros géneros de cosas y mercaderías [...] *Pues todo género de loza, hecha de mil maneras, desde tinajas grandes y jarrillos chicos,* questaban por sí aparte; y también los que *vendían miel y melcochas y otras golosinas* que hacían como nuégados. Pues los que vendían *madera, tablas, cunas e vihas e tajos y bancos,* y todo por sí [...] Había *muchos herbolarios* y mercaderías de otra manera [...] Y fuimos al gran *cu* [...] e antes de salir de la misma plaza estaban otros muchos mercaderes, que, según dijeron, eran de los que traían a *vender oro en unos canutillos delgados de los de ansarones de la tierra, e ansí blancos por que se paresciese de oro por de fuera* [Díaz, pp. 321-323; cursivas mías].

[...] al internarnos en la vasta ciudad de la laguna nos perdíamos en los laberintos de un mercado tan vasto como la ciudad misma, pues por donde mis pies pasaban y por donde mis ojos miraban, en confusión y desorden, *sólo asientos de mercaderías nos rodeaban [...] entre quienes allí vendían oro y plata y piedras ricas y plumas y mantas y cosas labradas,* y al cielo interrogaban quienes en esta inmensa feria mostraban *cueros de tigres, de leones y de nutrias, y de adives y de venados, y de otras alimañas, tejones y gatos monteses,* y al suelo miraban, sin importarles los portentos, *los esclavos y esclavas allí llevados a vender, atados a unas largas varas con collares a los pezcuezos* [...] y bajo los portales eran rápidamente cubiertas *las lozas de todo género, desde tinajas grandes y jarrillos chicos* [...] *y las barricas llenas de miel y melcochas y otras golosinas; y las maderas, tablas, cunas y vigas y tajos y bancos y barcos; y los herbolarios y vendedores de la sal* arrojaban mantas de cáñamo sobre sus mercaderías, y a sus pechos abrazaban las suyas *los traficantes de granos de oro, metidos en canutillos delgados de ansarones de la tierra, y así blancos porque se pareciesen al oro por de fuera.* [Terra Nostra, pp. 459-460; cursivas mías].

En esta descripción del mercado de Tlatelolco se intercalan dentro del texto de Díaz señales y portentos que precedieron a la conquista, tal como los registra Sahagún y se conservan en el *Códice Florentino* (Sahagún, pp. 454, 723-724 y 759-760; *Terra Nostra,* pp. 458-462). Y, en efecto, Fuentes ha incorporado varias secciones que aluden a textos prehispánicos en la novela. Las relaciones indígenas se siguen con especial fidelidad en la evocación del encuentro del Peregrino con Tezcatlipoca, que reproduce casi textualmente el diálogo entre Cortés y Moctezuma recogido en el *Códice Florentino*:

> Señor nuestro: te has fatigado, te has dado cansancio: ya a la tierra tú has llegado. Has arribado a tu ciudad: México. Aquí has venido a sentarte en tu solio, en tu trono. Oh, por tiempo breve te lo reservaron, te lo conservaron, los que ya se fueron, tus sustitutos [...] No, no es que yo sueño, no me levanto del sueño adormilado: no lo veo en sueños, no estoy soñando [...] ¡Es que te he visto, es que ya he puesto mis ojos en tu rostro! [...] Tú has venido entre nubes, entre nieblas. Como que esto era lo que nos habían dejado dicho los reyes, los que rigieron, los que gobernaban tu ciudad: Que habrías de instalarte en tu asiento, en tu sitial, que habrías de venir acá [...] Pues ahora, se ha realizado: ya tú llegaste, con gran fatiga, con afán viniste. Llega a la tierra: ven y descansa; toma posesión de tus casas reales; da refrigerio a tu cuerpo [León-Portilla, p. 89].[47]

> Señor nuestro: te has fatigado, te has dado cansancio: ya a la tierra tú has llegado. Has arribado a tu ciudad: México. Aquí has venido a sentarte en tu trono. Oh, por tiempo breve te lo conservamos. No, no es que yo sueñe, no me levanto del sueño

---

[47] Las elipsis aparecen así en León-Portilla, cuya compilación es probablemente el origen de la versión de Fuentes. El diálogo también está recogido en la edición de Ángel María Garibay de Sahagún, pp. 735-736 y 775-776. Ambos textos están incluidos en la bibliografía de Fuentes en *Cervantes*.

adormilado: no te veo en sueños, no estoy soñando [...] ¡Es que te he visto, es que ya he puesto mis ojos en tu rostro! [...] Tú has venido entre nubes, entre nieblas. Como que esto era lo que nos habían dejado dicho los reyes, los que rigieron, los que gobernaban tu ciudad en tu ausencia y en tu nombre: Que habrías de instalarte en tu asiento, en tu sitial, que habrías de venir acá [...] Pues ahora, se ha realizado: ya tú llegaste, con gran fatiga, con afán viniste [...] Llega a la tierra: ven y descansa; toma posesión de tus casas reales; da refrigerio a tu cuerpo [*Terra Nostra,* p. 463].

La sección del Nuevo Mundo también sintetiza distintas versiones de la mitología indígena, especialmente las diversas leyendas nahuas en torno a Quetzalcóatl y su hermano/doble Tezcatlipoca. Los mexicas integraron en su cosmogonía varias versiones de Quetzalcóatl y la creación del mundo, muchas de las cuales son mencionadas en la novela. Aunque los actores han sido cambiados, el texto de Fuentes es bastante fiel a las versiones más conocidas: el viaje de Quetzalcóatl al infierno acompañado de su doble Xólotl (pp. 454-455), el sacrificio de Nanautzin para crear el sol (p. 399), la caída en desgracia de Quetzalcóatl y su horror a su imagen en el espejo (pp. 469-473), que es el mismo que siente el viejo de la memoria en la novela. El Peregrino aparece vinculado tanto a la manifestación negativa de Tezcatlipoca, *el espejo humeante* (p. 432), como al potencial positivo de Quetzalcóatl, *la serpiente emplumada* (pp. 449-452 y 494), con el cual, al igual que le ocurre a Cortés, es identificado por Moctezuma (p. 463). Su naturaleza es dual (p. 480) y, significativamente, gira alrededor de la memoria: "Eres uno en la memoria. Eres otro en el olvido [...] Serpiente de plumas en lo que recuerdas. Espejo de humo en lo que no recuerdas" (p. 452).[48] En la confluencia

[48] Para una síntesis de estos mitos y su significación en la cultura mexi-

de mitos en que se funda la novela, el Peregrino/Quetzalcóatl se asocia también, entre otros, a Adán (p. 473), Jesucristo y Osiris (p. 483). Constituye, en suma, una síntesis de toda la humanidad y representa por lo tanto la posibilidad de redención.

Del mismo modo, la misteriosa Señora de las Mariposas encarna varias manifestaciones míticas: sus labios tatuados la vinculan con Celestina, mientras que su presencia en el Nuevo Mundo mezcla atributos de Xochiquetzal, Cihuacóatl, Coatlicue y, sobre todo, de Itzpapálotl y Tlazoltéotl.[49] Itzpapálotl, la "mariposa de obsidiana", era una diosa madre chichimeca cuyo culto fue reemplazado cuando Mixcóatl, su hijo o esposo y representante del principio masculino, la mató disparándole unas flechas. Nunca fue plenamente aceptada por los mexicas, quienes la consideraban representante del viejo orden, anterior al auge del poder masculino en la sociedad.[50] Tlazoltéotl era la diosa huasteca de la "suciedad", asociada con la lujuria y la locura, y adoptada por los mexicas como diosa del sexo y lo primario. Era una deidad lunar, como lo evidencia el adorno nasal en forma de luna que lleva en sus representaciones y que significa fertilidad. Suele representarse con los pechos desnudos y, a menudo, con una serpiente de coral surgiéndole de entre las piernas. Estaba, además, vinculada con las arañas, que los mexicas consideraban las almas de las mujeres muertas de parto, enviadas por la diosa para hacer daño a los hombres.[51]

---

ca, véase Séjourné (pp. 63-90). El encuentro con Tezcatlipoca en las montañas está adaptado del *Códice Florentino*. Significativamente, Séjourné considera a Tezcatlipoca como la encarnación de la debilidad humana.

[49] En su versión de Itzpapálotl, "Mariposa de Obsidiana", Octavio Paz la evoca como "el mediodía tatuado".

[50] Heyden, pp. 7-13.

[51] Thompson, p. 149. Itzpapálotl (como Tlazoltéotl) también se asocia como los *tzitzimine,* que podían convertirse en mujeres malignas que llevaban a los hombres a la muerte. Resulta interesante que tanto Itzpapálotl

Es muy probable que la Señora de las Mariposas, con su adorno lunar en la nariz (p. 412), las arañas (p. 414) y la serpiente roja entre las piernas (p. 432), se inspire principalmente en esta figura. Además, algunas representaciones de Tlazoltéotl muestran a un niño que penetra a la diosa y renace en su imagen, como símbolo de la continuidad y renovación de la vida,[52] del mismo modo que Celestina renace de la joven a la cual marca con sus labios tatuados.

Esta imagen de renovación mística resuena en las secciones de la novela que aluden a la cábala. Hay tres capítulos que sintetizan explícitamente algunas de las principales doctrinas cabalísticas: "La cábala", "El Zóhar" y "Las sefirot". Nuevamente, la versión de Fuentes se apoya firmemente en las referencias transtextuales. En el capítulo titulado "La cábala" y en los primeros párrafos de "Las sefirot" se reproducen textualmente varios pasajes del *Séfer ha-Zóhar (El libro del esplendor)* tal como los recoge Jean Marqués-Rivière en la *Histoire des Doctrines ésotériques*:

> Del cielo descendió la Cábala, traída por los ángeles, para enseñarle al primer hombre, culpable de desobediencia, los medios de reconquistar su nobleza y felicidad primeras. Primero, amarás al Eterno, tu Dios [...] Antes de crear forma alguna en este mundo, estaba solo, sin forma, sin parecido con nada. ¿Quién podría concebirle como era entonces, antes de la creación, puesto que carecía de forma? Antes de que el Anciano entre los ancianos, el más escondido entre las cosas escondidas, hubiese preparado las formas de los reyes y las primeras diademas, no había límite, ni fin. Así, se dispuso a esculpir esas formas y trazarlas en imitación de su propia sustancia. Extendió delante de

---

como Tlazoltéotl siguieran siendo adoradas por distintos grupos en el valle central de México. Véase Henry Nicholson, "Religion in Pre-Hispanic Central Mexico".

[52] Seler, vol. 1, p. 121.

sí un velo y sobre ese velo diseñó a los reyes, les dio sus límites y sus formas; pero no pudieron subsistir. Dios no habitaba entre ellos; Dios no se mostraba aún bajo una forma que le permitiese permanecer presente en medio de la creación y así, perpetuarla. Los viejos mundos fueron destruidos: mundos informes que llamamos centellas *[Terra Nostra,* p. 527].

Ce n'est plus maintenant le temps de la crainte, mais celui de l'amour, ainsi qu'il est écrit: tu aimeras l'Eternel, ton Dieu [...] Avant d'avoir créé aucune forme dans ce monde; avant d'avoir produit aucune image, il était sans forme, ne ressemblant à rien. Et qui pourrait le concevoir comme il était alors, avant la création, puisqu'il n'avait pas de forme? [...] Avant que l'Ancien des anciens, celui qui est le plus caché parmi les choses cachées, eût préparé les formes des rois et les premiers diadèmes, il n'y avait ni limite, ni fin. Il se mit donc à sculpter ces formes et à tracer dans sa propre substance. Il étend devant lui-même un voile, et c'est dans ce voile qu'il sculpta ces rois, qu'il traça leurs limites et leurs formes; mais ils ne purent subsister [...] parce qu'il n'était pas descendu vers eux, parce qu'il ne s'était pas montré encore sous une forme qui lui permit de rester présent au milieu de la création, et de la perpétuer par cette union même [...] *Il a existé d'anciens mondes qui ont été détruits, des mondes sans forme qu'on a appelés les étincelles* [Marqués-Rivière, pp. 125-129; las cursivas indican los pasajes del Zóhar].

No sólo hay una gran semejanza entre la versión de la novela y esta traducción francesa del Zóhar, sino que Fuentes transcribe también en algunos casos los comentarios de Marqués-Rivière.[53] No obstante, una lectura atenta revela que la versión de Fuentes cambia el sentido. Las frases que abren el capítulo corresponden a un pasaje del Zóhar (I.177),

---

[53] Marqués-Rivière, vol. I, pp. 129, 121 y 151-153. A pesar de su gran semejanza con un texto poco conocido, Fuentes no oculta sus huellas, ya que el texto de Marqués-Rivière aparece en su bibliografía para *Cervantes.*

pero la sección final, donde Dios –y no la humanidad– es presentado como responsable de la caída, aunque expresa el mismo pesar por el destino de su creación que en el Zóhar (I.183), se acerca más a algunas de las interpretaciones más radicales de los gnósticos, que consideran al Creador una entidad independiente de Dios.[54] En *Cervantes,* Fuentes interpreta este pasaje del Zóhar como un comentario de que Dios y la humanidad comparten la responsabilidad del pecado original, ya que "Dios se mantuvo ausente del mundo y ésta fue la causa de la caída común de los hombres".[55]

Como fue el caso con su empleo de documentos históricos, *Terra Nostra* también entrelaza textos religiosos de otras tradiciones con pasajes del mundo cristiano, otorgando especial protagonismo a las variantes del dogma tradicional de las interpretaciones apócrifas y heréticas, que para Felipe representan las infinitas posibilidades de la devoción religiosa. En la síntesis de la doctrina herética que la novela elabora se sugiere que Cristo fue en realidad dos hombres, uno divino y otro mortal (p. 200), uno que muere y otro que finge resucitar (208), que él y Juan el Bautista eran amantes (p. 206) y que José, ofendido por la infidelidad de su esposa, traicionó a su hijo, construyendo él mismo la cruz en la que murió (pp. 218-219).[56] En el capítulo 8, Fuentes transcribe casi textualmente algunas secciones de la Biblia, combinando pasajes de san Mateo y san Lucas, como los referidos a la Inmaculada Concepción (p. 92) y la

---

[54] *The Encyclopedia of Philosophy,* vol. III. 338; Nigg, pp. 31-32. El lamento de Dios, "Soy el más Viejo entre los viejos", también muestra semejanzas con el grito de Quetzalcóatl al verse en el espejo: "Ya estoy viejo" (Sahagún, p. 279).

[55] *Cervantes,* p. 52. Véase también Scholem, *La cábala y su simbolismo,* p. 121, y *Las grandes tendencias de la mística judía,* p. 215.

[56] Véase *Terra Nostra,* pp. 245-246; *Cervantes,* pp. 22-23.

huida a Egipto (p. 93), con las visiones heréticas que se le suscitan a los espectadores del cuadro. La evocación de mayor impacto se halla, sin embargo, en las últimas palabras de la novela, que reproducen casi exactamente las del Génesis:

> [...] hueso de mis huesos, y carne de mi carne [...] serán una sola carne [...] con dolor parirás los hijos [...] *Maldita será la tierra* [...] Espinos y cardos te producirá [...] *En el sudor de tu rostro* comerás el pan hasta que vuelvas a la tierra, porque de ella fuiste tomado: pues polvo eres, y al polvo serás tornado (Gn 2:23-24 y 3:16-19; cursivas mías).
>
> [...] hueso de mis huesos, carne de mi carne [...] vendrán a ser los dos una sola carne, parirás con dolor a los hijos [...] *por ti será bendita la tierra,* te dará espigas y frutos [...] *con la sonrisa en el rostro* comerás el pan, hasta que vuelvas a la tierra, pues de ella has sido tomado, ya que polvo eres, y al polvo volverás, sin pecado, con placer [*Terra Nostra,* p. 783; cursivas mías].

La primera impresión al leer la versión de Fuentes es que se ha limitado a transcribir el texto bíblico. Sin embargo, al examinarla más detenidamente se descubre un cambio sutil –y una nueva intención–. Fuentes ha alterado las Escrituras Sagradas de tal modo que ofrezcan un *nuevo* génesis, con una "sonrisa" en lugar de "sudor", donde el hombre sea redimido y la tierra bendecida en lugar de condenados. La fusión y reorganización de los textos bíblicos es igualmente eficaz, de tal modo que el relato de la expulsión del templo (p. 95), aunque transcribe textualmente a san Mateo 21:12-13, 23:13, 23:23, 23:27 y 10:34, muestra cómo los textos bíblicos pueden alterarse para justificar un orden violento.

Zunilda Gertel ha observado que *Terra Nostra* es en cierto sentido un texto bíblico, en la medida en que éste es un libro de libros[57] y –habría que añadir– el ejemplo paradigmático de un texto que combina realidad y ficción. En efecto, la novela es un espacio mítico donde se encuentran e interaccionan figuras históricas y personajes literarios. Entre los muchos personajes de otras obras literarias a los que se alude están Jean Valjean y Javert de *Les Misérables,* el personaje compuesto "Violetta Gautier", de *La dame aux camélias* y *La traviata,*[58] Raphael de Valentin de *La peau de chagrin,* Cuba Venegas *(Tres tristes tigres),* Humberto el Mudito *(El obsceno pájaro de la noche),* Esteban y Sofía *(El siglo de las luces),* Santiago Zavalita *(Conversación en la catedral),* Horacio Oliveira *(Rayuela),* Aureliano Buendía *(Cien años de soledad)* y Pierre Menard, del cuento de Borges "Pierre Menard, autor del Quijote".[59] Polo Febo –el dios del sol– es identificado con Ícaro, Cervantes, y con el hablante de "Cino" de Ezra Pound, y se alude también al mismo Pound.[60] Polo Febo posiblemente se asocie además con Gaspar Gil Polo, autor español de novelas pastoriles a quien Cervantes llama "Polo-Apolo" y cuya obra principal, *Diana enamorada,* constituye una refundición de la *Diana* de Montemayor, en la que el destino de los personajes se ve

---

[57] Gertel, p. 70.
[58] Marguerite Gautier es la protagonista de *La dame aux camélias* de Dumas, cuyo nombre se convierte en Violetta Valéry en la versión operística de Verdi, *La traviata.*
[59] Otras figuras y textos literarios que aparecen en la novela son *El rayo que no cesa* de Miguel Hernández, *Las mil y una noches,* Santa Teresa de Jesús y *El Lazarillo de Tormes.*
[60] Es preciso señalar que en ningún momento Polo Febo se identifica directamente con la ideología política de Pound y que uno de sus recuerdos más antiguos es el horror que sintió al ver *Nuit et brouillard,* una película de Alain Resnais que trata del exterminio de los judíos durante la ocupación nazi. Esto se ve subrayado además por el hecho de que en la novela se afirme el origen converso de Cervantes (quien también se asocia con Polo Febo). Podemos, no obstante, atribuirle la misma actitud hacia las mujeres que expresa el hablante del poema, quien observa que "todas son la misma; / cantaré al Sol".

modificado por el triunfo del amor. Al igual que ocurre con la representación de las figuras históricas, los personajes literarios se combinan y sintetizan: así, el don Juan de *Terra Nostra,* aunque basado en el burlador de Tirso de Molina, también incorpora elementos de las versiones de Zorrilla y quizás las de Dumas, Molière y Pushkin,[61] y se le confunde con el Peregrino[62] y con el propio Cortés.[63] En esta confluencia de personajes, doña Ana se convierte en Inés y ésta, a su vez, en sor Juana Inés de la Cruz. Don Juan y don Quijote, ambos amantes de Celestina, ven sus destinos entrelazados y el propio Cervantes aparece ficcionalizado.

Aunque se encuentran muchos personajes de ficción en *Terra Nostra,* se destacan aquellos que pertenecen a tres textos ejemplares: *La Celestina,* el *Quijote* y *El burlador de Sevilla.* Ludovico le dice a Felipe que ha renunciado a su ceguera autoimpuesta para leer estos tres libros, puesto que sólo en ellos se puede descubrir la historia y el destino de España, noción que el mismo Fuentes reitera en una entrevista al señalar que las tres "demuestran que los textos más elásticos son los textos intertextuales, aquellos que son capaces de establecer dentro de sí la relación con otros libros [...] de mostrar que la historia de la literatura es en

---

[61] El nombre y sobre todo el carácter redentor de Inés proceden claramente del *Don Juan Tenorio* de Zorrilla. Fuentes también alude al *Don Giovanni* de Mozart (p. 746), y la inclusión del *Don Juan en el drama* de Jacinto Grau en su bibliografía para la novela sugiere que puede haberse inspirado también en otras versiones de la leyenda, como las de Molière, Pushkin y Dumas.

[62] Compárese, por ejemplo, el huracán y el naufragio que sufre el Peregrino con los de don Juan en *El burlador de Sevilla (Terra Nostra,* pp. 368-372; Grau, p. 54).

[63] Aparte de la fama donjuanesca de Cortés, no podemos olvidar su parte como padre simbólico del México mestizo. Cuando El Señor pregunta qué le ha ocurrido a Juan, Ludovico responde que se ha ido al Nuevo Mundo, donde "Preñó a indias. Preñó a criollas. Ha dejado descendencia en la Nueva España" (p. 745).

realidad la historia de los libros, más que los libros de la historia".[64] Existen numerosas alusiones al *Quijote:* el encuentro del caballero con Ludovico y uno de sus hijos tiene lugar en un molino de viento (pp. 579-580), su amada se llama Dulcinea (p. 581) y él ha sido abandonado por su escudero, quien se ha marchado para gobernar una isla (p. 584). En un capítulo posterior, Ludovico enumera algunas de las muchas historias dentro de la historia que integran la novela de Cervantes (pp. 608-609), y el capítulo titulado "El Caballero de la Triste Figura", donde el protagonista ataca unos odres de vino que ha tomado por gigantes mientras Sancho intenta hacer pasar a Celestina por aristócrata (pp. 537-538), está adaptado de los capítulos I.35 y II.10 de la obra cervantina. A diferencia de lo que le ocurre al don Quijote de Cervantes con Dulcinea, sin embargo, en la novela de Fuentes el caballero ve a Celestina como vieja y corrupta, y es don Juan quien la ve joven y bella (p. 538).[65] En la versión de Fuentes, don Quijote vive la juventud de don Juan, viéndose envuelto en una violenta confrontación que resulta en la muerte de Dulcinea y su padre. Sin embargo, ya en la vejez, su encuentro con la estatua del Comendador no lo conduce al infierno, sino a una condena mucho peor, la de que sus lecturas cobren vida (pp. 581-582). Al contrario de la versión de Cervantes, donde el caballero acaba admitiendo que estaba equivocado, el don Quijote de *Terra Nostra* sólo finge claudicar ante el sistema, y es consciente en todo momento de que el mundo ficcio-

---

[64] Tittler, p. 55. Otro texto que Fuentes cita como influencia fundamental en la novela es *El libro de buen amor* de Juan Ruiz, influido a su vez por *El collar de la paloma* de Ali Ibn Ahmad Ibn Hazm *(Cervantes,* pp. 42-43).
[65] Curtius señala que la combinación de juventud y edad o la alternancia entre ellas se empleaba en la Antigüedad tardía y en los principios del cristianismo para caracterizar a las figuras femeninas ideales (pp. 153-159).

nal que percibe es efectivamente real. El destino de don Juan, por su parte, se ve modificado cuando muere en el duelo con el padre de Inés y posteriormente se reencarna en el hijo de Isabel, y el suegro de ésta en el padre de Felipe. Después de hacer el amor con su madre, don Juan sale huyendo de su habitación y seduce a todas las mujeres del palacio, incluida la madre superiora, a quien engaña fingiendo ser Cristo.

Igual que a don Quijote se le ofrece en *Terra Nostra* la oportunidad de contar la historia de su juventud, Celestina, quien en la obra de Rojas aparece sólo como una vieja alcahueta, es retratada en la novela como joven e idealista. Es más: Celestina alcanza una significación trascendente que está ausente del texto original. En la novela de Fuentes, Celestina es muchas mujeres al mismo tiempo: es una intermediaria, no sólo como alcahueta, sino también dentro del propio texto, gracias a la memoria que ha heredado a través de sus labios tatuados y que transfiere a otros. Es posible que Fuentes haya utilizado la sorprendente (y por tanto fácilmente recordable) imagen de los labios tatuados como un vehículo para conducir al lector a través de las diversas transmigraciones de la Mujer que se suceden en el texto. Significativamente, los tatuajes son una expresión de actividad cósmica asociada con el sacrificio, lo místico y lo mágico.[66] Además, a menudo se vinculan con los ritos de pasaje o iniciación, del mismo modo que el beso de la primera Celestina, con el cual transmite su memoria, marca la iniciación de la segunda Celestina. Su tatuaje semeja serpientes de colores, hecho que puede aludir al modo en que la mujer es metafóricamente herrada mediante el pecado original, aunque la práctica de tatuarse y pintarse el rostro y el cuer-

---

[66] Cirlot, pp. 427-428.

po era común a muchas culturas precolombinas, y especialmente importante en el culto huasteco a Tlazoltéotl.[67]

El hecho de que la Celestina de la novela transmita la memoria a través de la boca (y sobre todo la lengua) apunta explícitamente a su conexión con los misterios ocultos del lenguaje y, por consiguiente, con el texto. Es Celestina quien encarna la memoria que Polo Febo –y el lector– necesita para descifrar el texto y esta memoria es evocada como un acto de amor. Como le dice el anciano del cesto al Peregrino: "El fin de la memoria es el verdadero fin del mundo" (p. 402). Otros pueden tener conocimiento de esta memoria, como el anciano y como Ludovico en su ceguera, pero los recuerdos sólo pueden ser activados mediante la fusión con el otro, con la mujer: "Nos confundiremos con nuestro contrario, la madre, la mujer, la tierra [...] Entonces habrá paz y felicidad, pues ni ella nos dominará ni nosotros la dominaremos. Seremos amantes" (pp. 395-396). El tiempo verdadero, entonces, no es el tiempo cronológico y unívoco del discurso patriarcal, sino el ámbito mítico de simultaneidad representado por la mujer, guía y mediadora del hombre.

Son numerosos los ejemplos de la mujer como transmisora de la memoria, y están íntimamente vinculados a los mecanismos de la novela. Cuando Celestina, disfrazada de paje, encuentra al joven náufrago: "El paje rodeó el rostro del muchacho con las manos y acercó la lengua tibia y suave a la boca del náufrago [...] –Todos hemos olvidado tu nombre. Yo me llamo Celestina. Deseo que oigas un cuento. Después vendrás conmigo" (p. 108); "el amor resucitó la memoria del joven" (p. 278); "el amor de una mujer de labios tatuados [...] le devolvió el recuerdo" (p. 603). Después, con Felipe, "el Señor tembló azogado al mirar el rostro

---

[67] Krickeberg, pp. 88 y 388.

del paje [...] se encendían los pabellones de las orejas [...] como si este paje hubiese encendido, detrás de ellos, los cirios de la memoria" (p. 351). Vuelve a aparecer con el Peregrino, en el papel de la Señora de las Mariposas: "el amor es mi memoria, la única [...] y apenas nos separéis [...] a ella y a mí, regresaré al olvido del cual me rescataron los pintados labios de esta mujer: ella es mi voz, ella es mi guía, en ambos mundos [...] sólo su amor puede darme fuerzas para resignarme al dolor de la memoria" (p. 481). Es Inés quien le devuelve la memoria a don Juan por medio de su amor (p. 642), del mismo modo que Polo Febo recupera la suya mediante el beso de Celestina: "Entonces ella te besa [...] el beso mismo es otra medida del tiempo, un minuto que es un siglo, un instante que es una época [...] recuerdas, recuerdas, cada momento de la prolongación de ese beso es un nuevo recuerdo" (p. 778), y cuando el joven mexicano abraza a la Vieja Señora en las montañas de Veracruz, también él siente "el vértigo de una memoria inapresable" (p. 724). El lector también resulta involucrado por esta memoria, ya que es fundamental, como le dice Julián al Cronista, para la novela que debe completar: "El mundo se disuelve cuando alguien deja de soñar, de recordar, de escribir [...] Mas una cosa es vivir recordando todo, y otra recordar viviéndolo todo. ¿Cuál camino escogerás para completar esta novela que hoy te entrego?" (p. 660). En *Terra Nostra* Polo Febo (y con él, el lector, implicado por el uso del pronombre *tú)* pasa un año encerrado en su cuarto *leyendo,* pero no es hasta que Celestina desata su *memoria* que él puede conectar todo lo que ha leído en una totalidad coherente. ¿Realmente ha viajado Polo Febo al pasado, o es que todo lo que ha vivido ha sido a través de sus lecturas? Debe establecer conexiones, anudar todo lo que ha leído para poder entender su mundo; debe, junto con Celestina, recuperar su memoria del pasado a fin de asegurar su futuro.

Otra *mise en abîme* que ilustra el proceso de transformación transtextual es el cuadro de Julián, que obsesiona a Felipe por su perspectiva novedosa sobre Cristo. El cuadro apunta a la pintura de varios artistas, sobre todo Luca Signorelli, quien también aparece mencionado en *Cambio de piel* y en *Cervantes*. En esta última obra Fuentes explica que el cuadro del apocalipsis de Signorelli se basa en elementos tradicionales pero, al introducir la perspectiva, los transforma en algo completamente nuevo, dinámico y ambiguo. En la literatura se da un proceso similar, pues, como explica Susan Levine: "La literatura que está basada en normas previas puede violar, cuestionar o desafiar esas normas al modificar el modo de leer el material normativo".[68] Para Fuentes, el *Quijote* ejemplifica este desafío: "[...] la novela de Cervantes, como la pintura de Signorelli, debe apoyar su novedad en lo mismo que intenta negar y es tributaria de la forma anterior que se instala en el corazón de la novedad confusa como una exigencia de orden, de normatividad".[69] Así como el ambiguo y siempre cambiante punto de vista del cuadro de Julián, que suscita dudas heréticas en Felipe, las múltiples perspectivas de *Terra Nostra* estimulan al lector a vivir la realidad de una manera compleja. Al comentar el cuadro con Julián, Felipe señala:

> –El anónimo artista de Orvieto [...] ha rodeado la figura de Cristo con la atmósfera del tiempo, ha situado a Nuestro Señor en una contemporánea plaza italiana y lo ha hecho dirigirse a contemporáneos hombres, desnudos, y a ellos hablarles y mirarles. ¿Qué quiere significar, de esta manera, ese artista?

[68] Levine, p. 175.
[69] *Cervantes*, p. 32.

–Que la revelación no nos fue hecha de una vez por todas […] sino que se cumple sin cesar, poco a poco, para hombres y épocas distintas, y mediante nuevas figuras [pp. 248- 249].

Como la imagen de Cristo no ocupa ya el centro del cuadro, el espectador debe tomar en cuenta lo que se sitúa más allá de los bordes del lienzo, del mismo modo que España debe superar la obsesión etnocéntrica. Significativamente, de forma parecida a *Las meninas* de Velázquez, cada espectador del cuadro es al mismo tiempo parte integral de él y, al observarlo, cada uno imagina algo completamente distinto. El propio Julián alude a esta interacción y a su visión de la función del arte cuando se dice a sí mismo: "Ciegos, ciegos: pinto para mirar, miro para pintar, miro lo que pinto y lo que pinto, al ser pintado, me mira a mí y termina por mirarlos a ustedes que me miran al mirar mi pintura" (p. 342). Siglos después, el joven mexicano (¿Polo Febo?) encargado de retocar la pintura descubre que en realidad hay un cuadro debajo del cuadro, que muestra las verdades de Julián, Felipe y su corte, Celestina y Ludovico, y los tres jóvenes –una de cuyas imágenes descubre que refleja su propio rostro, el rostro que ha olvidado (p. 729)–.[70] El observador, al sumergirse en las profundidades del texto, encuentra al final de la búsqueda su propia cara.

"Una familia lejana"

Al llegar al final de *Terra Nostra,* el lector descubre que ha ingresado en un mundo donde las fronteras entre ficción y realidad han quedado subsumidas bajo el marco mitológi-

---

[70] Compárese este pasaje con el de *Aura* donde Felipe Montero descubre en la fotografía del general Llorente "tu rostro antiguo, el que tuviste antes y habías olvidado" (p. 59).

co de la novela. Esta indeterminación estimula al lector y, por consiguiente, forma parte del diseño más amplio de interacción entre el universo del texto y la realidad. Thomas Pavel ha descrito esta interacción en términos de la dicotomía entre el Viejo y el Nuevo Mundo. Para él, el universo ficcional puede

> adquirir cierta independencia, subsistir fuera de los límites de la realidad y a veces influir con fuerza sobre nosotros, de modo no muy distinto a una colonia de ultramar que desarrolla su propia estructura insólita, y luego consigue afectar de diversas formas la vida de la metrópoli [...] La ficción regresa, en lo que podría llamarse la *proyección semántica* de sus contenidos sobre el mundo real.[71]

En muchos sentidos, es exactamente aquí dónde el mapa/máscara trazado en *Terra Nostra* lleva al lector de *Una familia lejana*. Si en *Terra Nostra* es fundamental la idea de varios mundos que se reflejan especularmente, en *Una familia lejana* lo que Fuentes destaca, mediante las interacciones (y encarnaciones) de una "familia" repartida entre Francia y Latinoamérica, es el desarrollo paralelo de las culturas. El enfoque de la novela no es ya más la época de la conquista, sino la segunda invasión cultural sufrida por América, la francesa.[72] Al igual que ocurría en *Terra Nostra*, el Nuevo Mundo, con su cosmovisión cíclica conservada a lo largo de siglos de marginación, supone un desafío a la

---

[71] Pavel, p. 88.
[72] Nos referimos, como también lo hace Fuentes, no sólo a la ocupación militar por parte de los franceses, sino a su legado cultural, el cual, en opinión del escritor, tuvo aspectos tanto positivos como negativos: "Siempre ha habido una cultura popular hegemónica en el mundo [...] en el siglo XIX era Francia [...] y en el siglo XX ha sido los Estados Unidos" (Ferman, p. 106). Como veremos, *Cristóbal Nonato* culmina esta trilogía sobre el imperialismo con su retrato irónico de la invasión estadunidense.

orientación lineal del Viejo Mundo. Pero mientras que en *Terra Nostra* Europa es el padre de América, capaz en última instancia de imponer su imagen sobre su creación, en *Una familia lejana* el hijo retorna para asediar al progenitor. En este caso se presenta una relación más explícitamente recíproca, la cual está de nuevo íntimamente vinculada a la concepción de la literatura que tiene Fuentes. Si *Terra Nostra* privilegia los textos de la literatura en lengua española, los principales intertextos activados en *Una familia lejana* provienen de la literatura francesa y, especialmente, de autores que de algún modo tienen conexión tanto con Francia como con Latinoamérica: Paul Lafargue, Reynaldo Hahn, Jules Laforgue, Isidore Ducasse (Lautréamont), y sobre todo Jules Supervielle y José María Heredia.

El nombre de Heredia, aparte de ser un evidente juego de palabras ("herencia"/"heredero"), también alude al poeta José María Heredia.[73] Resulta interesante destacar, en el contexto de los temas del doble y de la reencarnación que aparecen en la novela, que en realidad hubo dos poetas llamados José María Heredia, ambos nacidos en Cuba y exiliados la mayor parte de su vida. El primero nació en 1803 y murió en México en 1839; el segundo, primo hermano suyo (al cual se refiere explícitamente Fuentes), nació en 1842, de madre francesa, y pasó la mayor parte de su vida exiliado en Francia. Aunque escrita en francés, su poesía habla a menudo de Latinoamérica, tal como la recuerda e imagina. Los nombres de pila "Víctor" y "Hugo" también abren el texto a interpretaciones polisémicas, la más obvia de las cuales es Víctor Hugo,[74] pero también el Victor Hug-

---

[73] Fuentes también habla de un "Heredia" que acompañó a Cortés en la conquista y que es mencionado por Díaz *(Valiente,* p. 81).

[74] Víctor Hugo era uno de los críticos más fuertes de la intervención francesa en México.

hes de *El siglo de las luces* de Carpentier y el teólogo Hugues de Saint-Victor, con el cual, como hombre entre dos continentes, se identifica Fuentes: "El hombre que se siente perfectamente a gusto sólo en su tierra no es sino un tierno principiante. El que se siente cómodo en todas partes ya es mejor. Pero sólo es perfecto quien se siente un extraño en todos los lugares que visita. Yo pertenezco al segundo grupo".[75]

La novela también incorpora intertextos de autores franceses autóctonos. El tema de la memoria y la evocación nostálgica de la infancia por parte de Branly recuerdan *A la recherche du temps perdu* de Marcel Proust –obra que es a su vez una refundición de otros textos–, mientras que la madre de Heredia, "La mamasel", es comparada con *La Duchesse de Langeais* de Balzac. Otra importante referencia transtextual la constituye Alexandre Dumas. Por ser un autor que se preocupa por la recuperación del antiguo arte de contar, Dumas se asocia con la naturaleza oral del relato de Branly, y como nieto de haitianos, comparte con el Heredia francés una herencia doble. Referirse a Dumas no sólo juega con la idea de las generaciones literarias que se entrelazan, sino también con la noción de autoridad narrativa en general, ya que su obra se confunde a menudo con la de su hijo homónimo y muchos libros atribuidos a él eran colaboraciones. En un artículo de 1845 se comentó, irónicamente, "¿Quién sabe todos los títulos de todos los libros que llevan el nombre de M. Dumas? [...] Si no tabula [...] los créditos y débitos, sin duda se habría olvidado de [...] más de uno de aquellos hijos de quien es el padre legítimo, o el natural, o el padrino".[76] André y Víctor escenifican

---
[75] Rezábal, p. 16.
[76] Paulin Limayrac, "Du Roman actuel et de nos romanciers", *Revue de deux mondes,* 11.3 (1845), pp. 953-954, cit. en Benjamin, *Arcades,* p. 744.

los papeles de *Le Comte de Monte Cristo, Les Trois Mousquetaires* y *Le Vicomte de Bragelonne*,[77] y, al tomar uno de los libros, "Fuentes" encuentra la carta que le permite desentrañar uno de los misterios de la novela, sustituyéndolo por otro mucho más enigmático. Descubre que el año grabado en *Clos des Renards,* 1870 A. D., no indica su fecha de construcción, sino la de una visita de Dumas poco antes de su muerte durante la cual éste canjeó misteriosamente a un niño (p. 199). Posteriormente, Branly insinúa que la historia de los Heredias puede estar ya escrita –y que su autor es precisamente Alexandre Dumas (p. 205)–.

La alusión a la inscripción del dintel no es casual, ya que varios autores del siglo XIX (entre ellos Balzac y Víctor Hugo) se atenían a la noción de poder leer una historia a través de las inscripciones de un edificio, empresa que podemos comparar con la del arqueólogo Heredia que intenta descifrar los textos fragmentarios de las ruinas de Xochicalco.[78] Branly, no sin cierta arrogancia, se compara con el gran detective Auguste Dupin de "La carta robada" de Poe, quien se complace en ganarles a los demás por su intelecto superior. Desde luego, las iniciales de Dupin ("A. D.") se relacionan con las de Alexandre Dumas inscritas en el dintel, leídas erróneamente dos veces: primero como número de la calle (por el chofer de Branly) y después como fecha de construcción (por el mismo Branly), y solamente desentrañables por el lector potencial gracias al mensaje secreto que

[77] Fuentes ha señalado que *Le Comte de Monte Cristo* fue el libro de la niñez que más contribuyó a su vocación literaria (Lemus, p. 90). El nombre y la genealogía aristocrática de Branly también puede recordarnos al Vizconde de Bragelonne de Dumas.

[78] Al haber desaparecido siglos antes de la llegada de los mexicas, los textos literalmente fragmentarios inscritos en los templos de Xochicalco se encuentran entre los más enigmáticos de México. Como observa Hamon, la ruina, como cualquier otro objeto (o texto) fragmentario, exige ser completada por la *interpretación* del narrador o lector (p. 58).

"Fuentes" descubre escondido en un libro (p. *199*).[79] Aunque Branly, confiado en su capacidad de descifrar el misterio, sostiene que Heredia es "un libro abierto" (p. 59), es éste, mitad *poète maudit,* mitad Red Scharlach borgeano, quien mete a Branly en su laberinto discursivo (literalmente, como lo imagina éste, en su "red de arañas de cristal" [p. 53]) sin que se dé cuenta de las consecuencias hasta que ya es demasiado tarde. Los juegos psicológicos entre Branly y el Heredia francés se parecen a los juegos de gato y ratón (¿será por eso que a Heredia se lo describe como "felino"?) del género policiaco que nutre tanto a Baudelaire (traductor de Poe) como a Borges.[80] Del mismo modo, el lector, a quien se le presentan varios indicios que asocian a la novela con el terreno familiar de un relato gótico, también corre el riesgo de terminar como el desventurado Lönnrot del relato de Borges si se atiene resueltamente a sus expectativas preconcebidas.

El espacio de la casa también evoca la tradición gótica; en particular, los capítulos de "Clemencita" y "La mamasel", así como la figura misteriosa de la mujer fantasmal que provoca la curiosidad de Branly, parecen tener resonancias de *Wide Sargasso Sea* (1966) de Jean Rhys, novela en la cual, significativamente, la autora entra en un diálogo textual (y un desacuerdo fundamental) con la representación europea de la criolla caribeña hecha por Charlotte Brontë en su novela gótica, *Jane Eyre* (1848).[81] Sartre comenta que cuan-

---

[79] Además, tanto Dumas como Poe ("padre" de Dupin) engendraron cuentos de fantasmas.
[80] Recordamos las palabras de Baudelaire en su poema "Au lecteur": "Hypocrite lecteur, –mon semblable, –mon frère!" El mismo Branly, con su visión de la mujer como elemento catastrófico, posiblemente se relacione con Jules Barbey d'Aurevilly, aristócrata y contemporáneo de Baudelaire.
[81] Esta mujer fantasmal con su mirada vacía también puede recordarnos a la *Aurelia* de Nerval.

do el lector abre un libro del pasado es "una posesión", en la que presta su cuerpo a los autores muertos "para que puedan vivir de nuevo".[82] Como presencias fantasmales, los criollos (los Heredia) vuelven a contar la historia que los europeos (Branly) ya habían relegado al pasado y la convierten en una presencia viva.

Para la narración de Branly –y para la propia novela– es fundamental el poema "La chambre voisine" del poeta uruguayo-francés Jules Supervielle. Branly le explica a "Fuentes" que antes de acostarse siempre lee el poema mirando una foto de su padre muerto, y a lo largo de la novela se reproducen numerosos fragmentos del poema, a menudo textualmente (pp. 28, 123, 124, 159). De hecho, su estructura no sólo coincide con la de la novela, sino que, como se percata el propio "Fuentes", representa su *leitmotiv* principal (p. 154),[83] según se ejemplifica en el capítulo 16, donde el sueño de Branly recoge el poema íntegro:

> Tournez le dos à cet homme
> Mais restez auprès de lui,
> (Écartez votre regard,
> Sa confuse barbarie),
> Restez debout sans mot dire,
> Voyez-vous pas qu'il sépare
> Mal le jour d'avec la nuit,
> Et les cieux les plus profonds
> Du coeur sans fond qui l'agite?
> Éteignez tous ces flambeaux,
> Regardez: ses veines luisent.
> Quand il avance la main,

---

[82] Sartre, *¿Qué es la literatura?*, p. 60. Analizo esta conexión con más detalle en el capítulo siguiente.

[83] Fuentes confirma que la novela es, en muchos sentidos, una lectura narrativa del poema. Véase Faris, *Carlos Fuentes,* p. 221.

Un souffle de pierreries,
De la circulaire nuit
Jusqu'à ses longs doigts parvient.
Laissez-le seul sur son lit,
Le temps le borde et le veille
En vue de ces hauts rochers
Où gémit, toujours caché,
Le coeur des nuits sans sommeil.
Qu'on n'entre plus dans la chambre
D'où doit sortir un grand chien
Ayant perdu la mémoire
Et qui cherchera sur terre
Comme le long de la mer
L'homme qu'il laissa derrière
Immobile, entre ses mains
Raides et définitives.[84]

Me siento [...] objeto de una hostilidad implacable. Pero a pesar de ello me niego a alejarme de ese niño que observa detrás de los cristales biselados. No me alejo, aunque le dé la espalda. No sé si la confusa barbarie que siento en mi mirada es sólo mía o sólo un reflejo de la suya y sus historias barrocas en las que la pasión y la venganza se alzan sobre un altar giratorio, hecho de lámina dorada y humedad de luna. Estoy de pie sin decir palabra, dando la espalda al niño que me mira [...] Veo a los dos, el niño y la mujer y sé que ambos tienen dificultad en separar el día de la noche [...] La mujer no comprende porque ya no me mira; mira al niño de la ventana y le dice que no tenga tanta pena en distinguir los cielos más profundos del corazón agitado y sin fondo que es el suyo. La mujer le habla al niño como si yo no estuviese allí, detenido entre los dos. Pero cuando ella pasa junto a mí [...] extiendo las manos en solicitud de auxilio pero ella se retira dándome la espalda [...] Se lleva un dedo a los labios y nos dice que dejemos al niño solo en su lecho; el tiem-

---

[84] Supervielle, p. 108.

po lo bordea y vigila. Los dos se han reunido. Han salido de las tumbas en las barrancas podridas de manglar y plátano para reunirse en los altos miradores rocosos donde gime, siempre escondido, el corazón de las noches sin sueño. Que nadie entre más a esta recámara [...] nadie más saldrá de este refugio más que un gran perro que ha perdido la memoria y que buscará sobre la tierra pero también a lo largo del mar al hombre que dejó atrás, inmóvil, entre las manos tiesas y definitivas de la nueva madre y nana, reunida al fin con su hijo que nunca tuvo pero que la escogió a ella [pp. 125-126].

Los recuerdos del pasado de Branly no son la única situación en la que el poema de Supervielle halla resonancia. Como señala Sayers Peden, a lo largo de la novela abundan las imágenes con ecos de "La chambre voisine".[85] La "barbarie" apunta a las discusiones de los personajes sobre la civilización y la barbarie, y su relación con la dicotomía Europa/América; los versos 6 y 7 recuerdan la preferencia de Heredia por la noche y su sensibilidad a la luz (pp. 77, 81, 94), que al parecer le son transmitidas a Branly (p. 10), que repite que "duerme poco" por sentirse "acosado por la necesidad de la vigilancia" (p. 147), mientras que los versos 18-20 sugieren los acantilados de La Guaira y la visión de Heredia del cuerpo de su madre abandonado en una barranca. Los versos 11 y 15 parecen recordar las manos transparentes y delicadas de Branly (p. 84), único rasgo que dice haber heredado de su padre (p. 67), mientras que las manos fuertes del último verso remiten a los dedos cortos y ordinarios de Heredia (p. 47) o, tal como lo recuerda Branly, a las manos tiesas de la mujer fantasmal que se cubre la cara con las manos.[86] Cuando Branly está a punto de ahogarse en la

---

[85] Peden, "Forking Paths, Infinite Novels, Ultimate Narrators", p. 162.
[86] Son también las *manos* del joven Víctor las que quedan destrozadas después de tirarse a la barranca, y cuando Branly descubre a los dos jóve-

alberca del club, "Fuentes" lo lleva a casa y lo deja a una noche de insomnio. Heredia le dice a "Fuentes" a través de Branly: "Tuviste un pasado y no lo recuerdas" (p. 189), y ahora debe buscarlo por todo el mundo; pero, al igual que Supervielle, es un hombre sin patria, perseguido por su propio fantasma: "Carlos: No eres de aquí, nunca más serás de allá. ¿Conoces a tu fantasma? Tomará tu lugar apenas mueras y entonces tú serás el fantasma de quien fue, en tu vida, tu propio espectro" (p. 210).[87] Al "leer" su mundo a través de este "cuarto"/poema, Branly infunde al espacio cerrado con una intimidad que cataliza su memoria de una manera sumamente poderosa.

Cada uno de los personajes de *Una familia lejana* lleva dentro de sí a su opuesto: el Otro. Los Heredia se refractan unos en otros: el Víctor Heredia mexicano tiene su imagen especular en el Víctor Heredia francés y en su hijo André, quien es también su doble, el niño del parque, y el niño que Dumas lleva a Francia. Los personajes femeninos muestran conexiones similares: la mujer de la ventana del Parc Monceau, el fantasma del *Clos des Renards,* la figura del retrato, el ama de llaves de Branly, la Mamasel de La Guaira y Lucie, la esposa francesa de Hugo Heredia (y quizá de "Fuentes") y la mujer a la que Branly amó pero cuya imagen se ha olvidado, son el mismo personaje. En cierto momento, el Heredia francés coloca un espejo delante de él y de Branly, y

───────

nes teniendo relaciones sexuales en su coche, lo que intenta separar son sus manos. En el capítulo que sigue sugiero una conexión entre los vocablos *manoir* y *manuscrito,* a la que quizás podemos agregar *mano,* palabra de la cual se deriva *manuscrito* ("escrito a mano") para subrayar la relación que propone Fuentes a lo largo de la novela entre la doble seducción del cuerpo humano y el de papel.

[87] Asimismo, Arturo Echavarría señala que en la historia de la literatura francesa Jules Supervielle representa el papel de conciliador entre los nuevos y los viejos modelos poéticos, de mediador entre lo europeo y lo americano (p. 400).

éste es incapaz de distinguir los dos alientos que empañan su superficie (p. 77). Asimismo, después de heredar la historia de Heredia, "Fuentes" encuentra que su propia identidad se halla comprometida y especula con la posibilidad de que Hugo Heredia lo hubiese esperado, como el niño de la ventana esperó a Branly, y el fantasma de la esposa/madre muerta de Heredia se convierte en "mi Lucie". "Fuentes" insiste en que Branly le cuente todos los detalles de la historia antes de morir, "como si este agotamiento de los recursos de la narración pudiese significar la muerte de la historia que no deseo y mi liberación consiguiente de la responsabilidad de contársela a alguien" (p. 203). En última instancia, sin embargo, nadie recuerda la historia completa y los lectores están condenados a resolver las preguntas que quedan sin respuesta dentro del texto. El Heredia francés le dice a Branly que su madre, condenada a la prostitución por su padre, estaba tan degradada que su último pago no fue siquiera completo, pues lo recibió de un oficial francés en forma de moneda cortada en dos. Muere en un prostíbulo de Cuernavaca, pero Heredia no puede sino imaginar que alguien arrojó su cuerpo a alguna barranca en las afueras de la ciudad. No es casual, entonces, que Víctor encuentre el artefacto, descrito —al modo quevedesco— como simultáneamente ardiente y helado (p.129), en Xochicalco, yacimiento arqueológico en las afueras de Cuernavaca, ni que lo rompa en dos, momentos antes de tirarse del precipicio. De este modo se establece una relación entre las dos mitades de la moneda y las del artefacto reconstituido por los niños en la hora de su muerte/nacimiento en la alberca del club, rescatándose así la memoria de la madre de Heredia.

Aunque representa un regreso al lugar de la degradación de la madre, Xochicalco es también un espacio de encuentros: históricamente, por tratarse de una civilización cuyos restos muestran influencias de varias culturas indígenas; y en el contexto de la novela, por ser el lugar donde Branly conoce por primera vez a los Heredia. Philippe Hamon compara la fascinación del hombre moderno con las ruinas arqueológicas con el acto de leer, puesto que en ambos casos se trata de resucitar (o de *desenterrar)* un significado perdido. Más aún, los viajes sirven de pretexto para estructurar un recuerdo, del mismo modo que Branly utiliza su experiencia con los Heredia para rescatar el recuerdo de su infancia: "La ambivalencia semántica de las ruinas y su encarnación de categorías contradictorias (tales como la temporalidad) dan lugar a la reflexión poética; del mismo modo que las ruinas crean paralelos en la mente del espectador al fundir el pasado, el presente y el futuro".[88] La definición que hace Hugo Heredia de su profesión de arqueólogo como el oficio de "reparar patéticamente un pasado" (p. 175) reproduce lo que le pasa a Víctor al encontrar el objeto perfecto, "sin fisuras," que rompe y arroja al precipicio, para caer él mismo, gritando en su delirio, después de ser rescatado, "olvidé, olvidé" (p. 174).[89] El joven Víctor había olvidado la lección más profunda de la antigüedad mexicana, según la expresa su padre: "[...] todo está relacionado, nada está aislado, todas las cosas están acompañadas de la totalidad de sus atributos espaciales, temporales, físicos, oníricos, visibles e invisibles" (p. 176).

Aunque Hugo Heredia le informa a Branly que Xochicalco es un centro ceremonial y no un lugar de sacrificios, el

[88] Hamon, pp. 40 y 61-62. Fuentes ha observado que Walter Benjamin "nos hizo ver que sólo la ruina es perfecta: es la declaración final del objeto" (Reyzábal, p. 22).
[89] Sobre este tema, véase Romano. Aquí Fuentes posiblemente esté jugando con el doble significado en francés de *délire* (delirio) y *de-lire* (des-leer).

acto de arrojar niños de las cumbres para que la naturaleza les fuera propicia era practicado por varias culturas prehispánicas.[90] Los mexicas asociaron las ruinas de Xochicalco con Tamoanchan, el paraíso terrenal de su pasado. El intento de Víctor de lanzarse al abismo al darse cuenta de lo que se ha "olvidado" prefigura, entonces, el sacrificio necesario exigido por su madre y llevado a cabo por su padre. Es interesante notar que el rito más importante y posiblemente más antiguo asociado con el sacrificio de niños se celebraba del 10 al 12 de XIV Quecholli, mes que corresponde a noviembre. Durante esta ceremonia se arrojaban niños, frecuentemente en compañía de sus madres, para aplacar a las diosas madres.[91] Es también el 11 de noviembre, día de su cumpleaños y la noche de San Martín, "instante de luminosidad plena" (p. 154), cuando "Fuentes" entra en el club y descubre a los dos niños en la alberca.

Como señala Faris, la naturaleza incompleta de la existencia humana no difiere demasiado de la de muchos textos, cuya prolongada vitalidad depende de su interacción con otros.[92] Del mismo modo que los espacios cerrados de los europeos contrastan con las extensiones abiertas de América, el narrador compara el instante de la suave luz vespertina de la Isla de Francia con la luz "salvaje" del "mediodía eterno" mexicano. El primer encuentro de Branly con los Heredia en México coincide con la época en la que el sol se ve a través del observatorio de Xochicalco

[90] Henry Nicholson, p. 107. Véase también: Arnold; Broda.
[91] Broda, pp. 102-107. La sangre de los inocentes se concebía como necesaria para sostener el agua, y así las lágrimas rituales —y verdaderas— de las víctimas y sus familias se asociaban con la lluvia. La mujer fantasmal de la novela, como la Llorona de la leyenda popular basada a su vez en Cihuacóatl, llora a sus muertos y exige a "Fuentes" que le devuelva a sus hijos. Es ella quien lo conduce sin que lo sepa a la alberca.
[92] Faris, *Carlos Fuentes*, p. 182.

en un momento de perfecta luminosidad; y sin embargo, a lo largo del texto se insiste en que los personajes solitarios se protegen de la luz del sol con la mano; se quedan en la *chambre voisine* y se niegan a exponerse. La compenetración de André (europeo/fantasma) y Víctor (americano/mortal) en un instante de luminosidad plena apunta a la fusión entre el autor y el lector, así como a la que se da entre el pasado y el presente, y entre el Viejo y el Nuevo Mundo.[93] El precio de esta unidad es la muerte de los niños, pero la narración tiene la posibilidad de continuar, siempre y cuando pueda liberarse del lastre del pasado. En la escena de la alberca "Fuentes" oye una voz: "Heredia. Tú eres Heredia" (p. 206). Al heredar una historia en contra de su voluntad, se ha convertido en parte de la ficción; sin embargo, es el lector quien se queda con el enigma, es él (o ella) quien se convierte en Heredia. Por consiguiente, el "vous" del poema de Supervielle no sólo implica a Branly, sino también a "Fuentes" y, por extensión, al lector, puesto que es éste quien debe escribir el "último capítulo" de *Una familia lejana*.

Harold Bloom confirma que la interacción entre los textos no es sólo una relación de influencia recíproca, sino que se materializa en una serie de categorías basadas en una interpretación creativa errónea ("creative misreading"). Para él, la relación entre los escritores puede describirse en términos de "proporciones revisionistas" en las que los poetas-hijos responden a las preguntas planteadas por sus "padres poéticos" mediante diversas estrategias de textualización.[94] Asimismo, Branly le dice a "Fuentes" que por cada historia

---

[93] Según "Fuentes", el mismo Branly tiene un "aspecto de fantasma civilizado" que sólo se disipa cuando el sol de México le da "presencia carnal" (p. 9).

[94] Bloom, *Map of Misreading*, pp. 96-97.

existe otra narración contigua, paralela e invisible, y que la historia de la familia Heredia es sólo una de las infinitas posibilidades de una narración –o de una vida (pp. 204-205)–. Esta fusión de identidades también sugiere que personajes y acontecimientos independientes pueden, en última instancia, constituir una sola, o, yendo un poco más lejos, como borgeanamente insinúa Fuentes, que no sólo su obra sino todas las novelas en lengua española constituyen una sola, inagotable porque cada lectura es distinta. Por esta razón, la lectura es una actividad tan dinámica como la escritura. Gracias a la capacidad productiva de aquélla, por la cual cada obra es transformada gracias a las reservas transtextuales del lector, la literatura alcanza un estado perpetuo de transformación. Asimismo, se puede considerar la literatura un "juego de espejos" porque cada escritor crea a sus precursores al modificar la percepción del lector de las obras pasadas y futuras.

En una sección de *Terra Nostra*, el Cronista/Cervantes encuentra un manuscrito que el narrador dice que "quizá" comience del siguiente modo:

Al despertar [...] una mañana, tras un sueño intranquilo, encontróse en su cama convertido en un monstruoso insecto [...] Hallábase echado sobre el duro caparazón de su espalda [...] y, al alzar un poco la cabeza, vio la figura convexa de su vientre oscuro, surcado por curvadas callosidades [...] cuya prominencia apenas si podía aguantar la colcha, que estaba visiblemente a punto de escurrirse hacia el suelo. Innumerables patas, lamentablemente escuálidas en comparación con el grosor ordinario de sus piernas, ofrecían a sus ojos el espectáculo de una agitación sin consistencia.

–¿Qué me ha sucedido? No soñaba, no [p. 255].

A excepción del nombre "Gregor Samsa", que es omitido, Fuentes reproduce las primeras líneas de *La metamorfosis* de Kafka casi igual a como aparecen en la traducción de Borges.[95] La idea de Kafka como posible precursor de Cervantes remite, como lo hacen las confusas relaciones de parentesco de *Una familia lejana,* al espacio mítico de la lectura, donde las cronologías e influencias simples dejan de ser válidas.[96] Al principio Branly es incapaz de anudar los hilos de la historia de los Heredia porque no obedecen a la cronología racional sino que, como le advierte el Heredia francés: "Las verdaderas generaciones no tienen nada que ver con su cronología pedestre" (p. 139). De modo análogo, la literatura no puede seguir interpretándose con base en la idea habitualmente aceptada de los "precursores", de la progresión utópica hacia una forma ideal. Más específicamente, se trata de una reflexión crítica sobre el proceso de mimetización que se da entre los textos europeos y los hispanoamericanos y, con esta reflexión, los asuntos de la autoridad y del poder del lenguaje. En esta historia, al igual que en la serie eternamente inconclusa de historias que constituye el patrimonio literario de todos los escritores y lectores, "las generaciones son infinitas, todos somos padres de los padres e hijos de los hijos" (p. 143).

"Cristóbal Nonato"

La noción de una genealogía de la literatura y, concretamente, del papel del lector en este proceso, se explora con

---

[95] En *Cristóbal Nonato* el juego sigue cuando "un insecto despertó una mañana convertido en Franz Kafka" (p. 106).

[96] Sobre este tema véase también *Casa con dos puertas,* p. 270, y *La arqueología del saber,* de Foucault, pp. 167-177.

mayor profundidad en *Cristóbal Nonato*. Al igual que ocurre con la función del lector como narratario, también la interacción de textos aparece abiertamente articulada en la novela. Del mismo modo que Cristóbal es producto de sus cromosomas y su cadena de información genética, la cual es exclusivamente suya pero a la vez un compuesto de las de sus padres, la novela es resultado de las "relaciones de parentesco" entre los textos: "la novela tampoco es huérfana, no salió de la nada [...] *Cristóbal Nonato* busca sus novelas hermanas, amadas, extiende sus brazos de papel para convocarlas y recibirlas" (p. 151). Si en *Una familia lejana* Fuentes expresa el lastre del pasado literario que se transmite por la herencia filial de la narración, en *Cristóbal Nonato* el desafío de romper con la herencia paterna y la crueldad humana en general constituye un componente central de la conciencia del joven narrador. Como afirma Said, ser *novedoso* significa ser original, es decir, "una figura que no repita lo que la mayoría de los hombres forzosamente repite: el curso de la vida humana, de padre a hijo, de generación en generación".[97] Sin embargo, como se han percatado tantos escritores a lo largo de los siglos, esta "originalidad" debe reconocer su "herencia genética" o de lo contrario se hace imposible la comunicación con el lector. La herencia que recibe Cristóbal en forma de novela compuesta de otras novelas se ve reforzada por una enumeración donde el discurso literario que ha reservado un lugar al lector se contrapone a las lecturas unívocas de la línea genealógica –histórica y ficcional– en la que predomina la voz del autor. Por eso el "árbol genealógico" de Cristóbal, que empieza y (casi) termina con don Quijote, Jacques le Fataliste y Tristram Shandy (reservando un lugar promi-

---

[97] Said, *World, Text and the Critic,* p. 117.

nente a Erasmo),[98] también incluye una serie de *personajes* de ficción cuya visión de la realidad ha sido contaminada por sus lecturas. En su genealogía Cristóbal pasa por la Catherine Moreland de Jane Austen y la Madame Bovary de Flaubert, lectoras, al igual que don Quijote, que intentan convertir en realidad el mundo fantástico de sus lecturas, y Pierre Menard, el lector que es "autor" del *Quijote*. Fuentes dice que "un escritor siempre ha de enfrentar el misterioso deber de reconstruir literalmente una obra espontánea. Y fue así como me topé con mi tradición: *Don Quijote* era un libro que estaba esperando ser escrito. La historia de Latinoamérica era una historia que estaba esperando ser vivida".[99] Mientras el contrapunto literario ("los hijos de Waterloo") termina con Machiavelli, los lazos familiares de Cristóbal ("los hijos de la Mancha") quedan abiertos. Ésta es, por lo tanto, la herencia de Fuentes y de todo lector que comparte esta visión dinámica del pacto narrativo.

La conexión de Cristóbal, digresivo y coloquial, con el narrador embrionario de *Tristram Shandy* aparece claramente marcada en el texto.[100] Fuentes incluso reproduce uno de los dibujos de la novela de Sterne, el cual, mediante un dramático cambio de significación, se convierte en el material genético del que surge Cristóbal. Pero Cristóbal no es un descendiente de la novela de Sterne sólo en la presen-

---

[98] Sobre Erasmo véase *Valiente mundo nuevo,* pp. 264-265.
[99] *Myself with Others,* p. 17.
[100] Encontramos una especie de hermano mayor de Cristóbal en *Palinuro de México* (1977) de Fernando del Paso, donde Palinuro y su prima/ amante Estefanía escriben un libro y tienen un hijo que nace en el último capítulo. Además, al igual que *Cristóbal Nonato,* la novela de Del Paso hace amplio uso de la parodia transtextual y el lenguaje carnavalesco. Debra Castillo también ha detectado una relación entre *Cristóbal Nonato* y *La peau de chagrin* (1831) de Balzac, parentesco que subraya la *comédie humaine* hispanoamericana que sugiere la novela de Fuentes ("Fantastic arabesques", p. 12).

cia de un narrador en gestación o en el uso de un lenguaje carnavalesco. El aspecto más importante que comparten ambas novelas es la relación especial entre autor y lector que articula explícitamente el narrador. En *Tristram Shandy,* Sterne afirma:

> [...] no author, who understands the just boundaries of decorum and good breeding, would presume to think all: The truest respect which you can pay to the reader's understanding, is to halve this matter amicably, and leave him something to imagine, in his turn, as well as yourself. For my own part, I am eternally paying him compliments of this kind, and do all that lies in my power to keep his imagination as busy as my own.[101]

Por consiguiente, autor y lector son cómplices en el juego de la imaginación, y la propia existencia del juego se funda en la colaboración: si el texto aspira a ser algo más que un conjunto de normas rectoras, las facultades imaginativas del lector son reprimidas y el acto de la lectura pierde su capacidad productiva.

En sus juegos con el lector Cristóbal encuentra otro aliado en *Jacques le fataliste*. En un ensayo sobre la novela de Diderot, Fuentes señala que lo que el escritor francés se propone es "convertir lo sucesivo en instantáneo al dar vida en el libro a todos los actores del circuito de la comunicación, autor, lector y narrador".[102] En *Cristóbal Nonato,* los personajes se ven reducidos a tipos cuyas motivaciones psicológicas quedan en la mayor parte inexploradas. De modo análogo, la novela de Diderot no se funda en la verosimilitud de los personajes, sino más bien en "la capacidad del autor para reclutar [...] al lector como co-creador de la

---

[101] Sterne, p. 79.
[102] *Myself with Others,* p. 76.

obra".[103] En su texto, Diderot se dirige continuamente al lector, anticipando sus preguntas y negándose a contestarlas porque la "libertad del autor es inseparable de la libertad de un lector reclutado para resaltar [...] con su presencia, la presencia de la escritura: su inmediatez".[104]

No obstante, a diferencia de lo que le ocurre al lector de *Tristram Shandy*, a quien en apariencia el narrador le hace una "amable concesión", el lector de *Jacques le fataliste* ha de luchar por sus derechos. Entre las posibilidades polivalentes que ofrece el texto, debe escoger la que mejor se ajusta a sus expectativas y a la intención del autor, mientras el narrador le repite una y otra vez que deje de hacer preguntas y le permita continuar con su historia. Fuentes afirma que todas las grandes novelas son novelas potenciales y que el único lector que importa es el que tiene que poner en funcionamiento sus facultades para sellar el pacto con el texto y su autor, ese presente perpetuo en que se hace posible la transformación: "No hay lector que valga si no es un lector inexistente al ser escrito el libro. Un lector buscado y ganado, en otras palabras. La novela surge en nombre de ese lector potencial. Es por ello una novela potencial también".[105] Es por ello que, aunque Cristóbal/narrador "cede amablemente" los derechos a su lector, Cristóbal/novela, al igual que Jacques, le exige un alto grado de colaboración. Fuentes se dirige al lector desde los dos ángulos porque el otro lado de la enumeración citada, esa tradición "de Waterloo" en la cual la literatura se propone reflejar directamente la realidad, es también la de los lectores a quienes apela Fuentes, porque la realidad que él imagina no se limita a las páginas del libro, sino que anuncia

---

[103] *Myself with Ohers*, p. 79.
[104] *Ibid.*, p. 81.
[105] Reyzábal, p. 20.

una historia potencial, un futuro que está esperando ser vivido:

> Hay, pues, un nosotros con sonrisa, no con banderas, que recupera hoy la tradición manchega y, al hacerlo, le da a lo colectivo un nuevo sentido, generoso y desafiante: el nosotros de la novela actual no es un estrecho canon decimonónico [...] sino un horizonte muy ancho en el que dialogan no sólo *personajes* sino, como quieren Bajtín y Broch, civilizaciones, tiempos históricos alejados, clases alejadas, clases sociales, figuras aún borrosas y sin definición psicológica, lenguajes.[106]

En *Cristóbal Nonato,* la atmósfera pop esbozada en *Cambio de piel* es llevada hasta sus últimas consecuencias en cuanto a la parodia y a la sátira de la invasión de mercadería estadunidense: así, encontramos alusiones a iconos de principios de los ochenta como los pantalones de mezclilla *Guess* y las muñecas *Cabbage Patch* junto a citas de Charles Dickens, Francisco de Quevedo y Ramón López Velarde. El escritor mexicano Fernando Benítez[107] aparece como personaje de ficción, junto con descendientes de personajes de otras novelas de Fuentes, más notablemente Federico Robles Chacón, hijo de Hortensia Chacón y Federico Robles, del mismo modo en que *Cristóbal Nonato* es, en muchos sentidos, un descendiente de *La región más transparente.* El

---

[106] Reyzábal, p. 18.

[107] Benítez, gran defensor de los indígenas y amigo de toda la vida, apoyó a Fuentes en un momento en que muchos críticos todavía atacaban al joven novelista. A su vez, Fuentes le dedica un ensayo a Benítez, reproducido en *Casa con dos puertas,* donde lo defiende ante los críticos: "La herejía de Benítez ha consistido en defender los intereses de todos nosotros, los mexicanos [...] en ser un intelectual independiente" (p. 100). También es de destacar que Benítez escribió una obra de teatro basada en la vida y los escritos de Cristóbal Colón (1951), que presenta a Colón autoconcibiéndose como Mesías y lo asocia reiteradamente con la paloma (de la paz, del Espíritu Santo y símbolo de la tierra).

tío de Ángel, símbolo de todo lo pomposo e hipócrita que hay en la política –y, a veces, en la academia– mexicana, es un Homero desmitificado; el enemigo de Federico se llama Ulises López y su hija, Penélope; y el implacable jefe de la policía lleva por nombre Nemesio Inclán. El abuelo de Ángel constituye una síntesis del revolucionario mexicano (y antítesis de Artemio Cruz), mitad Demetrio Macías, mitad Pedro Armendáriz, mientras que su esposa, Susana Rentería, es la hija de Pedro Páramo (¿y Ana Rentería?), quien en esta novela encarna a un cristero capturado y asesinado por las fuerzas revolucionarias. Ángel, quien en muchos sentidos representa la herencia literaria que sustenta la imaginación de Cristóbal (como narrador y como novela), es célebre por sus lecturas. Se viste como Quevedo, cita a Montaigne e imagina el mundo a partir de los libros que ha leído, sobre todo los de López Velarde. Montaigne, al igual que Fuentes, tiene una visión esencial del mundo como "leído": "Ce grand monde [...] c'est le miroir où il nous faut regarder pour nous connaître de bon biais. Somme, je veux que ce soit le livre de mon écolier".[108] Además, la obra de Montaigne puede ser considerada un "paradigma de la escenificación de la intertextualidad", una "conversación activa" con sus precursores.[109]

Vico señala que la historia la hacen las personas pero es determinada por ciclos que se repiten. Como apunta Said, la noción de genealogía –la metáfora familiar– constituye una parte esencial de la teoría de Vico. El sentido en que se produce esta generación viene determinado, significativamente, por la memoria, puesto que el discurso histórico es

[108] Montaigne, *Essais,* vol. 1, p. 36.
[109] Still y Worton, pp. 8-9. No es casual que López Velarde fuese también un conocido admirador de Montaigne ni que los oxímoros quevedescos (fuego/hielo) se repitan en la obra del poeta mexicano. Véase, por ejemplo, "A Sara" (p. 167).

un producto de la mente y la mente es memoria histórica.[110] Al igual que el poema "Cino" en *Terra Nostra* y "La chambre voisine" en *Una familia lejana,* el soneto de Quevedo "Definiendo el amor"[111] cumple una función mnemotécnica en la novela. La primera estrofa del poema aparece, inalterada, hacia el principio:

> Es hielo abrasador, es fuego helado,
> es herida que duele y no se siente,
> es un soñado bien, un mal presente,
> es un breve descanso muy cansado
> [...]
> Es una libertad encarcelada
> [p. 159; la elipsis es deFuentes].

Y de nuevo, esta vez modificada, en el momento del nacimiento de Cristóbal:

> Es yelo abrasador, es fuego helado,
> es herida, que duele y no se siente,
> es un soñador bien, un mal presente,
> es un breve descanso, muy cansado [p. 559].

La primera vez que se menciona el soneto es atribuido a Quevedo, pero en la segunda Cristóbal siente pánico al no ser capaz de recordar ni el título ni el autor. Éste es el primer indicio de que perderá la memoria en cuanto nazca y necesitará que el lector recuerde en su lugar todo lo que ha leído: "[...] te invoco, ya ves, no cerraré mi pobre novela nonata sin dirigirte una súplica [...] Aquí te dejo este lugar, tú dirás si lo ocupas o no!" (p. 560). Quevedo, "hijo de sus

---

[110] Said, *World, Text, and the Critic,* pp. 114-117.
[111] Quevedo, p. 491.

obras y padrastro de las ajenas", es para Fuentes un emblema del idioma español, una voz que desafía la tiránica épica castellana. En su ensayo sobre *Aura,* "How I wrote one of my books", citando nuevamente "Definiendo el amor", reconoce que la presencia de Quevedo es tan fuerte que podría decirse que es el "verdadero" autor de la novela.[112]

Quevedo redescubre el lenguaje a través de imágenes que transmiten directamente su sentido. Del mismo modo, Ramón López Velarde revitaliza las raíces de la poesía mexicana al transformar, según señala Ángel, "el fondo común de nuestra cursilería pueblerina en poesía y misterio" (p. 134). Al igual que Fuentes en su novela, López Velarde se propone explorar los límites de la palabra y rescatar su significación originaria, anterior a su apropiación por la academia, los modernistas y el poder institucionalizado. Desdeñando el "lenguaje como fin último" (actitud que en *Cristóbal Nonato* representa el charlatán tío Homero), en su ensayo "La derrota de la palabra" dice: "Me complacería despertar el horror al industrialismo de la palabra".[113] Al igual que el poeta, Ángel redescubre su país al descubrirse a sí mismo y adopta un ideal que consiste en una "revolución reaccionaria" –aunque lo que para el poeta es "una íntima tristeza reaccionaria" ("El retorno maléfico"), para Ángel es "la más íntima alegría reaccionaria" (p. 11). Dieciséis de los capítulos de *Cristóbal Nonato* toman su título del poema de López Velarde "La suave patria"[114] y, efectivamen-

---

[112] *Myself with Others,* p. 30.
[113] López Velarde, p. 399.
[114] "La suave patria" (sección I), "Patria, tu mutilado territorio" (I.2), "En calles como espejos" (I.5), "Patria, tu superficie es el maíz" (II.6), "De aves que hablan nuestro mismo idioma" (II.7), "Tu respiración azul de incienso" (III.4), "Patria, sé siempre igual, fiel a tu espejo diario" (III.5), "Tu casa es tan grande todavía" (VI.1), "Ojerosa y pintada" (VI.6), "Vives al día, de milagro, como la lotería" (VI.7), "las campanadas caen como centavos" (VI.10), "Creeré en ti mientras una mexicana" (VI.11), "Trueno del temporal" (VIII.1), "Tu

te, la visión de México que ofrece el poema, con su capital "ojerosa y pintada" y su "mutilado territorio" que vive al día, "de milagro, como la lotería", no se diferencia mucho de la del México de 1992 imaginado por Fuentes. Al mismo tiempo, "La suave patria" es un poema erótico donde el cuerpo de la mujer se convierte en metáfora de "la patria", como lo es también, en última instancia, *Cristóbal Nonato*: "[...] la Patria es impecable y diamantina". En este proceso, Ángel también descubre su idioma y se lo transmite a Cristóbal: un idioma con posibilidades plurivalentes, rico en cultura, "castellana y morisca, rayada de azteca".[115]

El centro de la búsqueda de López Velarde, como la de Ángel, encarna en una presencia femenina que es al mismo tiempo una mujer y todas las mujeres. López Velarde rebautizó a su amada con el nombre de "Fuensanta" –silenciosa y distante en vida, un fantasmal "ángel femenino" que siguió inspirándolo tras su muerte–. Asimismo, en la novela Ángeles es una mujer sin pasado, que recibe su nombre –y su identidad– de Ángel. Al estar coronada con un halo, se asocia con los ángeles y con la manifestación terrenal de la Virgen María. Ángel intenta modelar a su esposa con base en el espectro de Águeda, una figura idealizada que toma su nombre de "Mi tía Águeda" de López Velarde. La descripción que hace Ángel de su encuentro con ella (repetida por Ángeles) evoca imágenes y a menudo versos enteros de la obra de López Velarde:

> Claro, me mordí la lengua reconociendo que estaba citando el poema de López Velarde que había leído anoche en mi cama

verdad de pan bendito" (IX.1), "Te amo no cual mito" (IX.2), "Patria te doy de tu dicha la clave" (IX.3) son citas directas; "Patria, sé siempre fiel a ti misma" (VII.11) combina las frases del poeta "Sé igual y fiel" y "Patria, sé siempre igual, fiel [...]" (López Velarde, pp. 208-212).
[115] López Velarde, p. 232; *Cristóbal Nonato*, p. 249.

EL MUSEO IMAGINARIO   155

solitaria [...] imaginando los dedos de la prima Águeda tejiendo "mansa y perseverante en el sonoro corredor" [...] imaginándola como ahora la veía, vestida de luto, pero resonante de almidón, con sus ojos cobrizos y sus mejillas rubicundas [...] Ella volteó la cabeza y me miró sólo un instante [...] con sus ojos inusitados de sulfato de cobre. "Yo tuve tierra adentro una novia muy pobre": en los ojos que rimaban entre sí adiviné una felicidad infinitamente modesta [...] Me conocía (o conocía al poeta, más bien): desnudó solo la espalda, los hombres, la nuca [...] me dio el éxtasis con la fragancia casta y ácida de sus axilas, alas diáfanas [...] quisiera dormirse en tus brazos beatíficos, Águeda, como sobre los senos de una santa [...] La parcialidad perfumada del cuerpo de Águeda en la iglesia me enfermó por absoluto. Le dije apretando los dientes que no podía desearla y sólo desearla, que me diera lo que tuviera para mí aunque fuera en el umbral del cementerio, "como perfume", le dije a la oreja "y pan y tósigo y cauterio" [...] Me dio de beber el agua contenida en el hueco de sus manos [pp. 130-132].

El capítulo crea la figura de una mujer fusionando imágenes de numerosos poemas distintos: "mi prima Águeda [...] llegaba / con un contradictorio / prestigio de almidón y de temible / luto ceremonioso. / Águeda aparecía, resonante / de almidón, y sus ojos / verdes y sus mejillas rubicundas / me protegían [...]" ("Mi prima Águeda"); "en tus brazos beatíficos me duermo / como sobre los senos de una Santa" ("Elogio a Fuensanta"); "Amo vuestros hechizos provincianos, / muchachas de los pueblos, y mi vida / gusta beber del agua contenida / en el hueco que forman vuestras manos" ("A la gracia primitiva de la aldeana"); "iara mansa, ala diáfana, alma blanda, / –fragancia casta y ácida!" ("¿Qué será lo que yo espero?"); "Yo tuve, en tierra adentro, una novia muy pobre: / ojos inusitados de sulfato de cobre" ("No me condenes..."); "Antes de que tus labios mueran, para mi luto, /

dámelos en el crítico umbral del cementerio / como perfume y pan y tósigo y cauterio" ("Hormigas").[116]

Al igual que en la obra de Fuentes, en la poesía de López Velarde el simbolismo religioso responde no tanto a un ferviente catolicismo como a un ritual místico a través del cuerpo, una comunión física con el Otro. Es el Otro femenino quien propicia el diálogo imaginario del poema y, a la vez, en cierto sentido lo inventa mediante su presencia fantasmal. En la introducción a la segunda edición de *La sangre devota,* López Velarde describe a la mujer que lo inspiró como "la mujer que ha dictado la mayor parte de estas páginas",[117] y compara su "obra maestra" con el nacimiento de un hijo que vive dentro de él "como el ángel absoluto prójimo de la especie humana".[118] Al igual que en *Cristóbal Nonato,* en la poesía de López Velarde la figura de la mujer es tanto un objeto de deseo como una imagen sagrada de la maternidad, eternamente presidida por el espectro de la muerte.[119] En "Mi villa" el poeta escribe: "Quizá tuviera dos hijos, y los tendría / sin un remordimiento ni una cobardía. / Quizá serían huérfanos, y cuidándolos yo, / el niño iría de luto, pero la niña no".[120] La mujer es por consiguiente origen y destino de la Palabra. De modo análogo, Cristóbal y su gemela invisible, la niña Ba) existen porque *Ángeles* los imagina, porque es, como la tierra, "Primera novelista" (p. 15). Ángeles, la matriz fecunda fertilizada por Ángel, es representada al principio como una página en blanco que

---

[116] López Velarde, pp. 113, 143, 144, 169, 192 y 211. Véase también "Para tus dedos ágiles y finos" (p. 156), "Tenías un rebozo de seda" (p. 137), "Ser una casta pequeñez" (p. 138), "Pobrecilla sonámbula" (p. 142) y "En la plaza de armas" (p. 162).

[117] López Velarde, p. 83.

[118] *Ibid.,* p. 228.

[119] Véase también "Mi corazón se amerita", p. 144.

[120] López Velarde, p. 203.

induce a Ángel a escribir y cuya propia memoria es silenciada por su creador. Sin embargo, a Ángel se le escapa su creación y en última instancia ésta adquiere materialidad por derecho propio: "[...] nunca acababa de encontrarla; no era la mujer López Velardiana, ni Águeda ni sus primas enlutadas: Ángeles era moderna, intelectual, independiente y de izquierda" (pp. 293-294). Cuando Ángel intenta imponerle a su esposa el modelo de Águeda, ella reúne las imágenes de la herencia literaria de Ángel y las recrea a su manera:

> Le dijo otra vez que no podía desearla y sólo desearla, que le diera lo que tuviera aunque fuera en el umbral del cementerio. Los pies. Soñó despierto con los pies. Pidió los pies. Pero ella dijo entonces que no. Ella habló por primera vez entonces para decir que no [...] Todo se repetirá menos esto [p. 537].
>
> Quién eres, mamá? Ángeles? Águeda?
> Las dos hijo, las dos. Aprendí a ser las dos.
> Cuántos estamos, mamá?
> Los tres, hijo los tres, reconciliados, con menos ilusiones pero con muchísimo más cariño [p. 541].

En este contexto nace Cristóbal, producto de su cadena genética y a la vez único a su manera:

> [...] se despojen de la mitad de sí mismos [...] para poder recomponer una nueva unidad hecha de mitades retenidas (pero también de las dos mitades perdidas) en las que yo nunca seré idéntico a mi padre o a mi madre, a pesar de que todos mis genes vienen de ellos, pero para mí, sólo para mí [...] se han combinado de una manera irrepetible que determinará también mi sexo: este único YO CRISTÓBAL y lo que ellos llaman GENES [p. 85].

Al aludir de manera autorreferencial a las circunstancias de su génesis y a la situación discursiva que afecta al emisor y al destinatario, se sitúa a sí misma y a la novela en el mundo.

En el epígrafe que precede a la segunda parte de *Cristóbal Nonato*, Fuentes cita a su manera *El dieciocho brumario de Luis Bonaparte* de Marx: "Las tradiciones de todas las generaciones pasadas pesa, como una pesadilla, sobre el cerebro de los vivos" (p. 58).[121] Del mismo modo, en su conversación con "Fuentes" en *Una familia lejana,* Branly define el lastre del pasado como una carga que pesa sobre el autor: "El arte [...] y sobre todo el arte de narrar es un desesperado intento por restablecer la analogía sin sacrificar la diferenciación [...] Supongo que ninguna novela escapa a esa terrible exigencia" (p. 191). Al escribir los primeros renglones de su novela apócrifa, "el Huevo" descubre que todo ha sido escrito ya: cada vez que imagina un nuevo comienzo, éste resulta ser una imitación de otra novela que ha leído: "Era el mejor de los tiempos, era el peor de los tiempos... "; "Durante mucho tiempo me acosté tarde... "; "En un lugar de la Mancha..."; "Todas las familias desgraciadas se asemejan... "; "Cuando su padre lo llevó a conocer el hielo... "; "Cuando despertó aquella mañana [...] el insecto se encontró transformado en Franz Kafka... "; e incluso cuando se le ocurre un título para la novela –"CRISTÓBAL NONATO por Carlos Fuentes"–, las primeras líneas siguen atadas a la tradición: "Llamadme Cristóbal... "; "Encontraría a la Niña Ba... ?" (pp. 148-156).

En su análisis de *Una familia lejana,* Margo Glantz consi-

---

[121] Marx, p. 17. El conocido pasaje dice en su integridad: "Los hombres hacen su propia historia, pero no la hacen a su libre arbitrio; bajo circunstancias con que se encuentran directamente, que existen y les han sido legadas por el pasado. La tradición de todas las generaciones muertas oprime como una pesadilla el cerebro de los vivos".

dera que la asociación de la figura del Heredia francés con los vampiros alude a que "toda literatura está hecha con la sangre de los otros, del robo, del plagio".[122] No obstante, si concebimos el arte de contar de acuerdo con Iser, como un acto transgresor en que los elementos seleccionados son aislados de su contexto original para crear un significado nuevo,[123] entonces la noción de representación como repetición es negada ya que se trata de la transformación de materiales ya existentes. Al fundar su narrativa en elementos transtextuales fácilmente reconocibles, Fuentes le proporciona al lector las herramientas necesarias para descodificar el texto, demarcando así un terreno en el cual se democraticen sus juegos con el lector. Al someter estos elementos a una deformación coherente, lo lleva aún más lejos, activando sus reservas imaginativas mediante una recodificación del texto. Cuando los elementos familiares son alterados, la intención original es desestabilizada y se introduce la noción de cambio. Esta tensión entre originalidad y continuidad adopta inevitablemente la forma de una transgresión de los límites, puesto que "la relación intertextual hace que sean diferidos y reescritos los textos 'progenitores', los cuales son a su vez deformaciones bastardas de los textos que los precedieron".[124] Al destacar otro texto mediante referencias transtextuales, el autor obliga al lector a repensarlo y, por consiguiente, a cambiarlo. Según Eco, el proceso de reconocimiento e integración de estas referencias tiene tres consecuencias: "[...] se someten a revisión los códigos existentes; se impugna la relación entre sistemas de contenido y estados del mundo; [y] se establece un nuevo tipo de interacción conversacional

---

[122] Glantz, p. 401.
[123] Iser, *The Fictive and the Imaginary*, pp. 4-5.
[124] O'Donnell y Davis, p. xiv.

entre emisor y destinatario".[125] Como todos sus niveles están interconectados semióticamente, al revelar posibilidades insospechadas en los códigos establecidos las denotaciones del texto se ven continuamente transformadas en nuevas connotaciones. Mediante este proceso, los lectores son inducidos a repensar el lenguaje y, al hacerlo, se altera su concepción del mundo. Cambiar los sistemas semánticos implica "cambiar el modo en que la cultura 've' al mundo". Así, un texto estético suscita la sospecha de que la correspondencia entre la organización presente del contenido y los estados "reales" del mundo no es la mejor ni la última.[126] Por consiguiente, la activación de recursos transtextuales no es ni deshistorizante ni ahistórica. Al desafiar las nociones establecidas sobre qué constituye la verdad histórica, la transtextualidad deja al descubierto las consecuencias ideológicas derivadas tanto de la continuidad como de la diferencia. La transtextualidad es un mecanismo de comunicación que, por medio de la parodia, el pastiche, la cita y la deformación, permite el reconocimiento de los límites sistemáticos y promueve el diálogo que facilita su disolución y reconfiguración. Sin embargo, la presencia de la transtextualidad por sí misma no provoca una reacción en el lector. Si el texto se limita a reproducir normas familiares, los lectores se verán obligados a asumir el papel de espectadores pasivos y la realidad empírica permanecerá inalterada. Si, por el contrario, estas normas son deformadas o recontextualizadas, entonces, y sólo entonces, el mundo ficcional del texto podrá entrar en interacción con la realidad empírica. Al recodificar lo familiar, el texto literario se abre a esas posibilidades de significación negadas en el discurso oficial.

[125] Eco, *Tratado de semiótica general,* p. 382.
[126] *Ibid.,* p. 383.

III. LA TIERRA PROMETIDA: ACTUALIZACIÓN DEL TEXTO LITERARIO

> No hay más tierra prometida que la que el hombre puede encontrar en sí mismo.
>
> <div align="right">Alejo Carpentier, <i>El siglo de las luces</i></div>

En sus "Tesis de filosofía de la historia", Walter Benjamin afirma que exponer el pasado no implica simplemente registrar lo que ocurrió, sino "adueñarse de un recuerdo tal [y] como éste relampaguea en un instante de peligro", un peligro tanto para la propia tradición como para sus receptores. Benjamin sostiene que el historiador que arranca una época concreta de su presunto contexto histórico y la sitúa en el presente, puede rescatar del sinsentido un momento del pasado.[1] Ésta es la premisa necesaria para cualquier acto de crítica, la que sólo puede darse a partir de un conocimiento adecuado de la relación del pasado con el presente, una comprensión del pasado no como significado objetivo, sino como resultado del reconocimiento de la coincidencia del pasado y el presente en un instante de luminosidad plena.[2] El papel del historiador que propone Benjamin no es muy

---

[1] Benjamin, *Ensayos escogidos,* pp. 45 y 50-51. Los comentarios de Benjamin en este ensayo se asocian con el *Angelus Novus* de Paul Klee. Fuentes alude directamente al texto de Benjamin en su novela corta *Constancia* e indirectamente en *Cristóbal Nonato* a través de las figuras de Ángel y Ángeles y del combate entre los ángeles descrito en las últimas líneas de la novela.

[2] Lange, p. 13. *Jetztzeit,* el término que emplea Benjamin, significa literalmente "ahora-tiempo", en el sentido místico de *nunc stans,* comparable a

distinto al del escritor, quien al recontextualizar discursos pasados cataliza en el lector estos momentos del presente iluminado. Con el lector como eje central, todo texto, ya sea voluntaria o involuntariamente transtextual, incursiona en campos de referencia ajenos a él, transformándolos. Como consecuencia, tanto la estructura como la semántica de estos campos se ven sometidas a ciertas deformaciones, y sus componentes respectivos se ven valorados de manera distinta dependiendo de las diversas supresiones y suplementaciones. Así, según observa Iser, "cada una es reconstruida dentro del texto y adquiere una forma nueva, una forma que sin embargo incluye la función de ese campo en nuestro mundo interpretado y, más aún, depende de ella".[3] A raíz de esta reorganización de los campos de referencia, la función se vuelve virtual y son los lectores quienes deben realizar la recodificación. Al verse obligados a resolver la distancia intrínseca entre el texto original y su versión recontextualizada, ensamblan un nuevo significado. La duplicación de textos mediante la transtextualidad apunta por tanto a una simultaneidad de discursos que "desencadena una mutua revelación y ocultación de sus respectivas referencias contextuales", garantizando con ello que "los viejos significados se conviertan ahora en fuentes potenciales de otros nuevos. Son estas transformaciones las que dan origen a la dimensión estética del texto, por cuanto lo que parecía largamente cerrado es reabierto de nuevo".[4] Así, mientras mayor es la densidad de referencias transtextuales, mayores son las posibilidades producidas por el texto en cuestión mediante su confluencia en el lector.

mi juicio al "instante de luminosidad plena" de Fuentes (véase *Una familia lejana,* p. 154).
[3] Iser, *Prospecting,* p. 237.
[4] *Ibid.,* pp. 237-238.

Si se vincula la ficción y la realidad, debe hacerse en términos no de oposición, sino de comunicación puesto que la ficción es un modo de decirnos algo sobre la realidad. Por otro lado, sin embargo, la ficción no debe aspirar a reproducir fotográficamente el mundo empírico en el cual se funda. Para lograr la comunicación, el texto y la realidad empírica deben ser sometidos a una interacción dialéctica mediante la lectura. Así, según sostiene Iser, el texto literario "se convierte en un vehículo para revelar lo que ha permanecido oculto en el mundo empírico, y sea cual sea la relación entre ambos, es el mundo del 'como si' el que provoca la interacción".[5] Cuando, como sucede en la obra de Fuentes, la novela ostenta sus cimientos metatextuales, el lector se ve instigado a admitir la interacción entre los distintos mundos. Al no poder ya aceptar pasivamente el ámbito textual según criterios familiares, es impulsado a reconocer el otro lado de la realidad exhibido por el texto y a aplicarlo a su propio ámbito empírico. Esta activación deliberada de campos de referencia transtextuales –y, sobre todo, la integración de discursos históricos y literarios– corresponde a lo que Hutcheon denomina la "metaficción historiográfica", es decir, aquella narrativa que "se esfuerza por situarse dentro del discurso histórico sin renunciar a su autonomía como ficción [...] es un tipo de parodia seriamente irónica que cumple ambos objetivos: los intertextos de la historia y la ficción cobran una categoría paralela (aunque no equivalente) en la refundición paródica del pasado textual tanto del 'mundo' como de la 'literatura'".[6] La metaficción historiográfica es especialmente eficaz como instrumento de deformación transtextual, por cuanto lleva al lector a un terreno familiar y, a la vez, problematiza

---

[5] Iser, *Prospecting*, p. 239.
[6] Hutcheon, "Historiographic Metafiction", p. 4.

los principios convencionalmente aceptados del discurso histórico, aunque, claro está, tanto éste como el discurso ficcional se conocen sólo a través de sus textos. De esta manera, la metaficción historiográfica representa un desafío a las formas convencionales de la ficción y la historia al reconocer su ineludible textualidad.[7] La interacción en las novelas de Fuentes de varios niveles de realidad discursiva las sitúa en un ámbito imaginativo donde todas las posibilidades son activadas simultáneamente. No obstante, el hecho de subrayar el discurso autorial mediante la narración representada y otros recursos metatextuales no borra la frontera entre la realidad empírica y la ficcional, sino que, por el contrario, pone en entredicho la naturaleza de las narraciones tanto imaginarias como históricas. De este modo, la ficción politiza el discurso histórico y el texto recupera su lugar en el conjunto de los discursos sociales y culturales marginados en los rígidos análisis formalistas de algunos acercamientos posestructuralistas. Al acentuar las semejanzas entre el discurso histórico y la ficción, las realidades empíricas y ficcionales se vuelven igualmente probables y, con ello, el lector aprende a cuestionar aquellas verdades a menudo consideradas infalibles.

El teatro de la memoria

Según Aristóteles en *De memoria et reminiscentia,* la memoria pertenece a la misma zona del alma que la imaginación; es "una colección" de imágenes mentales formadas a partir

---

[7] Hutcheon, "Historiographic Metafiction", p. 11. Por supuesto, los clásicos de la historiografía –de Tucídides y Tácito a Michelet e incluso Tocqueville– ya habían reconocido el papel de la interpretación en los relatos históricos. Son las instancias de poder las que se apropian del discurso histórico para imponer una visión unívoca de los acontecimientos del pasado.

de impresiones sensoriales pero con un elemento temporal añadido.[8] Estas "imágenes mentales" pueden relacionarse a su vez con lo que André Malraux llama el "museo imaginario", donde las experiencias artísticas de cada individuo se agrupan en imágenes mentales. Asimismo, como sugiere Branly en *Una familia lejana,* existe una "biblioteca imaginaria" donde se reúnen todos los libros que ha leído el lector, entablando conexiones en las fértiles reservas de su memoria individual (p. 62). Como el acto de leer es un proceso secuencial, no será visible de golpe la totalidad del texto; el lector irá otorgándole coherencia poco a poco mediante la activación de la memoria. En este sentido la memoria se vuelve revolucionaria.[9]

Un axioma del antiguo arte de la memoria propone poner énfasis en las imágenes sorprendentes o grotescas para fijar la memoria y así retener el discurso. La primera obra importante sobre el arte de la memoria, el *Ad Herennium* (86-82 a.C.) aconsejaba a sus estudiantes

> construir imágenes de las que se fijan por más tiempo en la memoria. Y lo conseguiremos si establecemos las semejanzas más sorprendentes que podamos; si construimos imágenes [...] activas [...] si les asignamos una belleza excepcional o una fealdad singular, si adornamos algunas de ellas, por ejemplo con coronas o túnicas moradas, para que la semejanza sea más visible [...] o si las desfiguramos de algún modo [...] para que su

---

[8] Yates, p. 33. Es importante señalar que Aristóteles distingue entre *memoria* y *recuerdo,* siendo éste la *recuperación* de conocimientos que se poseían con anterioridad (Yates, pp. 33-34). La figura arquetípica de la Mujer, marginada y silenciada por el discurso patriarcal, conserva la memoria originaria y es por tanto fundamental para la recuperación de sus secretos.

[9] Véase Genette, p. 453. Por su parte, Bergson describe la memoria como una función de la percepción por la cual el pasado es interpolado en el presente, contrayéndose en múltiples momentos de *durée.*

forma sea más sorprendente, o asignándole efectos cómicos a nuestras imágenes, porque también eso garantizará que las recordemos más fácilmente.[10]

Al adoptar esta práctica clásica de poner énfasis en imágenes cómicas y deformadas que quedarán fácilmente grabadas en la memoria, Fuentes guía al lector. No deja de ser interesante que muchas de las imágenes grotescas de *Terra Nostra* tengan su origen en hechos históricos: por ejemplo, la escena donde el Bobo se coloca una paloma muerta en la cabeza (p. 221) está adaptada de un incidente real en la vida de Carlos II,[11] y la gráfica descripción de la muerte de Felipe está tomada de los relatos contemporáneos de Antonio Cervera de la Torre (1600) y el doctor Cristóbal Pérez de Herrera (1604), reproducidos en la biografía de Cabrera y Córdoba *(Terra Nostra,* pp. 705, 739, 742 y 748-752).[12]

A lo largo de la obra de Fuentes la memoria es presentada como un medio de confrontación con el pasado. En *Cambio de piel,* los recuerdos que conforman la biblioteca mental de Elizabeth (¿o de Freddy Lambert?) socavan su propio sentido de la realidad.[13] En *Terra Nostra* Polo Febo pasa un año leyendo encerrado en su apartamento, pero no es hasta que Celestina le abre la memoria cuando consigue conectar lo que ha leído/vivido para formar un todo coherente, mientras que en *Una familia lejana* la transmisión del relato depende de la memoria de los actores así como

---

[10] *Ad Herennium,* III, XXII, citado en Yates, p. 10.
[11] Aguado Bleye, p. 858.
[12] Cabrera y Córdoba, vol. IV, pp. 298-303, 320, 374, 385 y 388-389.
[13] Significativamente, Schopenhauer considera la locura como un trastorno de la *memoria* (I, p. 193). Si bien el loco es capaz de percibir el presente de manera razonablemente lúcida, compensa su incapacidad para reconstruir adecuadamente el pasado (es decir, su identidad textual) inventando un pasado ficcionalizado que en última instancia modifica su percepción del presente.

del lector cuando "hereda" un lugar en el texto. Finalmente, en *Cristóbal Nonato* la importancia del recuerdo como parte del proceso narrativo se vuelve explícita: "[...] cuento contigo para recordar lo que olvidé al nacer, please, Electurer, corsa y recorsa conmigo!" (p. 489). Es también a la memoria donde debe acudir el lector para poder comprender la totalidad de la novela, porque incluso en su manifestación más elemental la activación de los elementos transtextuales –y, por consiguiente, la comunicación eficaz– depende de ella.

En el siglo xvi, Giulio Camillo, un cabalista cristiano interesado en sintetizar la tradición hermético-cabalística con el arte clásico de la memoria, diseñó un prodigioso "Teatro de la Memoria" en el que se invertían los papeles tradicionales del teatro. En lugar de actores, un espectador solitario se situaba en el escenario, contemplando la actuación que se desarrollaba a su alrededor en las gradas ascendentes del auditorio. Cuatro siglos después, Fuentes incorpora este recurso a *Terra Nostra* por medio del teatro de Valerio Camillo. Aunque la reconstrucción abarca un solo capítulo, trasciende sus raíces para llegar a ser un modelo para la novela misma. Guiado por técnicas tomadas del arte de la memoria, en *Terra Nostra* es el lector quien ocupa el centro del escenario y es invitado a reconstruir y descifrar las imágenes desbordantes de la novela mediante su propia capacidad para recordarlas y relacionarlas con las reservas transtextuales que intervienen en el acto de la lectura. Significativamente, la versión de Fuentes del teatro incluye no sólo las alusiones esotéricas del original, sino también figuras literarias e históricas fácilmente reconocibles que aquí reciben nuevos destinos: Sócrates se niega a tomar el veneno; Odiseo muere en el caballo de Troya, quemado por los troyanos enterados del complot; Homero no es ciego sino mudo; Helena regresa a casa; el arca de Noé se hunde; Lucifer es perdonado; Edipo se queda en su patria adoptiva; Dante se casa con Beatrice; en Belén nace una niña y Pilatos la perdona. En el teatro, como en la novela, todas las posibilidades del pasado se mezclan con todas las oportunidades del futuro, puesto que "sabiendo lo que no fue, sabemos lo que clama por ser: cuanto no ha sido [...] es un hecho latente, que espera su momento para ser, su segunda oportunidad, la ocasión de vivir otra vida" (p. 567). Fuera del espacio del texto, estas opciones permanecen latentes: el lector debe recordar no sólo lo que fue, sino imaginar lo que pudo haber sido. Sólo así podrá el mundo liberarse de las mentalidades imperialistas e impedir la repetición de sus crímenes.

La literatura, según ha observado Marcuse, hace tangible las posibilidades reprimidas en la humanidad y la naturaleza, con lo cual *re*-presenta la realidad al mismo tiempo que la denuncia.[14] Así, el lector debe no sólo *des*-codificar el texto, sino *re*-codificar el bagaje ideológico sugerido por la activación de otros discursos. Esto provoca, a su vez, un cambio de actitud hacia la realidad, porque cuando se introducen elementos familiares de manera novedosa, el lector ha de establecer nuevas correspondencias. Fuentes opina que lo imaginado es una parte posible y esencial de la realidad, un potencial que aún no ha sido puesto en acción.[15] El carácter dinámico de este proceso se debe a que, a medida que el lector intenta reconciliar y reformular en su imaginación los elementos dispares, reproduce las condiciones bajo las cuales la realidad es percibida y comprendida. El objetivo del *Teatro de la memoria* es, como el de todas las novelas de Fuentes, alcanzar la simultaneidad:

[14] Marcuse, *Aesthetic Dimension,* p. 8.
[15] *Perspectivas mexicanas,* p. 152.

combinar sus componentes de tal modo que coincidan el pasado, el presente y el futuro para que 1492, 1521 o 1598 se vuelvan análogos a 1938, 1975 o 1999. Esta negación de la secuencia histórica es también una afirmación del carácter abierto del texto: significa que a través del lector se extiende, dialécticamente, a una nueva dimensión espaciotemporal. Es en esta dimensión futura donde el espacio y el tiempo negados por el pasado reciben una segunda oportunidad.

Viejo Mundo/Nuevo Mundo/Otro Mundo

Lo que se toma por realidad empírica es siempre una realidad interpretada que debe ser continuamente cuestionada, puesto que para poder operar en sucesión el discurso oficial se ve obligado a excluir aquellos aspectos que no se ajustan a su paradigma. Fuentes cree que el escritor necesita reinventar la historia porque la imaginación es fundamental para la recuperación del pasado que ha sido silenciado: "[...] en América Latina no se asesinaron sólo cuerpos, sino sueños: debemos recuperar también aquellos sueños [...] debemos dar presencia y actualidad incluso a [...] aquellos sueños".[16] La función del escritor es rescatar la pluralidad de la cultura, revivir el pasado e imaginar el futuro, todo ello en el presente de la lectura. Esto se debe a que la literatura es también una operación utópica, no en el sentido de un optimismo transitorio o paraíso tecnológico, sino de una permanente confrontación dialéctica a través de las palabras que revitalice un lenguaje arrancado de sus raíces.[17]

---

[16] Mauro, p. 84. Véase también *La nueva novela,* pp. 95-96. Sobre una historiografía poética, véase White, pp. 256-257.
[17] *Tiempo mexicano,* p. 29; *Cervantes,* p. 110.

Al existir en un presente perpetuo, la literatura rompe el determinismo cronológico del discurso oficial e ingresa en esa zona mítica donde autor y lector se encuentran y juntos imaginan un mundo alternativo. La literatura no alude a la realidad empírica como tal, sino más bien a "modelos o conceptos de la realidad en los que las contingencias y complejidades son reducidas a una estructura significante". Estas estructuras son imágenes del mundo o sistemas basados –aunque no lo reproduzcan– en el sistema social que toman como contexto. El discurso ficcional puede ser considerado entonces como un marco paralelo dentro del cual se forman diseños significativos.[18] En *Ways of Worldmaking*, Nelson Goodman afirma que no vivimos en una realidad sino en muchas, y que cada una de ellas es el resultado de un procesamiento que no puede rastrearse a "algo sólido subyacente". Al igual que ocurre con los textos literarios, se crean nuevos mundos a partir del tejido de los viejos, todos con existencia simultánea, en un proceso que Goodman caracteriza como "realidad a partir de la ficción".[19] Aunque el sistema social no puede sostener la naturaleza multiforme de la realidad, el texto literario está sujeto a leyes distintas. Por consiguiente, su estructura se vuelve operativa no en relación con un mundo contingente, sino con el diseño ordenado de los sistemas con los que el texto interfiere o se supone que debe interferir:

> [...] no se produce ninguna reproducción de los sistemas de sentido imperantes, más bien el texto se refiere a lo que en los

---

[18] Iser, *Acto*, p. 121. Esto se asocia a la noción bajtiniana del "cronotopo", es decir, la naturaleza y la relación mutua de las categorías temporales y espaciales representadas, por medio de las cuales se modela la realidad. Véase el comentario de Fuentes sobre Bajtín en *Valiente mundo nuevo*, pp. 35-38.

[19] Goodman, pp. 6, 96 y 102-107.

sistemas vigentes es virtualizado, negado y, por tanto, excluido. Estos textos son de ficción, porque no denotan ni el sistema de sentido correspondiente, ni su validez, sino que más bien tienen como ámbito su horizonte de matización o sus límites. Se refieren a algo que no está contenido en la estructura del sistema, pero que a la vez es actualizable como sus límites.[20]

Es precisamente esta distancia de la realidad la que hace posible el acto comunicativo: permitirle al lector considerar el mundo familiar desde una nueva perspectiva implica, en última instancia, crear una nueva realidad de la imaginación. Así, el modo en que se estructura el mundo narrativo es el instrumento que utiliza el autor para suscitar una perspectiva concreta. La eficacia de la literatura como vehículo de comunicación depende, entonces, de la habilidad del texto para generar un punto de vista desde el cual los lectores puedan percibir cosas que no hubiesen podido enfocar de seguir aferrados a sus inclinaciones habituales.[21] El texto artístico innovador que sacude las percepciones cotidianas e induce una nueva perspectiva de la realidad no es, por lo tanto, un ejercicio gratuito de estilo; como apunta Hans Robert Jauss, la innovación en la forma trasciende los límites del texto: "[...] una obra literaria con una forma estética insólita puede quebrar las expectativas de sus lectores y al mismo tiempo confrontarlos con una pregunta a la que no han encontrado respuesta dentro de los sistemas morales autorizados por la religión o el mundo oficial".[22] Si la interpretación prevista de un texto es parte de su proceso generativo, la relación entre autor, texto y lector no se limita a la reconstrucción formal del discurso.

---

[20] Iser, *Acto,* p. 121. Véase también "The Reality of Fiction", p. 25.
[21] *Ibid.,* p. 65.
[22] Jauss, p. 44.

El texto puede estimular al lector a la acción, pero dicha acción se orienta estratégicamente hacia los fines diseñados por el autor. Éstos pueden ser estrictamente formales: una conciencia de la construcción del texto, por ejemplo, o una reevaluación del mundo tal como los lectores lo conocen; o pueden intentar coaccionarlos para que compartan la visión del mundo del autor. Independientemente de lo "abierto" que sea un texto, no puede evitarse como componente de su estrategia estructural cierto grado de conciencia del modo en que será descodificado por los lectores potenciales. La reconstrucción del repertorio sigue una ruta similar: por una parte, el autor les deja libertad para descifrar las indeterminaciones del texto; y, por la otra, los induce, mediante las relaciones contextuales, a adaptarse a su intención. Por consiguiente, si ha de lograrse la comunicación, el lector debe ejercer una colaboración responsable.

En la obra de Fuentes estas estrategias discursivas cumplen una doble función. Como he ido proponiendo, el uso de la perspectiva narrativa y la transtextualidad establece una base metaficcional donde la noción de subjetividad resulta problematizada, provocando de ese modo un cambio en la percepción del lector al nivel discursivo. Al mismo tiempo, ya que toda su obra se centra en mayor o menor medida en un contexto histórico específico y, por consiguiente, la actualización del texto a través del lector viene estratégicamente determinada por la postura ideológica del autor. Sin embargo, la reacción del lector debe ser instigada, no impuesta. Para Fuentes: "toda obra literaria, fiel a sus premisas, y lograda en su realización, tiene un significado social. Toda obra de arte tiene un grado, primario, de significación social [no] de un programa impuesto desde afuera [...] sino de una convicción. Hablamos no de escritores comprometidos sino de escritores que comprometen."[23]

Fuentes sostiene que América fue "descubierta" e inventada como utopía y que esta concepción fue inmediatamente desmentida por las realidades concretas de la historia que obligaron al Nuevo Mundo a ceñirse al modelo épico, modelo bajo el cual continúa existiendo. La única forma de liberarse del modelo épico es mediante la posibilidad mítica de reactivar el pasado y devolverlo a proporciones humanas.[24] Los mundos posibles propuestos en el texto y formulados en la imaginación del lector deben situarse en este contexto, porque apuntan a algo que trasciende este mundo: al "Nuevo Mundo" u "Otro Mundo" de la imaginación individual. El concepto del "Nuevo Mundo" puede entenderse de varias maneras, todas coexistentes en la narrativa de Fuentes. Se trata, al mismo tiempo, del utópico nuevo mundo que los europeos imaginaron antes de que se confirmase su existencia y de la realidad histórica de la conquista, y su intento –sólo parcialmente logrado– de negar el pluralismo cultural, como ya lo habían negado dentro de sus fronteras.

Los conquistadores españoles vinieron armados no sólo con espadas, sino también con la imaginación, que había sido moldeada por las novelas de caballerías, contribuyendo a su vez a determinar su visión del Nuevo Mundo.[25] Como señala Leopoldo Zea, no obstante la cruel realidad de la conquista, que como testigos no podían dejar de recono-

---

[23] Ullán, p. 342.
[24] Rodríguez Monegal, "Carlos Fuentes", pp. 48-49.
[25] Fuentes repite a menudo el comentario, atribuido a Edmundo O'Gorman, según el cual América no fue descubierta sino inventada ("La tradición literaria", p. 19). Sus ideas sobre este tema muestran importantes influencias de Alfonso Reyes y Leopoldo Zea, entre otros. Véase "Utopías americanas" de Reyes y *En torno a una filosofía americana* de Zea.

cer, los cronistas siguieron enviando a Europa relatos en los que predominaban lo fantástico y lo mítico. Es por ello por lo que "América no era así otra cosa que una creación utópica de Europa".[26] En las crónicas la fantasía y la realidad se hallan tan entretejidas que las fronteras entre el discurso ficcional y el histórico son a veces difíciles de delimitar. Además de estar contaminadas por leyendas europeas y clásicas (y, habría que añadir, por textos bíblicos), las relaciones de algunos de los cronistas incorporaron también aspectos de la religión precolombina, a su vez una mezcla de realidad y ficción. El carácter multiforme de estas relaciones es indicio de su función como proceso, como búsqueda y redefinición continuas de lo que representa el Nuevo Mundo (y el Otro Mundo). Es esta mitificación del Nuevo Mundo la que ha determinado el sueño utópico del siglo xx, antagónico al discurso histórico oficial, que encuentra su expresión en la literatura. Las preguntas que las novelas de Fuentes plantean en relación con este proceso de redefinición se centran en "la problemática del lenguaje *y* la cultura así como del lenguaje *en* la cultura. Cuando se separan la historia y la literatura, ¿qué significa el término 'Nuevo Mundo'? ¿Cómo adquiere significado el lenguaje? ¿Cuáles son los significados de la identidad y los orígenes? [...] ¿cuáles son los posibles significados de la historia en un 'Nuevo Mundo'"?[27] Fuentes ha comentado que en su encuentro con el Nuevo Mundo, "El mundo descubre que tiene otra mitad" y que esta otra mitad es como un *alter ego,* el Otro. La utopía del "Nuevo Mundo" se vio viciada, según muestra el autor, por las exigencias de la voluntad individual. Sin embargo, todas las personas tienen la oportunidad, la libertad trágica, de redimirse a través del reco-

[26] Zea, p. 49.
[27] McBride-Limaye, p. 45.

nocimiento y la comunión con el Otro, en la cual se reconocen también a sí mismas.[28]

En *Cambio de piel* esta comunión es esquiva. En la novela se esbozan varias lecturas plausibles, que pueden variar según la interpretación individual del lector. Al mismo tiempo, sin embargo, la voz narrativa le infunde a éste la responsabilidad ética de comprometerse, de *cambiar* el orden establecido por un nuevo mundo. En *Cambio de piel*, los monólogos del narrador establecen la autoridad narrativa mediante la tradición clásica de la cita pero, al mismo tiempo, la novela depende de la habilidad del lector para reconocer los modelos rememorados y su función en el texto, y captar las nuevas implicaciones que conlleva su recontextualización. El narrador puede ser un demente enajenado pero, al igual que ocurre en *Das Cabinet des Dr. Caligari*, en última instancia es la sociedad la que está loca. A pesar de su lenguaje carnavalesco y su atmósfera de literatura pop, *Cambio de piel* opera en –y refleja– un contexto histórico, puesto que las experiencias individuales de los personajes están inextricablemente unidas a los crímenes del pasado, los cuales forman parte a su vez del mismo equilibrio de poder que los hace posibles: "¿O de veras cree alguien que hubiera sido mejor derrotar a los españoles y continuar sometidos al fascismo azteca? Cuauhtémoc era el Baldur von Schirach de Tenochtitlán [...] Cólera eterna para la eterna fatalidad: hemos regresado" (p. 415). El exterminio de los judíos durante la Edad Media y el Holocausto, la masacre de Cholula y la persistente marginación de los indígenas en México, el bombardeo de poblaciones civiles en Vietnam y Camboya, y la persecución de los afroamericanos en el sur de los Estados Unidos: todo apunta a la

---

[28] "La tradición literaria", p. 19. Véase también *Casa con dos puertas*, pp. 62-72.

repetición de los crímenes de la humanidad. Sin embargo, el individuo sobrevive gracias a la imaginación: cada persona tiene la libertad de actuar, y aunque esta acción sea a veces una aberración puede representar la única esperanza para la humanidad: "La prueba individual podría ser la única prueba ejemplar, capaz de sobrevivir al holocausto" (p. 436). Con la figura de Jeanne Fery sobrepuesta a la de La Pálida, Jakob Werner, hijo de Hanna y, en uno de los desenlaces de la novela, asesino de Franz, afirma esta necesidad de seguir adelante a pesar de la locura colectiva:

> Jeanne [...] tú y yo lucharemos contra nosotros mismos, tú y yo fracasaremos, desearemos, volveremos a fracasar, volveremos a desear, tú y yo iremos hasta el final de todas las viejas contradicciones para vivirlas, despojarnos de esa vieja piel y mudarla por la de las nuevas contradicciones, las que nos esperan después del cambio de piel [...] cree en mí, Jeanne, cree en mis palabras, venceremos su violencia colectiva con la violencia individual hacia nuestras mentes, nuestros cuerpos, nuestro arte, nuestros sexos [p. 424].

Esta responsabilidad nos remite nuevamente a la función del texto literario, el cual "rompe los hábitos mentales" que hacen posibles esos crímenes.[29] *Cambio de piel* trata el papel del arte en la sociedad y la heterodoxia en general en numerosas ocasiones: el carácter revolucionario del arte (p. 173), la tensión entre apariencia y realidad (p. 248), las posibilidades polivalentes de la imaginación (p. 256), la necesidad de la heterodoxia (pp. 265 y 287) y de un nuevo orden (pp. 310 y 324).

En *Terra Nostra* Fuentes retoma en términos similares esta visión de la libertad existencial frente a la violencia y la

---

[29] Doezema, p. 499.

opresión colectivas. La sección central de la novela, el Nuevo Mundo, resulta ser un sueño y, como un sueño, se asienta en el contrapunto mítico a la inflexible cosmovisión eurocéntrica. En el Nuevo Mundo las dos mitades de la dualidad divina, Quetzalcóatl y Tezcatlipoca, se hallan enredadas en una lucha eterna y es esta lucha la que hace posible la libertad:

> Fracasarás siempre. Regresarás siempre. Volverás a fracasar. No te dejarás vencer [...] Ese gemelo oscuro renacerá en ti, y seguirás combatiéndole. Y renacerá aquí [...] Tu destino es ser perseguido. Luchar. Ser derrotado. Renacer de tu derrota. Regresar. Hablar. Recordarles lo olvidado a todos. Reinar por un instante. Ser derrotado por las fuerzas del mundo. Huir. Regresar. Recordar. Un trabajo sin fin. El más doloroso de todos. Libertad es el nombre de tu tarea [pp. 483-484].

Terra Nostra comparte con *Cambio de piel* un desenlace apocalíptico en el que los viejos mundos deben ser destruidos antes de que se pueda construir el otro mundo. La creencia en la regeneración apocalíptica tiene sus raíces en muchos sistemas religiosos e incluye la profecía judeocristiana del advenimiento del Mesías y el concepto mexica del Quinto Sol. Una manifestación dramática de la primera se dio en los movimientos milenaristas de la Edad Media, a los que alude Fuentes a lo largo de la sección del Viejo Mundo de *Terra Nostra*. Aunque dentro del texto existen referencias dispersas a distintos movimientos milenaristas, son *cinco* movimientos los que conforman el núcleo de *Terra Nostra,* cada uno de los cuales se construye a partir del que lo precede, aunque se hallan cronológicamente invertidos, de 1999 a la Roma de Tiberio. El único movimiento que no acaba siendo abortado es el de 1999, en el que la violencia orgiástica y el exceso sexual representan el caos anterior a la creación, el regreso a los orígenes que facilita una nueva génesis. Una característica importante del milenarismo, como lo demuestra el estudio de Norman Cohn, era que se trataba de una búsqueda colectiva que recibía su fuerza de una población que vivía al margen de la sociedad. Por este motivo, adquirió un carácter socialmente revolucionario no tan distinto del de las luchas de los marginados del siglo xx.[30] La salvación que imaginaban no se proyectaba en el más allá, sino en esta tierra y durante el transcurso de su vida.

Los mexicas también creían en la regeneración apocalíptica en una secuencia de cinco etapas. Según su cosmogonía, habían existido cuatro épocas, o soles, cada una de las cuales exigió la destrucción total de la anterior. El Quinto Sol –el del presente– era el sol del "movimiento que confluía en la humanidad", y estaba también condenado a la sustitución una vez que se completase la síntesis de los opuestos y se superasen las dicotomías del universo.[31] Como afirma Irene Nicholson:

> En este juego de fuerzas en lucha, todos los fenómenos físicos –y no sólo el hombre sino incluso las estrellas del cielo– mueren tarde o temprano. Pero la energía vital [...] se mantiene independientemente del espacio, el tiempo y la materia. Es la energía vital lo que es real: y nada más. Las cosas materiales son mera apariencia, sólo una de las formas que puede adoptar esta energía. Todo lo existente cambia constantemente; y el propio cambio, la vida, es eterno.[32]

La síntesis de opuestos como condición previa para la regeneración final también ocupa un lugar prominente en

[30] Cohn, pp. 282-286.
[31] Séjourné, pp. 84-89.
[32] Irene Nicholson, p. 110.

la doctrina cabalística, sistema que en sus primeras manifestaciones se inclina por el panteísmo.[33] Los cabalistas tardíos, sobre todo Moisés Cordovero, también articularon una doctrina de cuatro "mundos" entre el infinito original y el cosmos actual, idea que fue adoptada por Isaac Luria y su discípulo Hayyim Vital.[34] Según la cábala, cada mundo se refleja "especularmente" en otro y, de hecho, una de las *sefirot* intermedias, *tif'éret,* es a veces designado como espejo.[35] La imagen del espejo es también un símbolo de la visión profética: en la cábala luriánica, todos los niveles de la realidad deben buscar el *ticún,* la restauración, la consumación mesiánica de la historia. En el *ticún,* como señala Gershom Scholem, la humanidad es capaz de perfeccionar el rostro divino de Dios en un momento en que el final de la existencia supone al mismo tiempo el camino al comienzo.[36] Mas antes de que esto pueda suceder, todas las almas deben completar sus transmigraciones para que el mesías pueda habitar el último cuerpo que quede. La noción de *ticún,* tal como la articulan los cabalistas españoles después de la expulsión, comparte el carácter apocalíptico y mesiánico de los movimientos milenaristas cristianos. Debido

---

[33] Scholem hace esta observación con relación a Moisés de León, autor principal del Zóhar *(Las grandes tendencias de la mística judía,* p. 184).

[34] Scholem, *Las grandes tendencias,* p. 223. En una carta a Catherine Swietlicki, Fuentes confirma la influencia de Cordovero (¿1522?-1570), Luria (1534-1572) y Vital (1543-1620) en su obra, así como la del cabalista cristiano Giovanni Pico della Mirandola (1463-1494) (Swietlicki, "*Terra Nostra",* p. 165). La idea de mundos anteriores también aparece en el trabajo de algunos gnósticos como Clemente de Alejandría (¿150-211?) y Orígenes (¿185-252?). Para un análisis más amplio de la función de la cábala y, concretamente, de la noción de metempsicosis en la novela, véase también Swietlicki, "Doubling, Reincarnation and Cosmic Order in *Terra Nostra".*

[35] Scholem, *La cábala y su simbolismo,* p. 125, y *Las grandes tendencias,* p. 179. Significativamente, para Moisés de León, el cuerpo del hombre es el "espejo" del reino divino.

[36] Scholem, *Las grandes tendencias,* pp. 225-228.

a las circunstancias históricas concretas que rodearon su exilio, el concepto perdió su abstracción esotérica para convertirse en una doctrina popular basada en la idea de la redención en este mundo.[37] En su síntesis del Zóhar, Marqués-Rivière sostiene que "L'âme passera ainsi en autant de corps qu'il sera nécessaire pour qu'elle achève sa mission terrestre".[38] Aunque originalmente estas transmigraciones se veían como un castigo, progresivamente empezaron a verse también como una oportunidad para que el alma cumpliese su misión y compensase por los fracasos de transmigraciones anteriores.[39]

En la cábala luriánica, esta ruptura *(shebirat ha-kelim)* y restauración *(ticún)* se expresan en términos de una alegoría sexual *(zivugá cadishá)*, de ahí que, en la interpretación de Fuentes, la definición de la transmigración que articula Marqués-Rivière haya sido levemente alterada de acuerdo con los matices eróticos de la novela: "[...] las almas pasarán por tantos cuerpos como sea necesario para que encarnen al amor" *(Terra Nostra,* p. 529).[40]

La dimensión erótica del pensamiento cabalístico representa una alegoría de los principios divinos del bien y del mal, según la cual el principio femenino *(shejiná)* es separado o "exiliado" del masculino *(tif'éret)* y, al igual que Celestina en *Terra Nostra,* "cae en las garras de Satanás, quien la desea como esposa". Así, la lucha contra el mal y la unión sagrada aparece expresada en términos de una historia de "amor, deseo, separación y redención, mediante los símbo-

---

[37] Scholem, *La cábala,* p. 127. Véase también *Las grandes tendencias,* pp. 231 y 233. Irónicamente, algunos cabalistas habían pronosticado que el año 1492 iba a ser el año de la redención (Scholem, *Las grandes tendencias,* pp. 203 y 340).
[38] Marqués-Rivière, p. 141.
[39] Scholem, *La cábala,* pp. 127-128.
[40] *Ibid.,* pp. 119 y 123.

los más extremadamente dualistas y sexuales".[41] Después de pasar por el ciclo de reencarnaciones, el alma vuelve a Dios y, según lo describe Marqués-Rivière, "elle reçoit *la lumière du flambeau suprême*, et elle s'unit au Roi céleste dans *des baisers d'amour* [...] C'est alors le règne sans partage de l'amour". Este luminoso "beso de Dios" tiene también potencial positivo por cuanto representa un retorno a los orígenes: "[...] c'est l'union de l'âme avec la substance dont elle tire son origine",[42] y por consiguiente lo podemos relacionar con el beso de Celestina asociado con la recuperación de la memoria y la unión final de la novela. La Torá escrita se representa por el principio masculino, mientras que la Torá oral se asocia con el femenino y se manifiesta simbólicamente por la boca. Destacando la insistencia en los escritos cabalísticos en asociar la unión divina de estos principios con la de la sabiduría con la inteligencia, Scholem observa que de este modo "el propio conocimiento recibió una cualidad erótica sublime".[43] Aunque las resonancias eróticas del pensamiento cabalístico aparecen solamente en las descripciones de la unión de lo masculino y femenino en Dios,[44] la expresión de la unidad divina en tér-

---

[41] Dan, pp. 213-214. Véase también Scholem, *La cábala,* pp. 114, 151-152.

[42] Marqués-Rivière, pp. 141-142, cursivas mías. Véase también Scholem, *La cábala.* Scholem nota que la unión de estas dos *sefirot* hace perceptible "la acción de Dios, de la misma manera que la totalidad de la revelación de la Torá sólo se produce en esta unidad de las formas escrita y oral" (p. 52). Como ya ha de ser evidente, la noción del *ticún* puede ser asociada con el *Jetztzeit* de Benjamin.

[43] Scholem, *Las grandes tendencias,* p. 195. Fuentes reproduce este pasaje según aparece en el Zóhar en *Terra Nostra,* p. 530. La correspondencia entre las palabras de la Torá y el cuerpo humano se había postulado en el pensamiento judeo-cristiano desde la época de los talmudistas, y fue continuamente repetida en los libros rituales de los cabalistas (Scholem, *La cábala,* pp. 141-142).

[44] Por eso Scholem insiste en que estos símbolos no deben ser comparados con la tradición mística cristiana *(Las grandes tendencias,* pp. 187-

minos de alegoría sexual así como su relación con el lenguaje puede encontrarse en muchas obras místicas mediante su recontextualización de los *Cantares* bíblicos. Interpretado como una prefiguración del verbo divino de Jesucristo, el beso en la boca que pide la novia *(Cantar* 1.2) representa la unión espiritual y un discurso alternativo del deseo que trasciende las divisiones entre hombre y mujer en la tierra.

En *Terra Nostra* se establece una conexión entre la transmigración de las vidas y la de las ideas y palabras que sólo pueden ser aprehendidas por la memoria, con lo cual el proceso puede también asociarse a la relación transtextual entre los textos. Como señala Jaime Alazraki, las letras de la Torá representan para los cabalistas "el cuerpo místico de Dios, y de ello sigue que la Creación es sólo un reflejo o emanación del texto Sagrado, de ahí el *midrás* 'Dios tomó la Torá y creó el mundo'".[45] Harold Bloom conjetura que el *shebirat ha-kelim* puede ser interpretado como una "ruptura estética y sustitución de una forma por otra", puesto que en el contexto del cabalismo luriánico *ticún* es "casi un sinónimo de la *representación* misma".[46] Según Bloom, la ruptura de los cálices, asociada con la palabra de Dios, puede interpretarse como "una fuerza de *escritura* demasiado fuerte, más fuerte de lo que pudieron soportar los 'textos' de las *Sefirot* inferiores".[47]

Siguiendo las huellas que Fuentes nos traza mediante la

188). No obstante, en la práctica se complementaron en el aspecto humano con el matrimonio considerado "uno de los misterios más sagrados" *(Las grandes tendencias,* p. 194). Véase también *La cábala,* pp. 115, 156 y 172.

[45] Alazraki, p. 18.

[46] Bloom, *Map of Misreading,* pp. 5-6. Scholem también menciona que las 24 piezas del adorno de la novia en las sagradas nupcias corresponden a los 24 libros de la Biblia, y que la práctica de leer las Escrituras la noche antes de casarse persistía aun en el siglo xx *(La cábala,* p. 152).

[47] Bloom, *La cábala y la crítica,* p. 40.

recontextualización de textos cabalísticos, podemos leer el desenlace apocalíptico de la novela de otra forma, ya que, como observa Scholem, no se trata de un fin sino de un proceso necesario. Para los cabalistas en exilio, escribe, "la historia de la humanidad [...] es interpretada como un constante progreso hacia la meta mesiánica, a pesar de todos los retrocesos. La redención no se produce, por tanto, aquí bajo la forma de una catástrofe en la que la historia se englute a sí misma y llega a su fin, sino como consecuencia lógica de *un proceso en que todos somos co-partícipes*".[48] Esta complicidad, y la lectura alternativa que sugiere, subraya una concepción mística de la Torá que insinúa que las interpretaciones de significados ocultos no tienen límite.[49] Significativamente, según Scholem, la cábala luriánica sugiere que existen relaciones o "familias" de almas que "de alguna manera constituyen un todo dinámico y actúan unas sobre otras". Estas almas "tienen una aptitud especial para ayudarse unas a otras para complementar las acciones de cada una, y también pueden elevar [...] a aquellos miembros de su grupo o familia que han caído en un plano inferior", capacitándolos para embarcarse en el viaje de regreso a formas "más elevadas" de existencia.[50] Por lo tanto no sorprende que en *Terra Nostra* las transmigraciones afecten a personajes múltiples. Por ejemplo, la figura del Peregrino representa una constelación de al menos seis figuras, incluyendo a Polo Febo, los tres náufragos y el joven artista de Veracruz. Esta noción también puede vincularse a las transmigraciones y relaciones de parentesco que aparecen en *Una familia lejana*.[51]

---

[48] Scholem, *La cábala,* p. 128, cursivas mías.
[49] Scholem, *Las grandes tendencias,* p. 174.
[50] *Ibid.,* p. 232.
[51] Resulta interesante que un converso del siglo xv llamado Pablo de

El término *cábala* significa "algo transmitido por la tradición".[52] Asimismo, antes de ser trasladadas al papel por los misioneros españoles, la transmisión de las crónicas nahuas a través de las generaciones dependía también de la *tradición* y, más importante, constituía un *sistema de memoria*.[53] En *Terra Nostra,* las nociones milenaristas y cabalísticas se mezclan con la cosmogonía mexica en una síntesis que culmina en la escena final de la novela, donde todas las voces del texto se disuelven en dos, y luego en un solo cuerpo, cuando el andrógino hace el amor consigo mismo. En muchos sistemas religiosos, la androginia sugiere la integración de fuerzas opuestas. Platón creía que el ser humano había sido creado originalmente como andrógino, idea también presente en la doctrina judeocristiana: "Y creó Dios al hombre en su imagen [...] [en la] imagen de Dios le creó: macho y hembra los creó" (Gn 1:27). Como los cabalistas estaban en contacto directo con las creencias cristianas (de hecho, la propia cosmogonía de la cábala luriánica tenía un marcado carácter gnóstico), durante los siglos xv y xvi surgieron muchos cabalistas cristianos que, como señala Scholem, supieron combinar las creencias judías en tres eras del mundo con la división cristiana tripartita de la escuela milenarista de Joachim de Fiore en un reino del Padre, el Hijo y el Espíritu Santo.[54] Según Scholem, sin embargo, la gnosis judía supera la noción cristiana de una conjunción de los dos principios por cuanto postula "el restablecimiento de un estado andrógino original",[55] e

Heredia haya compuesto varios textos de doctrina cabalística cristiana antes de la expulsión.

[52] Scholem, *La cábala,* p. 1.
[53] Rodríguez Carranza, p. 167.
[54] Scholem, *La grandes tendencias,* pp. 151 y 214.
[55] Scholem, *Origins of the Kabbalah,* p. 142. En una carta a Catherine Swietlicki, el propio Fuentes cita el Zóhar como origen directo de esta ima-

incluso existen varias instancias de autogénesis *(zivugá minnei u-vei)* en la interpretación luriánica.[56] En la teología mexica, como en la judeocristiana, los primeros dioses y el propio ser humano fueron concebidos como andróginos, porque dividir al ser de cualquier modo hubiese significado negar la integridad esencial del comienzo. Los mexicas representan a todos sus dioses importantes, así como a los signos del calendario, como masculinos y femeninos, y muchas otras deidades, como Xochiquetzal/Xochipilli y Cintéotl/Xilonen, se caracterizan por la ambigüedad sexual. En la tradición occidental, el andrógino se postula a menudo como la última etapa en el retorno a esta unidad original. En la *Segunda Epístola de Clemente* se profetiza que la salvación llegará sólo "cuando los dos sean uno, el exterior como el interior, lo masculino con lo femenino ni masculino ni femenino".[57] La manifestación física del andrógino es el hermafrodita, quien refleja la superación de la dualidad en términos sexuales. Esta metáfora la expresa acertadamente Elemire Zolla al señalar que "la androginia puede ser una meta interior. Las partes opuestas del alma se unen entonces como un hombre y una mujer en el éxtasis del acto amoroso".[58]

Aunque el nacimiento del andrógino al final de *Terra Nostra* insinúa la posibilidad de una nueva génesis, lo que sigue debe desarrollarse fuera de la novela, en la imaginación de los lectores. Fuentes les ofrece un indicio de su visión de lo que habría podido ser si la humanidad hubiese

gen: "[...] de esta descripción del *Zóhar* derivé la visión, tan elocuente en *Terra Nostra,* de que un hombre y una mujer se buscan el uno al otro con el fin de recomponer la unidad y conocimiento perfectos del ser único que formaban antes de venir a la Tierra" *("Terra Nostra",* p. 167).
[56] Véase Scholem, *Las grandes tendencias,* p. 222.
[57] Clemente de Alejandría, cit. en Eliade, *The Two and the One,* p. 107.
[58] Zolla, p. 15.

seguido otras opciones, cuando Felipe sueña un encuentro con el fantasma de Mijail ben Sama y éste repite en sus oídos una doble posibilidad –y segunda oportunidad– por cada uno de los 33 escalones de la inacabada escalera de El Escorial.[59] Al elegir el exterminio de lo diferente en vez del reconocimiento del otro, Felipe opta por la soledad y la muerte en vez de la armonía primordial y la vida. Felipe elige mal, pero la segunda oportunidad sigue latente en el texto literario. El extático abrazo que cierra *Terra Nostra,* con su promesa de una nueva génesis, apunta, entonces, a lo que Faris denomina un "erotismo cósmico" que revitaliza el mundo del referente y el propio discurso.[60] Como hemos visto, en la obra de Fuentes el abrazo erótico funciona como catalizador para recuperar la memoria, una memoria que abarca discursos tanto personales como universales. Este abrazo incide sobre la seducción del lector por el texto, la cual también puede ser descrita en términos eróticos.[61]

En *Una familia lejana,* el abrazo carnal en el que se funden Víctor y André sugiere nuevamente una unión andrógina, pero aquí se trata de un erotismo fantasmal, porque el diseño de la novela deja en manos del lector la responsabilidad de cumplir la promesa que los dos niños han dejado estéril. Así, la fusión metatextual postulada en esta novela hace tangible lo que en *Terra Nostra* se manifestaba en gran medida alegóricamente. En *Una familia lejana* esta compleja interacción de identidad cultural y lenguaje se refleja en la imagen del jardín, signo con claras resonancias edénicas. En la novela de Fuentes el carácter supuestamente civilizado de los jardines y parques se asocia, cultural y lingüística-

---

[59] El número en sí tiene, desde luego, connotaciones redentoras. Para un análisis detallado del papel de El Escorial en la novela, véase Williams, pp. 78-149.
[60] Faris, "Without Sin, and with Pleasure", p. 62.
[61] Véase Barthes, pp. 33-36.

mente, con lo europeo, mientras que los recuerdos de América giran en torno a las barrancas y precipicios americanos. Significativamente, para el Heredia francés, esta división se expresa al nivel del lenguaje: el idioma francés es, dice, "como mi jardín, elegante", mientras que el español es como un "bosque, indomable" (p. 48).[62] Cuando entran por primera vez en la quinta de los Heredia, Branly se siente sofocado por el bosque, al que compara con una "selva oscura", sensación que sólo se alivia al entrar en el parque francés, "un jardín de la inteligencia", a primera vista perfectamente simétrico. Uno puede perderse en el bosque, en la selva, pero en el jardín se siente seguro. El jardín, para el aristócrata Branly, representa la tranquilidad del orden frente al sinsentido de la "gangrena reductivista" y mercantil del siglo xx, un mundo en el que ya no tiene un lugar. Al llegar al jardín, Branly se siente más a gusto, pues los signos esperados de orden y jerarquía se han mantenido intactos, o así parece. En ésta su primera visita a la quinta hay solamente dos señales que desentonan con esta apariencia ordenada. La primera, una figura misteriosa que se entrevé detrás de las cortinas de una ventana, no debe sorprender al lector, quien está ya acostumbrado a tales apariciones en la literatura gótica. La segunda y acaso más importante señal casi podría pasar inadvertida en este momento. Branly se inquieta al ver la cantidad de hojas muertas que "no habían caído de ningún árbol de esa alameda", y su primera

---

[62] José Martí emplea una alegoría semejante en su análisis del lenguaje poético del José María Heredia "mexicano": "ésa es la diferencia que hay entre un bosque y jardín: en el jardín todo está pulido, podado, enarenado [pero] ¿quién osa entrar en un bosque con el mandil y las podaderas?" (p. 137). Durante los siglos xviii y xix se cultivó una literatura de *jardins* que buscaba encerrar al mundo, género popular del que *Les trophées* (del José María Heredia "francés") es un pariente cercano si no descendiente directo.

reacción cuando Víctor empieza a pisarlas es pedirle que no avance más y que regrese al auto (pp. 37 y 51).

En realidad, las correspondencias estables en que se basa la lectura (lineal) de Branly se ven continuamente frustradas. Porque hay algo más que perturba la simetría perfecta del jardín del Clos des Renards: tiene una "cicatriz horrenda" que lo desfigura, sugiriendo no sólo la violencia europea que subyace siempre bajo la superficie –no es arbitrario que Branly, veterano de la primera Guerra Mundial, la compare con una trinchera–, sino también una brecha humana que los europeos no han podido salvar. Para Branly, la cicatriz se manifiesta como "una irrupción de la selva en este espacio para negarla [...] la huella de una bestia nocturna, secreta, acechante" (p. 75). Este espacio es, entonces, lo desconocido y lo negado: puede significar un peligro latente, puede significar, como lo que vieron Branly en el espacio oscuro del montacargas y "Fuentes" en los ojos de la mujer fantasmal, ventanas al infinito.

Para protegerse de esta amenaza Branly se refugia en la memoria, una memoria que se expresa no sólo en el tiempo sino también en el espacio. Mas estos lugares, como la misteriosa cicatriz del jardín, son espacios en los cuales la superficie del orden encubre una ambivalencia e incluso una violencia subyacentes. Al comenzar su relato, Branly le da la espalda a su amigo "Fuentes", observando la Place de la Concorde tan detenidamente que su interlocutor tiene la impresión de que dirige su narración a la plaza y no a él. ¿Contempla la plaza o se contempla a sí mismo, como "Fuentes" cuando busca su reflejo en la ventana cerrada? Seguramente la respuesta se halla a medio camino, pues para Branly París es *su* lugar privilegiado, su espacio sagrado en el universo íntimo. El viejo francés recuerda cuando edificaron el puente Alejandro III, que de niño imaginaba construido para su beneficio "a fin de que [...] aprendiese a amar esta ciudad y a recorrerla" (p. 11). Al insistir en el puente y no en el monumento más obvio de esta plaza situado junto a la sede del poder imperial, un gran obelisco egipcio que originalmente se asociaba con la muerte, Branly parece querer pasar a otro nivel de la realidad.[63] En efecto, las memorias más significativas de Branly no giran alrededor de la Place de la Concorde sino, proustianamente, en torno al jardín que ha perdido, el Parc Monceau, un parque cuyo significado ha sido objeto de especulación crítica desde su construcción poco antes de la Revolución francesa.[64] A pesar de ser, como indica el narrador, "relámpago de demencia aristocrática final, desesperada y agónica" (p. 80), algunos historiadores del arte han propuesto que bajo su organización aparentemente caótica se oculta una ruta iniciática. En la novela, sin embargo, se apunta más bien a una falsa ritualidad, realzada por las "ruinas fingidas" y las "falsas ruinas feudales" en miniatura que lo circundan, en contraste con las monumentales ruinas "auténticas" de México.[65] Cuando Branly vuelve a París después de la guerra, algo ha cambiado: el Parc Monceau de su infancia es ahora un "jardín de heridas abiertas", cubierto de cúmulos de inútiles hojas muertas (pp. 90-91). Esta brecha se da también al nivel del discurso, pues como sugiere Walter Benjamin, a partir de la guerra los europeos finalmente tuvieron que admitir una profunda fisura entre la experiencia

[63] El obelisco de Luxor originalmente estaba junto al templo de la muerte en Egipto. Como se instaló durante la misma época en que los soldados de Napoleón Bonaparte estaban saqueando los monumentos egipcios, es posible verlo también como un recuerdo del imperialismo.
[64] Proust había comparado el acto de leer con el de pasear por ciudades y las ciudades como un libro en que se podía pasear.
[65] Sobre la historia del Parc Monceau, véase Hays, pp. 449-450. El parque fue abierto al público por Luis Bonaparte en 1861.

de las trincheras y el lenguaje oficial del heroísmo. Los viejos modelos de considerar el mundo dejaron de funcionar.[66] Los templos chinos, las pirámides egipcias y los demás edificios en miniatura del Parc Monceau representan una exageración de la interioridad en la que se refugia Branly en su cuarto y en su casa, una interioridad que muestra lo inextricablemente entrelazado que es el espacio con el tiempo. Como observa Susan Stewart, la miniatura no se asocia con el tiempo histórico vivido, sino con el "tiempo infinito" de una realidad onírica, "otro" tiempo, que "niega el cambio y el flujo de la realidad vivida".[67] Tanto los monumentos diminutos del Parc Monceau como el enorme obelisco egipcio de la Place de la Concorde se hallan divorciados de cualquier significado transcendente que pudieran haber tenido en su contexto original. Al mismo tiempo, tales representaciones pueden cuestionar la relación entre materialidad y significado.

Estos jardines franceses imponen su orden simétrico a las fuerzas de la naturaleza de la misma forma que los regímenes imperiales intentan imponer su voluntad en el territorio del Otro. Obsesionado con el poder del sacrificio y fascinado por la cultura mexica, Georges Bataille sugirió, provocativamente, que la Place de la Concorde se utilizara para expresiones colectivas de transgresión ritual, en referencia irónica, tal vez, a la decapitación por guillotina de miles de aristócratas (y, posteriormente, de los mismos revolucionarios) que tuvo lugar allí durante la Revolución.[68]

[66] Benjamin, *Para una crítica de la violencia,* p. 112. De hecho, el Parc Monceau resulta ser un símbolo perfecto para reflejar la vulnerabilidad del hombre moderno después de la guerra según lo describe Benjamin, del "minúsculo y quebradizo cuerpo humano".
[67] Stewart, pp. 57 y 66.
[68] Bataille, pp. 98-99; Clifford, p. 141. Aunque Bataille usa el ideal del sacrificio humano de los mexicas en *La parte maldita* para ilustrar el valor

Aunque tanto la Place de la Concorde como el Parc Monceau se asocian implícita o explícitamente al declive de la aristocracia, Branly no parece ver ninguna correspondencia entre estos lugares y la "bestia nocturna" de la cicatriz del jardín, el "gran perro que ha perdido la memoria" que lo persigue de noche en sus pesadillas. Insiste en que le traen resonancias de una época perdida, una isla del pasado que se opone a las fuerzas de modernidad que continuamente lo acechan, al igual que el asfalto de la calle amenaza al pino solitario de su casa.[69] Sin embargo, en el momento de su encuentro decisivo con el Heredia francés, éste empuja la cabeza de Branly hacia el hueco del montacargas para que vea la verdad revelada en el espacio infinito; para Branly es como si lo estuviera preparando para el filo de la guillotina (p. 142).

Poco después de contemplar el jardín "herido", Branly sueña con un encuentro malogrado de su infancia con un niño extraño (y "extranjero") que resulta ser Heredia, desencuentro que él considera parcialmente superado a través de su amistad con el Víctor mexicano, quien lo vigila mientras duerme. Es importante señalar que, de cerca, la cicatriz del jardín es casi invisible: sólo desde la perspectiva de la ventana de la casa puede Branly (como observador/lector) relacionar todos los conceptos aparentemente disímiles, sin los cuales, como apunta Echavarría, lo europeo "queda irremediablemente disminuido".[70] Al principio, Branly es inca-

---

del rito transgresor no divorciado por los motivos degradantes del consumo o utilitarismo, no parece considerar particularmente avanzada esta civilización prehispánica.

[69] El pino es un árbol que tradicionalmente se asocia con la inmortalidad, mientras que el encino del Clos des Renards se asocia con la vida y la iluminación, imagen que corresponde con la de la luz perfecta que se da a lo largo de la novela.

[70] Echavarría, p. 399.

paz de anudar los hilos de la historia de los Heredia porque no obedecen la cronología racional. Admite haber perdido "el poder de analogía entre las cosas, esa relación entre todo lo que existe que fue el signo profundo de nuestra cultura de fundación" (p. 191). Desde su ventana, Branly escucha las voces de André y Víctor, pero ellos ni lo ven ni lo oyen cuando los llama; es la misma falta de comunicación que había experimentado en su infancia con el misterioso niño que lo miraba de la ventana. Cuando Branly intenta comunicarse con los muchachos sin que ellos lo oigan, se ve a sí mismo reflejado en el vidrio de la ventana, símbolo de barreras insuperables y de visión unilateral, ya que lo que imagina que ve desde su ventana es sólo una proyección de su propio ego.

El uso de la ventana subraya la noción de los dos cuentos intercalados, así como del umbral que Branly nunca ha podido traspasar. Aunque la primera noche que pasa en casa de Heredia Branly recibe la comida de su antifitrión en bandeja –de plata, por así decirlo– después se le exige *buscarla por su cuenta* en el montacargas. Asimismo, antes de que se le revele la verdad de los muchachos, tiene que bajar al jardín y abrir la puerta del auto con su propia mano. Después de descubrir a Víctor con André en su coche, sin embargo, decide dejar atrás sus propios fantasmas para "salvar" al niño. Aunque sus criados españoles José y Florencio (lectores pasivos) quieren regresar a la casa por el camino de grava, Branly decide que es de suma importancia que regresen por "el sendero herido" que ha visto por la ventana, y sólo así consigue restituir su propio espacio (pp. 131-132). Llegado a la casa, cruza el dintel del *manoir* y entra en la biblioteca del Heredia francés, donde descubre que "en vez de libros tenía montones de papel viejo en los anaqueles" (p. 133); imagen que paralela la de las hojas muertas del jardín de Heredia y el plato de hojas secas que le trae la mujer fantasmal. Mientras las confundidas generaciones de hojas muertas del jardín aluden tal vez a la carga de textos precursores así como a las interpretaciones equívocas, las hojas sueltas de la biblioteca remiten además a una noción de simultaneidad ya que, al no estar encuadernadas, desafían la progresión cronológica que se daría si estuvieran en forma de un libro. Considerado así, la verdadera "otra" mitad de aquel objeto misterioso sucede en el discurso, pues sin una narración que lo acompañe, la lección de este objeto, así como la de la fusión de Víctor y André, queda incompleta. Efectivamente, esa noche Branly tiene su último encuentro con el Heredia francés, quien le comunica su parte de la historia antes de caer por el hueco del montacargas, levantando una cantidad de hojas secas tras él.

Lefebvre ha sugerido que la acción de entrar en el espacio de un edificio puede ser considerada una metáfora del acto de leer, siendo éste una entrada en el mundo de la narración, elemento que Fuentes subraya al usar la palabra francesa *manoir,* ya que *manoir* y *manuscrit* comparten la misma raíz etimológica.[71] En la casa de Heredia hay un olor a cuero, un pasillo largo y una serie de puertas falsas, como si Branly hubiera entrado, literalmente, en un viejo libro. Al igual que la cicatriz del jardín es más que una línea divisoria, el espacio del texto que *habita* el lector mientras lee no es solamente una medida de tiempo y de espacio, sino un sistema complejo de valores e ideología. Solamente al transgredir el camino demarcado del jardín (la lectura conven-

---

[71] Dada su centralidad en la novela, a esta conexión quizás podemos agregar *main* –*mano*–, palabra de la cual se deriva *manuscrito* ("escrito a mano") para subrayar la relación que propone Fuentes a lo largo de la novela entre el cuerpo humano y el texto escrito.

cional)[72] puede Branly comenzar a entender "las verdades opuestas" de los Heredia —y deshacerse de sus propios fantasmas—. De nuevo en la terraza, Branly descubre que la cicatriz del jardín ha desaparecido, hecho que "Fuentes" comprueba más tarde (p. 145).[73]

Una familia lejana expone la interacción entre el discurso ficcional e histórico —visible en todas las novelas de Fuentes— que McBride-Limaye describe como una relación entre *heredia* e *historia*. Ambas apuntan a la memoria: *heredia* como "herencia = legado" o la "transmisión" de algún aspecto del pasado, y como "herencia = patrimonio", que indica una síntesis del pasado con el presente. *Historia* también tiene una doble significación: "historia = conjunto de acontecimientos" o lo que se acepta como tal, e "historia = relato", la representación de los acontecimientos que constituyen la realidad empírica.[74] Aunque la herencia pertenece a un ámbito no discursivo y la historia al discurso, la ficción de Fuentes destaca las semejanzas entre la formación genealógica que constituye la *heredia* y las filiaciones narrativas que conforman la *historia*. Fuentes combina las implicaciones de ambas estructuras y la orientación cronológica de la *historia* asume el carácter genealógico de la *herencia,* con lo cual la primera adquiere la identidad de las relaciones de parentesco. Aunque el modelo de McBride se centra en cuestiones de identidad en el lenguaje, la correlación de *heredia/historia* es también un componente de las relaciones transtextuales, aspecto que Fuentes puntualiza

---

[72] La cicatriz del jardín también tiene resonancias de la ya célebre declaración de Fuentes de que la frontera es una cicatriz. En *The Fictive and the Imaginary,* Iser asocia el acto creativo con el de "cruzar fronteras" ya que sólo al traspasar los límites se pueden generar nuevos significados.

[73] Además, cuando "Fuentes" visita el Clos des Renards descubre que las hojas muertas han sido barridas.

[74] McBride-Limaye, p. 48.

en *Una familia lejana* y, especialmente, en *Cristóbal Nonato*, donde esta correlación puede reducirse aún más a las minúsculas partículas que conforman la herencia genética de cada ser humano y, por extensión, a las formaciones de palabras que integran la novela.

En *Una familia lejana,* entonces, existen dos versiones contradictorias de la relación *heredia/historia*. Para los Heredia, así como hasta cierto punto para Branly, la unión / muerte de Víctor y André se convierte en un rito de pasaje necesario para recuperar la memoria de los muertos.[75] El Heredia francés, sin embargo, no desea *resucitar* el pasado sino *re-crearlo* de una manera diferente a la establecida por la cronología histórica, de tal modo que su *heredia/historia* personal pueda ser redimida. Por ello, impulsa (bajo la forma de André iniciando sexualmente a Víctor) una reconquista del Nuevo Mundo, un nuevo mestizaje. Sin embargo, sus esfuerzos conducen sólo a la muerte, porque el reconocimiento del Otro no puede detenerse aquí; para tener validez debe manifestarse como un proceso continuo.

Esta imagen del Otro existencial se explora en mayor profundidad en *Cristóbal Nonato*.[76] Fuentes ha descrito la experiencia del Otro como una experiencia fundamental en las relaciones de todos los seres humanos, en la medida en que "el Otro ve una parte del mundo que yo no veo[...] Yo te necesito a ti y tú me necesitas a mí –nos completamos el uno al otro–. Cuando se niega al Otro, se acaba en el aislamiento o la arrogancia o la locura".[77] La importancia del Otro también la expresa Bajtín, cuya descripción tiene mucho en común con la evocación que hace Fuentes del

---

[75] El segundo viaje de Branly a Xochicalco sucede el 29 de octubre, víspera de los días de los muertos.
[76] Sobre el Otro, véase Sartre, *El ser y la nada*.
[77] Ventura, p. 33.

desarrollo de la conciencia de Cristóbal, que comienza con su nombre:

> Todo lo que a mí concierne, comenzando por mi nombre, desde el mundo exterior a través de la palabra de los otros (la madre, etc.) [...] Yo me conozco inicialmente a través de otros: de ellos recibo palabras, formas, tonalidad, para formar una noción inicial de mí mismo [...] Como el cuerpo se forma inicialmente dentro del seno materno (cuerpo), así la conciencia del hombre despierta envuelta en la conciencia ajena.[78]

> Ángel, Ángeles, Cristóbal [...] los nombres son nosotros, o somos nosotros los nombres, nombramos o somos nombrados?, son nuestros nombres una pura convención? nos dieron los dioses nuestros nombres pero al decirlos (nosotros y los otros) los desgastamos y pervertimos? al *llamar*nos nos *incend*iamos? Nada de esto me importa: intuyo que si tengo un nombre y te nombro a ti (Ángel/Ángeles) es para descubrir poco a poco tu naturaleza y la mía [...] Tómame como soy, Ángel y no me hagas más preguntas [...] Nómbrame. Descúbreme [p. 61].

El alfabeto hebreo contiene el *nombre* o los *nombres* de Dios que reflejan la esencial naturaleza espiritual del mundo y el lenguaje creativo. Ángeles se pasa la novela leyendo (o no leyendo) el *Cratilo* de Platón, que también trata de los nombres y el acto de nombrar.[79] Ángel bautiza a Ángeles de la misma forma en que Adán le da su nombre a Eva (Gn 3: 20), proceso que ella, como representativa del Nuevo Mundo, evoca como un acto creativo: "Ángel [...] no me encontró: me inventó" (p. 424). De esta manera, el acto de nombrar a través del Otro se halla inextricablemente unido a la idea de la comunicación, como reconoce Bajtín:

---

[78] Bajtín, *Estética de la creación verbal*, p. 360.
[79] Platón, *Cratilo*, I, pp. 173-229.

El verdadero ser del hombre [...] es la *comunión más profunda*. *Ser* significa *comunicarse* [...] Ser significa ser para otro y, a través del otro, para uno mismo. El individuo no tiene ningún territorio interior soberano; está siempre y totalmente en la frontera; al mirar dentro de sí mismo, mira *a los ojos de otro* o *con los ojos de otro* [...] No puedo arreglármelas sin el otro, no puedo ser yo mismo sin el otro; debo encontrarme a mí mismo en el otro, al encontrar al otro en mí mismo.[80]

Esta metáfora del reconocimiento del Otro como acto de comunicación recuerda la doble relación, insinuada por *Cristóbal Nonato*, entre Cristóbal/narrador y Cristóbal/novela, porque para leer un texto uno también debe confrontar al Otro. Para Fuentes, tras la producción y recepción de novelas, subyace "un método de conocimiento basado en la contemplación de las relaciones entre el yo y el otro, que es comparable a la relación entre autor y personaje, o entre escritor y lector",[81] o como lo expresa Cristóbal sencillamente: "Como estoy tan solo, tengo que preguntarme sin cesar [...] quién es el otro que yo más necesito para ser, insustituiblemente, yo, único, Cristóbal Nonato? Mi respuesta es clara y contundente: Te necesito a ti, Elector" (p. 114).

Del mismo modo que la interacción entre lector y texto es una condición previa para la actualización de la novela, todos los personajes de *Cristóbal Nonato* tienen un Otro que los completa: "–Los otros nos dan su ser /", afirman Ángel y Ángeles al unísono, "–Cuando te completo a ti, Ángeles / –Yo te completo a ti, Ángel /" (p. 545). La unidad que promete esta fusión también engloba la idea del mestizaje: Ángeles, indígena de ojos negros, y Ángel, europeo de ojos

---

[80] Bajtín, *Problemas de la poética de Dostoievski*, pp. 354-355, traducción revisada.
[81] *Valiente mundo nuevo*, p. 36.

verde-amarillos, reproducen el encuentro con América a través de Cristóbal, mestizo, símbolo de "la eterna obligación de completar el mundo: Nuevo Mundo!" (p. 552). El propio Cristóbal se refleja en la niña Ba, con la cual comparte el útero. Esta referencia, junto con las imágenes recurrentes de oscuridad y de luz que penetran su conciencia, apuntan de nuevo al modelo del andrógino divino. Como señala Mircea Eliade, la antigua concepción de la androginia implica una conversión, un cruce de límites: supone "nacer de nuevo, atravesar la 'puerta estrecha'".[82] En *Terra Nostra,* Fuentes transcribe varias secciones sobre la concepción de lo masculino y femenino en el Zóhar que pueden aplicarse a *Cristóbal Nonato:*

> *Cuanto existe [...] proviene de un macho y de una hembra.* El padre es la sabiduría que ha engendrado toda cosa. La madre es la inteligencia, tal como fue escrito: *"A la inteligencia darás el nombre de madre".* De esta unión nace un hijo, el vástago mayor de la sabiduría y la inteligencia. Su nombre es el conocimiento o la ciencia. Estas tres personas reúnen en sí mismas cuanto ha sido, es, y será; pero a la vez, se reúnen en la cabeza blanca del Anciano entre los ancianos, pues Él es todo y todo es Él. Y así el *Anciano [...] es representado por el número tres [...] todos los rayos y todas las ramas emanadas de Dios deben volver al número tres* [Terra Nostra, p. 530, las cursivas indican pasajes del Zóhar].[83]

El andrógino divino era un símbolo de salvación en los orígenes del cristianismo y por ello se asociaba al propio Cristo. En *Cambio de piel,* el narrador describe a éste como el primer "psicópata" del mundo, un hombre cuya historia

---

[82] Eliade, *The Two and the One,* p. 107.
[83] Véase también Marqués-Rivière, pp. 151-152.

"es la de la energía individual, apocalíptica, como única salvación verdadera" (p. 263). El Dios que aparece aquí no es el Dios ortodoxo y opresor del sistema imperante, sino el Dios de la búsqueda gnóstica del verdadero conocimiento, Dios el Descubridor, "Cristóbal Palomar", esa visión herética según la cual toda persona tiene la libertad –y la responsabilidad– para determinar su destino.[84] Cristo y Colón se asemejan en que ambos simbolizan el nacimiento de una época y un hombre nuevos, en que el presente puede edificarse sobre las ruinas de un pasado hecho pedazos. Sin embargo, ambos cuestionaron a la autoridad, y fueron marginados por el orden hegemónico. La imagen de la paloma vincula nuevamente a Cristóbal con Cristo y con Colón: la paloma es el símbolo del Espíritu Santo y fue una paloma la que anunció la presencia del Nuevo Mundo a Colón.[85] Por lo tanto, el hecho de que el narrador de *Cristóbal Nonato* se llame precisamente Cristóbal Palomar, haya sido concebido el día de la Epifanía y nazca en el aniversario de la llegada de Colón a América no puede ser gratuito. La función de Cristóbal como figura mesiánica es subrayada por varias referencias adicionales: su madre es una mujer sin historia, coronada con un halo; el camino de Acapulco a Malinaltzin, sede de peregrinaciones indígenas, lo recorren en burro; y, al igual que San Cristóbal, el protagonista transporta a la niña Ba por las olas de las aguas uterinas.

En *Cervantes, o la crítica de la lectura,* Fuentes extiende la

---

[84] El apellido Palomar también apunta a la novela de Italo Calvino *Mr. Palomar* (1983). Aunque la referencia a "Cristóbal Palomar" en *Cambio de piel* es varios años anterior al texto de Calvino, Fuentes alude a la muerte de éste en *Cristóbal Nonato* (p. 48) y existen claras afinidades entre las dos novelas, así como entre *Cristóbal Nonato* y *Se una notte d'inverno un viaggiatore* de Calvino (1979), donde los protagonistas son lectores.

[85] La paloma también representa la salvación en la leyenda de Noé y en el mito mesopotámico de Ishtar.

metáfora para postular a Cervantes y Colón como gemelos espirituales, pues ambos abrieron el Viejo Mundo a un nuevo continente: Colón al Nuevo Mundo y Cervantes a la novela moderna.[86] Más adelante en el mismo ensayo, al hablar sobre las sectas heréticas del cristianismo en otra sección que puede relacionarse con la doble función de *Cristóbal Nonato*, Fuentes desarrolla la conexión entre Cristo como Verbo y el hombre Jesús:

> El gnosticismo judaizante de Cerintio y los ebionitas se nutrió de la convicción de que Jesús era el hijo carnal de María y José [...] Sólo en el momento del bautizo descendió Cristo, en forma de paloma, sobre la cabeza de Jesús, y a partir de ese momento, guió sus acciones. Pero en el acto final del Calvario, la paloma voló de regreso a los cielos y abandonó a Jesús [...] al sufrimiento y la muerte [...] El nestorianismo [afirma que] Jesucristo realmente es dos personas: uno, el Hombre; otro el Verbo. Es posible distinguir entre las acciones del Hombre Jesús y las palabras del Dios Cristo.[87]

La naturaleza de Cristóbal como Verbo hecho carne es subrayada cuando sus padres hacen trazos en la arena, acción que reproduce la de Cristo escribiendo en el suelo con el dedo (Jn 8:8). Como manifestación herética, Cristóbal es, sin embargo, un marginado y, en última instancia, víctima de un mundo en el que incluso el mito se ha recubierto con el lenguaje dogmático. El mito, antítesis intemporal y complemento de la estructura impuesta por la historia, ha sido apropiado por el sistema imperante. Hasta la Virgen de Guadalupe ha sido transformada en portavoz del PRI mediante la creación de Mamadoc, una "nueva" madre para

---

[86] *Cervantes*, p. 13.
[87] *Ibid.*, pp. 22-23.

México, cuyo nombre apenas disimula su verdadera naturaleza como arma del autoritanismo. En última instancia, Cristóbal pierde su batalla contra el Ángel de la Muerte y con su nacimiento, que es también su muerte, olvida todo lo que ha aprendido.[88]

Al mismo tiempo, Fuentes ha señalado que el sueño de la utopía no puede alcanzarse mientras siga siendo una realidad impuesta y niegue la conciencia trágica, porque sin la tragedia "no podemos tocar ese conflicto que para mí es el más alto conflicto de valores que puede haber en la vida o en el arte mientras persistamos en imaginar que éste tiene que ser el continente de la utopía".[89] En *Cristóbal Nonato,* el otro mundo se halla al este, en el paraíso tecnológico de "Pacífica". Pero Ángel es consciente de que la Utopía debe construirse aquí y ahora, según comenta Cristóbal: "América está en los cojones de mi padre de donde yo salí" (p. 552), es decir, que el Nuevo Mundo no puede construirse sin tomar en cuenta todos los elementos, buenos y malos, que componen su historia, tanto colectiva como individual:

> Ángel y Ángeles prefieren quedarse en México. Se dicen: vamos a terminar lo que hay que hacer aquí, vamos a hacer no la utopía sino la posibilidad, simplemente. Somos hijos de Tomás Moro, de una utopía, de Maquiavelo, de la negación de la uto-

---

[88] El "Ángel de la Muerte", enviado, espada en mano, para destruir a los seres humanos, es una imagen que se repite a lo largo de la Biblia. Lo que impide a Adán y Eva acercarse al Árbol del Conocimiento después de la caída es una espada en llamas (Gn 3:24), y quien estimula a Juan a registrar los textos apocalípticos de las Revelaciones es un ángel con una espada en llamas. En el Zóhar, esta batalla es interpretada como la lucha que entablan los ángeles buenos y malos en el interior de cada individuo (1:144b), y los cabalistas Luria y Vital conceden a los ángeles un papel central en su doctrina. La batalla entre el "Príncipe de la Luz" y el "Ángel de las Tinieblas" también aparece en los escritos apócrifos de la secta judaica Qumran (13:10-12).
[89] Sosnowski, p. 81.

pía [...] pero también de Erasmo, que dice: intentemos esta posibilidad humana y tolerante. Yo quisiera que *Cristóbal Nonato,* a pesar de su apariencia, fuera una novela erasmista, a final de cuentas, un elogio a la locura.[90]

Del mismo modo que la literatura encuentra resonancias en la memoria de otros textos, la identidad de Latinoamérica depende de que se rescate todo ese pasado mutilado y condenado a la amnesia por el discurso histórico. En su comentario del ensayo de Benjamin citado al comienzo de este capítulo, Fuentes alude al "ángel negro del tiempo perdido" que se cierne sobre la literatura latinoamericana,[91] y postula a la novela como "un nuevo impulso de fundación, como un regreso al acto de la génesis para redimir las culpas de la violación original, de la bastardía fundadora".[92] El futuro no debe buscarse, entonces, en la imitación de modelos utópicos, sino en el reconocimiento de una identidad múltiple, enraizada en el pasado: "[...] debemos sacar al aire lo que está vivo en nosotros y reconocer la verdadera estructura de nuestra identidad [en] la multiplicidad de los legados que la conforman. No somos huérfanos. No estamos desnudos. Somos los herederos legítimos de un mundo vasto y plural".[93]

Fuentes señala que *Cristóbal Nonato* es una novela sobre el destino de las utopías en cuanto en ella se redefine el impulso utópico: el futuro no debe basarse en el retorno al pasado ni en su destrucción, sino en una fusión de valores perpetuamente recreados en el presente. El espacio donde se actualiza este presente es la propia novela, porque al

---

[90] Ortega, "Carlos Fuentes: para recuperar", p. 642.
[91] "Discurso inaugural", p. 13.
[92] *La nueva novela,* p. 45.
[93] "Discurso inaugural", p. 16.

reservarle un lugar también al lector el escritor redefine la tradición utópica en términos de un presente concreto. Aludiendo a la obra de Alejo Carpentier, Fuentes declara que "el arte pertenece, no a la génesis, ni a su apocalipsis gemela, sino a la revelación. La revelación es el tiempo de la historia humana consciente, que a su vez posee un centro solar de aspiraciones: la revolución. Sí y no: tercer tiempo ambiguo, ya no inapelable como la gestación o la catástrofe".[94] *Cristóbal Nonato* es, pues, una novela apocalíptica pero no catastrófica, en la medida en que mantiene una visión trágica de la historia frente al progreso utópico.

Fuentes ha observado que Walter Benjamin "nos hizo ver que sólo la ruina es perfecta: es la declaración final del objeto. *Cristóbal Nonato* no es un libro total, simplemente aspiro a escribir lo parcial para contestar a lo incompleto".[95] Para él esta novela no es tanto una profecía como un exorcismo; como casi todas las suyas, termina con un nacimiento y una muerte simultáneos que apuntan a una nueva génesis y a la visión de un mundo mejor. En las páginas finales este impulso se expresa como una invocación a imaginar un nuevo mundo:

> Todos somos Colones que apostamos a la verdad de nuestra imaginación y ganamos; todos somos Quijotes que creemos en lo que imaginamos; pero al cabo todos somos Don Juanes que al imaginar deseamos y averiguamos en seguida que no hay deseo inocente, el deseo, para cumplirse, se apropia del otro, lo cambia para hacerlo suyo: no sólo te quiero, quiero además que quieras como yo, que seas yo: Cristóbal, Quijote, Juan, padres nuestros que estáis en la tierra, la Utopía nuestra de cada día [pp. 553-554].

[94] *La nueva novela*, p. 52.
[95] Reyzábal, pp. 22-23.

La utopía a la que se dirige la literatura no es, por lo tanto, la de un futuro estado de perfección sino un mundo alternativo creado por seres humanos con todas sus imperfecciones. Al aplicar estrategias de percepción e imaginación al alcance del lector, la literatura se convierte en un correlato de las zonas fronterizas negadas por la visión del mundo imperante. Así, la literatura cumple una función mítica en la sociedad contemporánea, al proponer una opción que se sitúa siempre en la frontera entre lo real empírico y la ficción. Respecto a *Terra Nostra*, Fuentes ha señalado que "el mito pretende ser un presente permanente, un presente constante [...] hay en *Terra Nostra* ese intento de encontrar [...] *el mito original*".[96] Al enfocar simultáneamente la tendencia del discurso oficial a la represión y su superación por medio del impulso lúdico del texto, la irrealidad de la ficción, como la del mito, incide sobre la realidad percibida, modificándola. El lector es instigado a pensar lo impensable y a conectar lo inconectable y, en última instancia, logra superar la dualidad de acuerdo con las cambiantes exigencias del contexto sociohistórico dominante.

Según Iser, el hecho de que ningún individuo pueda experimentar cómo lo perciben los demás no constituye una frontera ontológica, sino que tiene su origen en la propia interacción diádica.[97] La frontera sólo existe en la medida en que estas limitaciones provocan continuos intentos de trascenderla, de cruzar este límite que cada individuo arrastra bajo la superficie. La interacción diádica cataliza por lo tanto un "cierre de la brecha" gracias al cual el campo de referencia se vuelve coherente, aunque, al mismo tiempo, permanezca indeterminado a la espera de aportes adicionales que modifiquen las proyecciones iniciales. Este

---

[96] Coddou, pp. 8-9.
[97] Iser, *Acto*, p. 260.

proceso es análogo al que ocurre en el acto de la lectura, donde, si bien la activación de las reservas transtextuales puede suministrarle a los lectores un mapa que los guíe a través del texto, la relación se funda en una interdeterminación dinámica. Del mismo modo que la comunicación dialógica no puede darse si el destinatario se aferra a las proyecciones originales a pesar de los cambios que se van produciendo en los huecos constitutivos, el lector debe modificar sus proyecciones de acuerdo con los indicios textuales. Por consiguiente, el texto tiene la capacidad para provocar visiones continuamente cambiantes en el lector.

Jean-Paul Sartre considera que la dialéctica entre autor, texto y lector adquiere el carácter de un deber ético, ya que co-crear significa comprometerse. Todo lector tiene la libertad de abrir un libro y leerlo, pero una vez que lo abre, asume la responsabilidad por su actualización. Sin embargo, si esta libertad ha de realizarse, el autor no puede imponer su visión del mundo como una "masa aplastante que soportamos", sino más bien como una etapa en el camino hacia la libertad humana.[98] Cuando Felipe profetiza en *Terra Nostra* que "el día que todos ustedes se sienten en mi trono, tendrán que aprender de nuevo, a partir de la nada y cometerán así los mismos crímenes en nombre de otros dioses: el dinero, la justicia, el progreso de que tú hablas" (p. 327), los lectores no pueden aceptar esta declaración pasivamente, porque se ven implicados de manera concreta. En este sentido, los lectores asumen responsabilidad por los crímenes de la historia, porque, al igual que Felipe, han aceptado la retórica imperante en lugar de dedicarse activamente a reevaluar la sociedad. Al deformar y recontextualizar explícitamente otros discursos, Fuentes obliga al lector

---

[98] Sartre, *¿Qué es la literatura?*, p. 86.

a desarrollar una actitud crítica y a reevaluar la cultura desde una nueva perspectiva. Asimismo, al ofrecer múltiples visiones y proponer opciones que han sido descartadas, el autor socava la creencia en una realidad absoluta e inalterable, porque el texto indeterminado convence a sus lectores de que el mundo no es inmutable y de que tienen la libertad para elegir. La representación de la experiencia según puntos de vista abiertamente ficcionales conlleva no tanto el deseo de un mundo fantástico como la deformación de esa realidad empírica que la sociedad acepta pasivamente. Ya sea mediante la transtextualidad imitativa o inversa, la literatura siempre redefine el mundo al presentarlo desde nuevas perspectivas.

"Más que una respuesta", afirma Fuentes, "la novela es una pregunta crítica acerca del mundo".[99] Independientemente de su grado de compromiso personal, el autor no puede provocar un verdadero cambio si no es capaz de abordar el problema de la técnica narrativa, un modo de comunicar sus ideas de manera dinámica. De lo que se trata no es de la ausencia gratuita de sentido como fin en sí mismo, sino de lo que Benjamin denomina "transformación funcional". Aunque la estructura narrativa de las obras de Fuentes pueda parecer desordenada, el potencial positivo de sus negaciones invita al lector a repensar las respuestas habituales al desmentir el orden establecido por el discurso oficial. Con la fragmentación de los componentes discursivos, el lector se acostumbra a una realidad polifacética y ambigua en lugar de aceptar el mundo tal cual se le ofrece. Al propagar nuevos códigos, la obra de arte descubre opciones imprevistas y provoca una nueva visión conceptual, pluridimensional y cambiable de la realidad empírica.

[99] *Geografía de la novela*, p. 31.

EPÍLOGO

> No hay sociedad sin imaginación ni sociedad sin lenguaje [...] La literatura es una suerte de reserva, de realidad latente y alimento para la sociedad, incluso si la sociedad no se da cuenta.
>
> CARLOS FUENTES

EN LOS 12 AÑOS TRANSCURRIDOS entre *Cristóbal Nonato* (1987) y *Los años con Laura Díaz* (1999), México ha experimentado, al igual que el resto del mundo, un cambio radical en su público lector. No deja de ser irónico que el descenso del analfabetismo y el mayor acceso a los estudios superiores[1] estén acompañados de una reducción en el número de lectores, estando la palabra escrita amenazada por el imperio creciente de nuevas tecnologías de comunicación. Así, mientras que en los años cincuenta el tiraje promedio de un libro era de 3 000 ejemplares para una población de 30 000 000, en 1996 la cifra había bajado a 2 000 para una población de más de 95 000 000. Peor aún: según la Cámara Nacional de la Industria Editorial, sólo 6% de los libros editados en México en 1997 correspondió a libros de literatura, y se ha reducido dramáticamente, además, el número de librerías.[2] Aunque persisten las mismas divisiones sociales

---

[1] El analfabetismo ha descendido de 25.8% de la población en 1970 a 9.7% en 1982 y 6.9 % en 1999; 12.2% de la población mexicana tenía estudios universitarios en 1985, en comparación con 2.6% en 1970 *(Statistical Abstract of Latin America,* 1990, pp. 197-199; 1981, p. 137; UNDP, *Human Development Reports,* 1993 y 1999).

[2] Correa, p. 56. La brecha entre el crecimiento de lectores potenciales y

que llevaron a los escritores latinoamericanos a postularse como la voz de los oprimidos, en una sociedad en la que la novela tiene cada vez menos lectores a menudo la prensa y el discurso público son los únicos foros en los que el escritor puede hacer oír su voz. Esto no significa, empero, que la novela haya dejado de tener una función en la cultura contemporánea. Fuentes argumenta que la "explosión de la información" ha llevado a una "implosión del significado" que el escritor debe resistir.[3] En una época en que la información y el poder se han convertido en aliados y predominan los valores del mercado,[4] el escritor sigue teniendo el deber de desafiar el orden imperante mediante la creación de "modelos alternativos":

> Los oficiales de la negación quisieran hacernos creer que la vida humana existe sólo aquí y no en todas partes [...] La literatura se ha vuelto excéntrica respecto a las verdades centrales de la sociedad moderna [...] Pues ¿qué cosa es el escritor contemporáneo sino un [...] fantasma salido de las barriadas del eurocentrismo para reclamar la humanidad de los marginados, extender las fronteras de toda carne viviente y de toda mente despierta, más allá de los dogmas proclamados y defendidos por las teocracias industriales...?[5]

la reducción en el número de lectores reales ha alcanzado proporciones tan grandes que en 1999 el presidente Ernesto Zedillo anunció la necesidad de "multiplicar a los lectores", y en 2000 la Cámara de Diputados aprobó con abrumadora mayoría la "Ley de Fomento a la Lectura y al Libro".

[3] *Geografía de la novela,* p. 10.

[4] Como comenta Ulises López en *Cristóbal Nonato,* "La información es el poder. La no información es más poder" (p. 288). Quienes tienen el poder mantienen el orden establecido por medio del control y la manipulación de la información.

[5] *Geografía de la novela,* p. 172. Este ensayo, "La geografía de la novela", originalmente escrito en 1974, fue revisado y puesto al día para la colección del mismo título en 1993.

Aunque su modo de entablar comunicación con el lector esté forzosa y perpetuamente en proceso de redefinición, para Fuentes nunca como ahora "ha sido más cierto" el imperativo social del escritor.[6] Lo mismo se podría afirmar del papel del académico y el crítico literario. En una sociedad que se ha entregado al consumo, la literatura y las humanidades en general han perdido su posición privilegiada en beneficio de la ciencia y la tecnología, una situación que indudablemente ha contribuido a la necesidad de un discurso crítico riguroso que pueda de algún modo otorgar validez científica a la disciplina y a sus cultivadores. Aunque quizás no haya sido su intención, la sentencia reiterada por Derrida de que "no existe nada fuera del texto",[7] ha sido asumida literalmente por muchos de sus discípulos, lo que refleja el clima predominantemente apolítico en la vida intelectual desde la caída del muro de Berlín y el consiguiente triunfo global del neoliberalismo. Esta actitud hacia la literatura resulta ser especialmente insostenible en el contexto latinoamericano, por cuanto la persistencia de la represión autoritaria por debajo de la retórica democrática hace que el cambio siga siendo apremiante. Además, ante el control cada vez más férreo de los medios por parte de las empresas multinacionales, la literatura y el arte representan quizás las únicas voces disidentes viables que quedan en el mundo actual. Sin embargo, ahora que la retórica nacionalista ha sido desplazada por la de la globalización, el escritor se ve obligado a adoptar un acercamiento distinto al discurso oficial. Como señala Fuentes, en lugar de contar "todo el pasado silencioso de América Latina",

---

[6] *Geografía de la novela*, p. 173. En el 2000, Fuentes reitera su creencia en la "nueva función social del escritor" de seguir desafiando a sus lectores mediante la imaginación y el lenguaje (Gazier, p. 9).

[7] Derrida, p. 158.

como se solía hacer en la época del *boom,* los escritores de hoy abordan "temas más íntimos, de la vida doméstica, de las pasiones".[8]

La historia personal e íntima es, efectivamente, la que predomina en el entrañable álbum de familia *Los años con Laura Díaz,* donde el autor no sólo parece haber renunciado a los recursos experimentales de su obra anterior, sino que comete un acto casi insólito en las letras latinoamericanas al incorporar elementos de novelas populares escritas por mujeres. En esta recreación, a menudo idealista, de su infancia en Veracruz, Fuentes evoca las imágenes, los sonidos y los sabores de otra época a la vez que recupera la antigua tradición de contar.[9] Aunque la historia de Laura, como la de su antecesor Artemio Cruz, se desarrolla paralelamente a la de la nación, es marginada de la construcción de la identidad nacional por un marido que insiste en que su sitio está en el hogar. Desde este espacio, sin embargo, Laura crea su propia realidad, libre de la corrupción, la hipocresía y el fracaso de quienes están en el poder. Aunque la novela no deja de tener pretensiones épicas que abarcan numerosos tiempos y espacios (la España de la Guerra Civil, los campos de concentración de la segunda Guerra Mundial y los Estados Unidos durante la época macartista, entre otros), como personaje y como novela, Laura Díaz recoge los acontecimientos del siglo xx desde una perspectiva subjetiva, eligiendo la intimidad de los

---

[8] Gazier, p. 9.

[9] Aunque las largas descripciones de la cocina de Leticia, la madre de Laura, suponen un guiño a la controvertida novela de Laura Esquivel *Como agua para chocolate* (1989), el presunto camino de liberación de Laura a través de una serie de encuentros sexuales se aproxima más a *Arráncame la vida* (1985), de Ángeles Mastretta. Las resonancias lúdicas de la novela le dan un cariz especialmente interesante al circuito transtextual, puesto que la novela de Mastretta entabla a su vez un diálogo transtextual con *La muerte de Artemio Cruz.*

autorretratos de Frida Kahlo en lugar de las epopeyas murales de Diego Rivera (personajes ambos de la novela). No obstante, al rechazar el papel de mujer abnegada y sufrida, Laura se mueve desde la periferia para proponer un porvenir mejor para el México del futuro. "No soy víctima de nadie", declara hacia el final de su vida (p. 487), haciéndose eco de la visión que tiene Fuentes del lugar de México en la economía global: "Olvidemos la salida fácil de culpar al otro [...] la era de justificaciones ha terminado".[10] Ni utópica ni apocalíptica, en última instancia lo que sugiere *Los años con Laura Díaz* es que la única salvación posible es la personal, reflejo, quizás, del cuestionamiento de las utopías y de la visión resignada de la historia que dominan la época actual.

Sin embargo, aunque se haya perdido la "claridad de sentido" que antes tenía el intelectual comprometido,[11] sigue habiendo un impulso humano que persiste en la búsqueda de algo mejor. En una discusión de la situación actual de las humanidades en el nuevo orden tecnológico, Edward Said pide un modelo crítico que resida en el ideal "heroico" de no estar dispuesto a satisfacerse en la consolidación de actitudes preexistentes.[12] El discurso literario debe someterse continuamente a nuevos modos de expresión, puesto que si al lector no se le exigiese adaptarse de alguna manera, la literatura dejaría de tener una función. El propósito del arte, como afirma Marcuse, debe ser el de promover una "subversión estética permanente" porque la "forma estética seguirá cambiando en la medida en que la práctica política

---

[10] Romero, p. 11-A.
[11] Vidal, p. 11.
[12] Said, "Presidential Address 1999", p. 290. En esto concuerda Hernán Vidal: "Sin nuevas utopías que impulsen la imaginación, de aquí en adelante sólo tendremos una tediosa repetición de formas culturales" (p. 12).

logre (o no) construir una sociedad mejor".[13] Es necesario, por consiguiente, buscar continuamente nuevas estrategias discursivas que revitalicen a la novela y a sus lectores. Las novelas examinadas en este estudio suponen un intento de socavar las convenciones del orden burgués mediante la innovación discursiva y las negaciones del repertorio. Sin embargo, una vez que estas estrategias se convierten en vocabulario común, la literatura deja de constituir un desafío para el orden establecido. Como observa irónicamente Fuentes, lo que una vez fue considerado innovador eventualmente deviene en un lugar común:

> Independientemente de lo audaces que hayan sido algunos de mis pronósticos, se transforman en seguida en la realidad más banal y naturalista [...] cuando apareció *La región más transparente,* fue condenada por ser una obra obscena [...] De repente me encuentro con que las niñas del convento del Sagrado Corazón [la] leen [...] a los quince años porque la consideran una obra literaria más bien inofensiva que te presenta la literatura mexicana y demás.[14]

El tantas veces proclamado final del *boom,* aunque determinado en parte por las crisis económicas de los ochenta y noventa, responde en igual medida a una búsqueda ininterrumpida de revitalizar los modos de comunicación.[15] El lector que intente acercarse a *Terra Nostra* como si fuese *Cambio de piel,* o a *Los años con Laura Díaz* como si fue-

---

[13] Marcuse, *Contrarrevolución y revuelta,* p. 133.
[14] Castillo, "Travails with Time", p. 157.
[15] En un artículo reciente, Sealtiel Alatriste sostiene que si bien la crisis económica de los ochenta fue lo que desmanteló la industria editorial en Hispanoamérica, su continuo estado crítico se debe más a un desinterés educativo y a la ignorancia política neoliberal que ha llevado, a su juicio, a "un empobrecimiento cultural que tal vez nos remita a cifras del siglo pasado" (p. 12).

se *Terra Nostra,* fracasará inevitablemente, victimizado no por el discurso autorial, sino por la rigidez de su propio paradigma crítico. La novela, como afirmó Fuentes en 1992, es una búsqueda continua, una "búsqueda de la segunda historia, del otro lenguaje, del conocimiento mediante la imaginación, búsqueda, en fin, del lector y de la lectura".[16] Es, también, "un repertorio de posibilidades para la libertad del lector. El lector se convierte así en elector [...] El Lector es también Elector, la persona que elige".[17] O, para desarrollar aún más esta idea, el lector no es solamente un e-lector sino, en definición de Lisa Block de Behar, un se-lector, "porque elige por sí mismo y para sí. Por lo tanto la lectura es una acción que define también la condición humana: el hombre no puede no elegir. Entre la obligación y la opción –deber y poder– se juega su tragedia".[18]

Las novelas de Fuentes sugieren que no basta con desconstruir las barreras del discurso unívoco, sino que es preciso construir algo que reemplace a éste: una interacción dialéctica de opuestos que trascienda la negación de la simple diferencia. Esta compleja unidad es absoluta porque es liberadora: la literatura intenta expandir el horizonte del potencial humano, basándose en una historia alternativa de la memoria y la imaginación que sólo es fiel al lector y a la historia cuando transgrede las normas estéticas inventando nuevas formas. Para Fuentes, el papel de la literatura

---

[16] *Geografía de la novela,* p. 31. En un discurso leído en Xalapa, Veracruz, el 3 de febrero del 2000, Fuentes reitera su compromiso con los lectores: "Hay pocas cosas tan misteriosas como el destino de un libro. Esto es así porque toda ficción tiene un origen múltiple, y para vivir, debe tener, también, un destino múltiple. Al pasar de manos del autor a manos del lector, el libro convierte al lector en un co-autor indispensable para que la obra, sangrando por el costado de la imperfección, continúe viviendo por el costado de la imaginación" ("Los destinos", p. 1-C).
[17] *Myself with Others,* p. 87.
[18] Block de Behar, p. 71.

es intentar crear "otra realidad, una realidad mejor –un nuevo mundo en una nueva novela– mediante las ideas y el lenguaje lado a lado con la acción política".[19] A lo largo de su obra, la destrucción de la cultura material es redimida por un imperativo idealista, propuesto por el texto y actualizado por el lector. El mundo de la novela, al igual que el mundo en que vivimos, existe en un proceso incesante de reinvención, es el Nuevo Mundo de la imaginación individual. Como señala Marcuse: "El arte no puede cambiar el mundo, pero puede contribuir a cambiar la conciencia y los impulsos de los hombres y las mujeres que podrían cambiar el mundo".[20] Hoy, más que nunca, las novelas de Carlos Fuentes nos enseñan que "un escritor, un libro y una biblioteca nombran al mundo y le dan voz al ser humano".[21] Mientras la humanidad lucha contra el peso de la historia que nos oprime y nos amenaza con la extinción, la literatura ofrece un discurso alternativo gracias al cual autor, texto y lector pueden encontrarse y juntos imaginar un orden distinto. El autor no puede más que sugerir la forma que adoptará este orden. Es el lector quien tiene la obligación moral de cuestionar y reinventar el texto... y su contexto.

---

[19] *Valiente mundo nuevo,* pp. 287-288.
[20] Marcuse, *The Aesthetic Dimension,* p. 32.
[21] Fuentes, *En esto creo,* p. 172.

BIBLIOGRAFÍA

Novelas

Fuentes, Carlos, *Aura,* Era, México, 1962.
——, *La muerte de Artemio Cruz,* FCE, México, 1962.
——, *Cambio de piel,* Joaquín Mortiz, México, 1967.
——, *Terra Nostra,* Joaquín Mortiz, México, 1975.
——, *Una familia lejana,* Era, México, 1980.
——, *Gringo viejo,* FCE, México, 1985.
——, *Cristóbal Nonato,* FCE, México, 1987.
——, *Constancia, y otras novelas para vírgenes,* FCE, México, 1989.
——, *Los años con Laura Díaz,* Alfaguara, México, 1999.

Ensayos

Fuentes, Carlos, *París, la revolución de mayo,* Era, México, 1968.
——, *La nueva novela hispanoamericana,* Joaquín Mortiz, México, 1969.
——, *Casa con dos puertas,* Joaquín Mortiz, México, 1970.
——, *Tiempo mexicano,* Joaquín Mortiz, México, 1971.
——, *Cervantes, o la crítica de la lectura,* Joaquín Mortiz, México, 1976.
——, *Myself with Others,* Farrar, Straus and Giroux, Nueva York, 1988.

———, *Valiente mundo nuevo: épica, utopía y mito en la novela hispanoamericana,* FCE, México, 1990.

———, *Geografía de la novela,* FCE, México, 1993.

———, *En esto creo,* Seix Barral, Barcelona, 2002.

Artículos

Fuentes, Carlos, "Nuestras sociedades no quieren testigos y todo acto de lenguaje es en sí revolucionario", *Siempre,* 742, 1967, pp. 7-9.

———, "Discurso inaugural de Carlos Fuentes", *Simposio Carlos Fuentes: Actas,* eds. Issac Jack Levy Juan Loveluck, University of South Carolina, Columbia, 1980, pp. 3-19.

———, "La literatura es revolucionaria y política en un sentido profundo", *Cuadernos Americanos,* 259.2, 1985, pp. 12-16.

———, "Los destinos de una novela", "Cultura", suplemento de *Reforma* 4, 4 de febrero de 2000, p. 1C.

Entrevistas

Baxandall, Lee, "An Interview with Carlos Fuentes", *Studies on the Left,* 3.1, 1962, pp. 48-56.

Carballo, Emmanuel, "Carlos Fuentes", en *Diecinueve protagonistas de la literatura mexicana del siglo xx,* Empresas Editoriales, México, 1965, pp. 427-448.

Castillo, Debra A., "Travails with Time: An Interview with Carlos Fuentes", *Review of Contemporary Fiction,* 8.2, 1988, pp. 153-167.

Coddou, Marcelo, *"Terra Nostra,* o la crítica de los cielos", *American Hispanist,* 1978, pp. 9-11.

Doezema, Herman P., "An Interview with Carlos Fuentes", *Modern Fiction Studies,* 18.4, 1972-1973, pp. 491-503.

Ferman, Claudia, "Carlos Fuentes y *Cristóbal Nonato:* entre la modernidad y la posmodernidad", *Antípodas,* 8-9, 1996-1997, pp. 97-107.

Fortson, James, *Perspectivas mexicanas desde París: un diálogo con Carlos Fuentes,* Corporación Editorial, México, 1973.

"Fuentes on his *Terra Nostra*", *Hispania,* 63.2, 1980, p. 415.

Gazier, Michèle, y Xavier Lacavalerie, "El mexicano universal: entrevista con Carlos Fuentes", *La Jornada Semanal,* 27 de febrero de 2000, pp. 8-9.

Lemus [Fuentes], Sylvia, "Carlos Fuentes: éstos fueron los palacios", *Espejo de escritores,* Ed. Reina Roffé, Ediciones del Norte, Hanover, New Hampshire, 1985, pp. 81-104.

Mauro, Walter, y Elena Clementelli, "Carlos Fuentes", en *Los escritores frente al poder,* trad. de María del Carmen de Azpiazu, Luis de Caralt, Barcelona, 1975, pp. 175-191.

Ortega, Julio, "Carlos Fuentes: para recuperar la tradición de la Mancha", *Revista Iberoamericana,* LV, 146-147, 1989, pp. 637-654.

Parkinson Zamora, Lois, "Entre memoria e imaginación: una conversación con Fuentes", en *Carlos Fuentes: territorios del tiempo,* ed. Jorge F. Hernández, FCE, México, 1999, pp. 182-188.

Quemain, Miguel Ángel, "La edad del tiempo según Carlos Fuentes", en *Carlos Fuentes: territorios del tiempo,* ed. Jorge F. Hernández, FCE, México, 1999, pp. 234-252.

Reyzábal, María Victoria, "Entre el enigma y la transparencia", *La Jornada Semanal,* 17 de septiembre de 1989, pp. 15-23.

Rodríguez Monegal, Emir, "Carlos Fuentes", en *Homenaje a Carlos Fuentes: variaciones interpretativas en torno a su obra,* ed. Helmy Giacoman, Las Américas, Nueva York, 1971, pp. 23-66.

Rodríguez Monegal, Emir, "La situación del escritor en América Latina", *Mundo Nuevo,* 1, 1966, pp. 5-21.

Tapia, Andrés, "Fin de la monarquía sexenal", en *Carlos Fuentes: territorios del tiempo,* ed. Jorge F. Hernández, FCE, México, 1999, pp. 266-279.

Tittler, Jonathan, "Interview: Carlos Fuentes", *Diacritics,* 10.3, 1980, pp. 46-56.

Ullán, José Miguel, "Carlos Fuentes: salto mortal hacia mañana", *Homenaje a Carlos Fuentes: variaciones interpretativas en torno a su obra,* ed. Helmy Giacoman, Las Américas, Nueva York, 1971, pp. 327-344.

Ventura, Michael, "The Secret Frontier", *L. A. Weekly,* 6-12 de junio de 1986, pp. 31-33, y 13-19 de junio de 1986, p. 16.

Weiss, Jason, "An Interview with Carlos Fuentes", *Kenyon Review,* 5.4, 1983, pp. 105-118.

Otras obras citadas

Adorno, Theodor W., *Filosofía de la nueva música,* trad. Alberto Luis Bixie, Sur, Buenos Aires, 1966.

Aguado Bleye, Pedro, *Manual de historia de España,* 6ª ed., Espasa-Calpe, Madrid, 1954.

Alatriste, Sealtiel, "El mercado editorial en México", "Hoja por Hoja", suplemento de *Reforma,* 2-4 de junio de 2000, pp. 12-13.

Alazraki, Jaime, *Borges and the Kabbalah, and Oher Essays on his Fiction and Poetry,* Cambridge University Press, Cambridge, 1988.

Alter, Robert, *Partial Magic,* University of California Press, Berkeley, 1975.

Arnold, Philip P., "Eating Landscape: Sacrifice and Sustenance in Aztec Mexico", en *To Change Place: Aztec Ceremonial Landscapes,* ed. David Carrasco, University of Colorado, Niwot, 1991, pp. 219-232.

Austin, J. L., *Palabras y acciones: cómo hacer cosas con palabras,* Paidós, Buenos Aires, 1971.

Bajtín, Mijaíl, *The Dialogic Imagination,* ed. Michael Holquist, trad. Caryl Emerson y Michael Holquist, University of Texas, Austin, 1981.

———, *Estética de la creación verbal,* trad. Tatiana Bubnova, Siglo XXI, México, 1982.

———, *Problemas de la poética de Dostoievski,* trad. Tatiana Bubnova, FCE, México, 1986.

Barthes, Roland, *El placer del texto,* trad. Nicolás Rosa, Siglo XXI, México, 1982.

Bataille, Georges, *La parte maldita,* trad. Johanna Givanel, Hispanoamericana, Barcelona, 1974.

Behar, Lisa Block de, *Una retórica del silencio: funciones del lector y procedimientos de la lectura literaria,* Siglo XXI, México, 1984.

Benedetti, Mario, "El escritor y la crítica en el contexto del subdesarrollo", *Casa de las Américas,* XVIII, 107, 1978, pp. 3-21.

Benjamin, Walter, *The Arcades Project,* trads. Howard Eiland y Kevin Mc Laughlin, Harvard University Press-Belknap Press, Cambridge, 1999.

———, *Discursos interrumpidos,* trad. Jesús Aguirre, Taurus, Madrid, 1973.

———, *Ensayos escogidos,* trad. H. A. Murena, Ediciones Coyoacán, México, 1999.

———, *Tentativas sobre Brecht,* trad. Jesús Aguirre, Taurus, Madrid, 1975.

Ben-Porat, Ziva, "Method in Madness: Notes on the Structure of Parody Based on MAD TV Satires", *Poetics Today,* 1, 1979, pp. 245-272.

Benveniste, Émile, *Problemes de linguistique générale,* Gallimard, París, 1966.

Bergson, Henri, *Memoria y vida,* trad. Mauro Armino, Alianza, Madrid, 1977.

Bernáldez, Andrés, *Memorias del reinado de los Reyes Católicos,* eds. Manuel Gómez Moreno y Juan de M. Carriazo, Real Academia de la Historia, Madrid, 1962.

Bloch, Ernst, "Discussing Expressionism", *Aesthetics and Politics,* trad. y ed. Ronald Taylor, New Left Books, Londres, 1964, pp. 16-27.

Bloom, Harold, *La cábala y la crítica,* Monte Ávila, Caracas, 1992.

———, *A Map of Misreading,* Oxford University Press, Nueva York, 1975.

Borges, Jorge Luis, *Otras inquisiciones,* Emecé, Buenos Aires, 1960.

Brecht, Bertolt, *Brecht on Theatre: The Development of an Aesthetic,* trad. y ed. John Willet, Hill and Wang, Nueva York, 1964.

Broda, Johanna, "The Sacred Landscape of Aztec Calendar Festivals: Myth, Nature and Society, en *To Change Place: Aztec Ceremonial Landscapes,* ed. David Carrasco, University Press of Colorado, Niwot, 1991, pp. 74-120.

Cabrera de Córdoba, Luis, *Felipe Segundo, rey de España,* Aribau, Madrid, 1877.

Caponegri, A. Robert, *Time and Idea: The Theory of History in Giambattista Vico,* Routledge and Kegan Paul, Londres, 1953.

Castillo, Debra, "Fantastic arabesques in Fuentes's *Cristóbal Nonato", Revista de Estudios Hispánicos,* 25.3, 1991, pp. 1-14.

Cervantes, Miguel de, *El ingenioso hidalgo Don Quijote de la Mancha,* Comar, Barcelona, 1964.

Chamberlain, Daniel Frank, *Narrative Perspective in Fiction: A Phenomenological Mediation of Reader, Text, and World,* University of Toronto Press, Toronto, 1990.

Chatman, Seymour, *Historia y discurso,* trad. María Jesús Fernández Prieto, Taurus, Madrid, 1990.

Cirlot, Juan Eduardo, *Diccionario de símbolos,* Labor, Barcelona, 1985.

Clifford, James, *The Predicament of Culture: Twentieth Century Ethnography, Literature and Art,* Cambridge University Press, Cambridge,1988.

Cohn, Norman, *En pos del milenio: revolucionarios milenaristas y anarquistas místicos de la edad media,* trad. Ramón Alaix Busquets, eds. Cecilia Bustamante y Julio Ortega, Alianza, Madrid, 1981.

Correa, Guillermo, "Fernando Macotela opone la Feria de Minería a las escalofriantes cifras de la poca lectura", *Proceso,* 25 de marzo de 2000, pp. 56-58.

Cortázar, Julio, "Cortázar a cinco rounds", con José Miguel Oviedo, *Marcha,* Montevideo, 2 de marzo de 1973, pp. 29-31.

Cortés, Hernán, *Cartas de relación,* ed. Mario Hernández, Historia 16, Madrid, 1985.

Cortínez, Verónica, *Memoria original de Bernal Díaz del Castillo,* Oak Editorial, Huixquilucan, México, 2000.

Curtius, Ernst Robert, *Literatura europea y edad media latina,* trad. Margit Frenk Alatorre y Antonio Alatorre, FCE, México, 1955.

Dan, Joseph, *Gershom Scholem and the Mystical Dimension of Jewish History,* New York University, Nueva York, 1987.

Derrida, Jacques, *Of Grammatology,* trad. Gayatri Chakravorty Spivak, Johns Hopkins University Press, Baltimore, 1976.

Deyermond, Alan, "Spain's First Women Writers", en *Women in Hispanic Literature: Icons and Fallen Idols,* ed. Beth Miller, University of California Press, Berkeley, 1983.

Díaz del Castillo, Bernal, *La historia verdadera de la conquista de la Nueva España,* ed. Carlos Pereyra, Espasa, Madrid, 1933.

Dorfman, Ariel, *Hacia la liberación del lector latinoamericano,* Ediciones del Norte, Hanover, New Hampshire, 1984.

Durán, Gloria, *La magia y las brujas en la obra de Carlos Fuentes,* UNAM, México, 1976.

Eagleton, Terry, *Marxism and Literary Criticism,* University of California Press, Berkeley, 1976.

Echavarría, Arturo, "Presencias y reconocimientos de América y Europa en *Una familia lejana* de Carlos Fuentes", *La Torre, 9,* s. e., 25, 1995, pp. 383-405.

Eco, Umberto, *Lector in fabula: la cooperación interpretativa en el texto narrativo,* trad. Ricardo Pochtar, Lumen, Barcelona, 1981.

——, *Tratado de semiótica general,* trad. Carlos Manzano, Lumen, Barcelona, 1988.

Edwards, Paul, *et al., The Encyclopedia of Philosophy,* Macmillan, Nueva York, 1967.

Eliade, Mircea, *The Two and the One,* trad. J. M. Cohen, University of Chicago Press, Chicago, 1965.

Faris, Wendy, *Carlos Fuentes,* Frederick Ungar, Nueva York, 1983.

——, "'Without Sin, and with Pleasure': The Erotic Dimensions of Fuentes' Fiction", *Novel,* 20.1, 1986, pp. 62-77.

Foucault, Michel, *La arqueología del saber,* trad. Aurelio Garzón del Camino, Siglo XXI, México, 1970.

Franco, Jean, "From Modernization to Resistance: Latin American Literature 1959-1976", *Latin American Perspectives,* vol. 1, 1978, pp. 77-97.

Franco, Jean, *La cultura moderna en América Latina,* trad. Sergio Pitol, Joaquín Mortiz, México, 1971.

Gadamer, Hans-Georg, *Verdad y método: fundamentos de una hermenéutica filosófica,* trads. Ana Aparicio y Rafael de Agapito, Sígueme, Salamanca, 1993.

Gasparov, Boris, "The Narrative Text as an Act of Communication", *New Literary History,* 9.2, 1978, pp. 245-261.

Genette, Gérard, *Narrative Discourse: An Essay on Method,* trad. Jane E. Lewin, Cornell University Press, Ithaca, Nueva York, 1980.

Gertel, Zunilda, "Semiótica, historia y ficción en *Terra Nostra",* *Revista Iberoamericana,* 47, 116-117, 1981, pp. 63-72.

Gimferrer, Pere, "El mapa y la máscara", *Plural,* 5.10, 1976, pp. 58-60.

Glantz, Margo, "Fantasmas y jardines: *Una familia lejana",* *Revista Iberoamericana,* 48, 118-119, 1982, pp. 397-402.

González, Eduardo, "Fuentes' *Terra Nostra", Salmagundi,* 41, 1978, pp. 148-150.

González, Michael, *Cambio de piel, or the Myth of Literature,* Glasgow Institute of Latin American Studies, Occasional Papers, núm. 10, 1974.

Goodman, Nelson, *Ways of Worldmaking,* Hackett, Indianapolis, 1978.

Goytisolo, Juan, *"Terra Nostra", Disidencias,* Seix Barral, Barcelona, 1978, pp. 221-256.

Grau, Jacinto (ed.), *Don Juan en el drama,* Futuro, Buenos Aires, 1944.

Hamon, Philippe, *Expositions: Literature and Architecture in Nineteenth Century France,* trads. Katia Sainson-Frank y Lisa Maguire, University of California Press, Berkeley, 1992.

Hays, David, "Carmontelle's Design for the Jardin de Monceau: A Freemasonic Garden in Late Eighteenth Century France", *Eighteenth Century Studies,* 32.4, 1999, pp. 447-462.

Heisenberg, Werner, *Physics and Philosophy: the Revolution in Modern Science,* Harper and Row, Nueva York, 1958.

Heyden, Doris, "La diosa madre: Itzpapalotl", *Boletín Instituto Nacional de Antropología e Historia,* 11, 1974, pp. 3-14.

Humboldt, Wilhelm von, *Escritos sobre el lenguaje,* trad. Andrés Sánchez Pascual, Península, Barcelona, 1991.

Hutcheon, Linda, "Historiographic Metafiction: Parody and the Intertextuality of History", *Intertextuality and Contemporary American Fiction,* eds. Patrick O'Donnell y Robert Con Davis, Johns Hopkins University Press, Baltimore, 1989, pp. 3-34.

——, *A Poetics of Postmodernism: History, Theory, Fiction,* Routledge, Londres, 1988.

——, *A Theory of Parody,* Methuen, Nueva York, 1985.

Ingarden, Roman, *The Literary Work of Art,* trad. George G. Grabowicz, Northwestern University Press, Evanston, Illinois, 1973.

Iser, Wolfgang, *El acto de leer: teoría del efecto estético,* trads. J. A. Gimbernat y Manuel Barbeito, Taurus, Madrid, 1987.

——, *The Fictive and the Imaginary: Charting Literary Anthropology,* Johns Hopkins University Press, Baltimore, 1993.

——, *The Implied Reader: Patterns in Communication in Prose Fiction from Bunyan to Beckett,* Johns Hopkins University Press, Baltimore, 1974.

——, *Prospecting: From Reader Response to Literary Anthropology,* Johns Hopkins University Press, Baltimore, 1989.

——, "The Reality of Fiction: A Functionalist Approach to Literature", *New Literary History,* 7.1, 1975, pp. 7-37.

Jakobson, Roman, *Lingüística y poética,* trad. Ana María Gutiérrez Cabello, Cátedra, Madrid, 1988.

Jauss, Hans Robert, *Toward an Aesthetic of Reception,* trad.

Timothy Bahti, University of Minnesota Press, Minneapolis, 1982.

Juana Inés de la Cruz, Sor, *El sueño,* ed. Alfonso Méndez Plancarte, Imprenta Universitaria, México, 1951.

Kerr, Lucille, *Reclaiming the Author: Figures and Fictions from Spanish America,* Duke University Press, Durham, 1992.

Krickeberg, Walter, *Las antiguas culturas mexicanas,* trads. Sita Garst y Jas Reuter, FCE, México, 1973.

Kristeva, Julia, *The Kristeva Reader,* ed. Toril Moi, Columbia University Press, Nueva York, 1986.

———, *La révolution du langage poétique: l'avant-garde à la fin du XIXe siécle, Lautréamont et Mallarmé,* Seuil, París, 1974.

Lange, Victor, "Introduction", *New Perspectives in German Literary Criticism,* eds. Richard Amacher y Victor Lange, Princeton University Press, Princeton, 1979.

Las Casas, Bartolomé de, *Tratados de fray Bartolomé de las Casas,* 2 vols., eds. Lewis Hanke *et al.,* FCE, México, 1965.

León-Portilla, Miguel, y Ángel Ma. Garibay, *Visión de los vencidos,* Casa de las Américas, La Habana, 1969.

Levine, Susan F., "The Lesson of the *Quijote* in the Works of Carlos Fuentes and Juan Goytisolo", *Journal of Spanish Studies,* 7.2, 1979, pp. 173-184.

López Velarde, Ramón, *Obras,* ed. José Luis Martínez, FCE, México, 1971.

López de Gómara, Francisco, *Historia de la conquista de México,* ed. Joaquín Ramírez Cabañas, Robredo, México, 1943.

Malraux, André, *Las voces del silencio,* trads. Damián Bayon y Elva de Loizaga, Emecé, Buenos Aires, 1956.

Marcuse, Herbert, *The Aesthetic Dimension: Toward a Critique of Marxist Aesthetics,* Beacon, Boston, 1978.

———, *Contrarrevolución y revuelta,* trad. Antonio González de León, Joaquín Mortiz, México, 1973.

Marqués-Rivière, Jean, *Histoire des doctrines ésotériques,* Payot, París, 1971.

Martí, José, *Obras completas,* vol. 5, Editorial Nacional, La Habana, 1963.

Marx, Carlos, *El dieciocho brumario de Luis Bonaparte,* Grijalbo, México, 1974.

McBride-Limaye, Ann, "Constructing the 'New World' in the Works of Carlos Fuentes", *Comparative Civilizations Review,* 12, 1985, pp. 44-67.

Merleau-Ponty, Maurice, *Signos,* trads. Caridad Martínez y Gabriel Oliver, Seix Barral, Barcelona, 1964.

Merrell, Floyd, "C. S. Peirce and Carlos Fuentes: At the Edge of Semiotic Activity", *Punto de Contacto,* 5.1, 1975, pp. 69-77.

Montaigne, Michel de, *Les Essais,* vol. i, Hildesheim, Nueva York, 1981.

Morrissette, Bruce, "The Alienated 'I' in Fiction", *Southern Review,* 10, 1974, pp. 15-30.

——, "Narrative 'You' in Contemporary Literature", *Comparative Literature Studies,* 2.1, 1965, pp. 1-24.

Nicholson, Henry B., "Religion in Pre-Hispanic Central Mexico", *Handbook of Middle American Indians,* vol. 10, eds. Gordon E. Ekholm e Ignacio Bernal, University of Texas Press, Austin, 1971.

Nicholson, Irene, *Mexican and Central American Mythology,* edición revisada, Bedrick Books, Nueva York, 1985.

Nigg, Walter, *The Heretics: Heresy through the Ages,* eds. y trads. Richard y Clara Winston, Dorset, Nueva York, 1962.

O'Donnell, Patrick, y Robert Con Davis, "Introduction: Intertext and Contemporary American Fiction", en *Intertextuality and Contemporary American Fiction,* Johns Hopkins University Press, Baltimore, 1989, pp. ix-xxi.

Ortega, Julio, *Retrato de Carlos Fuentes,* Círculo de Lectores-Galaxia Gutenberg, Barcelona, 1995.

Oviedo, José Miguel, "Una discusión permanente", en *América Latina en su literatura,* ed. César Fernández Moreno, Siglo XXI, México, 1972, pp. 424-440.

———, "La pasión de Carlos Fuentes", en *Simposio Carlos Fuentes: Actas,* eds. Isaac Levy y Juan Loveluck, University of South Carolina, Columbia, 1980, pp. 23-32.

———, "*Terra Nostra:* Sinfonía del nuevo mundo", en *Escrito al margen,* Procultura, Bogotá, 1982, pp. 143-175.

Passafari de Gutiérrez, Clara, *Los cambios en la concepción y estructura de la narrativa mexicana desde 1947,* Universidad Nacional del Litoral, Santa Fe, Argentina, 1968.

Pavel, Thomas, "The Borders of Fiction", *Poetics Today,* 4.1, 1983, pp. 83-88.

Peden, Margaret Sayers, "Forking Paths, Infinite Novels, Ultimate Narrators", en *Carlos Fuentes: A Critical View,* eds. Robert Brody y Charles Rossman, University of Texas Press, Austin, 1982, pp. 156-172.

———, "A Reader's Guide to *Terra Nostra*", *Review,* 31, 1982, pp. 42-48.

———, "Voice as a Function of Vision: The Voice of the Teller", *World Literature Today,* 57.4, 1983, pp. 572-577.

Platón, *Cratilo,* trad. Ute Schmidt Osmanczik, Instituto de Investigaciones Filológicas, UNAM, México, 1988.

Prince, Gerald, *A Dictionary of Narratology,* University of Nebraska Press, Lincoln, 1987.

Quevedo Villegas, Francisco de, *Poesía varia,* ed. James O. Crosby, Cátedra, Madrid, 1981.

Rama, Ángel (ed.), *Más allá del boom: literatura y mercado,* 2ª ed., Folios Ediciones, Buenos Aires, 1984.

Reeve, Richard, "Carlos Fuentes y el desarrollo del narrador en segunda persona: un ensayo exploratorio", en *Home-*

naje a Carlos Fuentes: variaciones interpretativas en torno a su obra, ed. Helmy Giacoman, Las Américas, Nueva York, 1971, pp. 75-88.

Reyes, Alfonso, "Utopías americanas", *Sur,* 40, 1938, pp. 7-16.

Reyes-Tatinclaux, Leticia, *"Cristóbal Nonato:* ¿descubrimiento o clausura del Nuevo Mundo?", *Revista de Crítica Literaria Latinoamericana,* 15.30, 1989, pp. 99-104.

Ricouer, Paul, *Interpretation Theory and the Surplus of Meaning,* Texas Christian University Press, Fort Worth, 1976.

———, *Time and Narrative,* vol. 1, trads. Kathleen McLaughlin y David Pellauer, University of Chicago Press, Chicago, 1991.

Riffaterre, Michael, "Interpretation and Undecidability", *New Literary History,* 12.2, 1981, pp. 227-242.

———, *Semiotics of Poetry,* Indiana University Press, Bloomington, 1978.

Rimmon-Kenan, Shlomith, *Narrative Fiction: Contemporary Poetics,* Methuen, Londres, 1983.

Rodríguez Carranza, Luz, *Un teatro de la memoria: análisis de* Terra Nostra *de Carlos Fuentes,* Leuren University Press, Lovaina, 1990.

Rodríguez Monegal, Emir, *El boom de la novela latinoamericana,* Tiempo Nuevo, Caracas, 1972.

Romano, James, "Authorial Identity and National Disintegration in Latin America", *Ideologies and Literature,* 4.1, 1989, pp. 167-198.

Romero, César, "Destaca dos rostros de la globalización: inaugura Carlos Fuentes cátedra en el BID", *Reforma,* 21 de octubre de 1999, p. IIA.

Sahagún, Bernardino de, *Historia general de las cosas de Nueva España,* 3ª ed., ed. Ángel María Garibay Kintana, Porrúa, México, 1975.

Said, Edward W., "Opponents, Audiences, Constituencies, and Community", *Critical Inquiry*, 9, 1982, pp. 1-26.
——, "Presidential Address 1999: Humanism and Heroism", *PMLA*, 111.3, 2000, pp. 285-291.
——, *The World, the Text and the Critic*, Harvard University Press, Cambridge, 1983.
Salcedo, Fernando F., "Técnicas derivadas del cine en la obra de Carlos Fuentes", *Cuadernos Americanos*, 200.3, 1975, pp. 175-197.
Santa Biblia La, ed. Cipriano de Valera, Sociedad Bíblica Americana, Nueva York, 1902.
Sartre, Jean Paul, *El ser y la nada: ensayo de ontología fenomenológica*, trad. Juan Welmar, Losada, Buenos Aires, 1966.
——, *¿Qué es la literatura?*, trad. Aurora Bernáldez, Losada, Buenos Aires, 1950.
Scholem, Gershom G., *La cábala y su simbolismo*, trad. José Antonio Pardo, Siglo XXI, México, 1978.
——, *Las grandes tendencias de la mística judía*, trad. Beatriz Oberländer, FCE, México, 1993.
——, *Origins of the Kabbalah*, ed. R. J. Werblowsky, trad. Allan Arbush, Princeton University Press, Princeton, 1987.
Schopenhauer, Arthur, *El mundo como voluntad y representación*, trad. Eduardo Ovejero, Porrúa, México, 1987.
Searle, John R., *Actos de habla: ensayos de filosofía del lenguaje*, trad. Luis M. Valdés Villanueva, Cátedra, Madrid, 1980.
Segre, Cesare, *Principios de análisis del texto literario*, trad. María Pardo de Santayana, Crítica, Barcelona, 1985.
Séjourné, Laurette, *Pensamiento y religión en el México antiguo*, FCE, México, 1984.
Seler, Eduard, *Comentarios al Códice Borgia*, 3 vols., trad. Mariana Frenk, FCE, México, 1963.

Shelley, Percy Bysshe, "A Defence of Poetry", en *The Norton Anthology of English Literature,* vol. 2, ed. M. H. Abrams *et al.,* W. W. Norton, Nueva York, 1979, pp. 781-794.

Shklovsky, Viktor, "Art as Technique", *Russian Formalist Criticism,* eds. Lee T. Lemon y Marion J. Reis, University of Nebraska Press, Lincoln, 1965, pp. 3-24.

Siemens, Williams, "Celestina as *Terra Nostra", Mester,* 11.1, 1982, pp. 57-66.

———, "Chaos and Order in Roberto Burgos' *El patio de los vientos perdidos* and Carlos Fuentes' *Cristóbal Nonato", Antípodas,* 3, 1991, pp. 205-216.

Simson, Ingrid, *Realidad y ficción en* Terra Nostra *de Carlos Fuentes,* Vervuert, Frankfurt, 1989.

Soto-Duggan, Lilvia, *La poética de la simultaneidad en Carlos Fuentes,* Diss. State University of New York, 1980.

Sterne, Laurence, *The Life and Opinions of Tristram Shandy, Gentleman,* ed. James Aiken Work, Odyssey, Nueva York, 1940.

Stewart, Susan, *On Longing: Narratives of the Miniature, the Gigantic, the Souvenir, the Collection,* 2ª ed., Duke University Press, Durham, 1993.

Still, Judith, y Michael Worton, *Intertextuality: Theories and Practice,* Manchester University Press, Manchester, 1990.

Supervielle, Jules, *Choix de Poèmes,* Gallimard, París, 1947.

Swietlicki, Catherine, "Doubling, Reincarnation, and Cosmic Order in *Terra Nostra", Hispanófila,* 27.1, 1983, pp. 93-104.

———, "*Terra Nostra:* Carlos Fuentes' Kabbalistic World", *Symposium,* 35.2, 1981, pp. 155-167.

Thiher, Allen, *Words in Reflection: Modern Language Theory and Postmodern Fiction,* University of Chicago Press, Chicago, 1984.

Thompson, J. Eric, "The Moon Goddess in Middle America", *Contributions to American Anthropology and History,* 5.29, 1929, pp. 127-173.

United Nations Development Programme, *Human Development Report,* Oxford University Press, Nueva York, 1993 y 1999.

Uspensky, Boris, *A Poetics of Composition: The Structure of the Artistic Text and Typology of Compositional Form,* trads. Valentina Zavarin y Susan Wittig, University of California Press, Berkeley, 1973.

Vargas Llosa, Mario, "Social Commitment and the Latin American Writer", *Lives on the Line: The Testimony of Contemporary Latin American Authors,* ed. Doris Meyer, University of California Press, Los Ángeles, 1988, pp. 126-135.

Vidal, Hernán, *Crítica literaria como defensa de los derechos humanos: cuestión teórica,* Juan de la Cuesta, Newark, 1994.

Weimann, Robert, *Structure and Society in Literary History: Studies in the History and Theory of Historical Criticism,* University Press of Virginia, Charlottesville, 1976.

Wilkie, James W., y David Lorey, *Statistical Abstract of Latin America,* vol. 28, UCLA Latin American Center, Los Ángeles, 1990.

——, y Stephen Haber, *Statistical Abstract of Latin America,* vol. 21, UCLA Latin American Center, Los Ángeles, 1981.

Williams, Raymond Leslie, *Los escritos de Carlos Fuentes,* trad. Marco Antonio Pulido, FCE, México, 1998.

Yates, Frances A[melia], *The Art of Memory,* University of Chicago Press, Chicago, 1966.

Zea, Leopoldo, *En torno a una filosofía americana,* El Colegio de México, México, 1945.

The Zohar, trads. Harry Sperling y Maurice Simon, Soncino, Londres, 1949.

Zolla, Elemire, *The Androgyne: Fusion of the Sexes,* Thames and Hudson, Londres, 1981.

ÍNDICE

Prefacio. 7
Introducción: memoria y deseo 9

I. *El arte de la persuasión: estrategias discursivas* . . 25
   Presupuestos 25
   Perspectiva narrativa 31
   El lenguaje "literario" y el texto dialógico 64
   Discurso literario e histórico 75
   El lenguaje y el discurso científico 79
   Hacia un nuevo lenguaje 84

II. *El museo imaginario: repertorio y transtextualidad* 88
   Cambio de piel 96
   Terra Nostra 107
   Una familia lejana 130
   Cristóbal Nonato 145

III. *La tierra prometida: actualización del texto literario* 161
   El teatro de la memoria 164
   Viejo Mundo / Nuevo Mundo / Otro Mundo . . . 169

Epílogo 207
Bibliografía 215
   Novelas 215
   Ensayos 215
   Artículos 216
   Entrevistas 216
   Otras obras citadas 218

Memoria y deseo
se terminó de imprimir y encuadernar
en julio de 2003 en Impresora
y Encuadernadora Progreso, S. A. de C. V.
(IEPSA), Calz. San Lorenzo, 244; 09830 México,
D. F. En su composición, parada en el Taller
de Composición Electrónica del FCE, se utilizaron tipos
Poppl-Pontifex de 10:14, 9:13 y 8:10 puntos. La edición,
que consta de 2 000 ejemplares, estuvo al cuidado
de *Julio Gallardo Sánchez*.

OTROS TÍTULOS DE LA
COLECCIÓN TIERRA FIRME

Aguirre Beltrán, Gonzalo. *La población negra de México. Estudio etnohistórico.*
Appleby, David P. *La música de Brasil.*
Arango, Manuel Antonio. *Gabriel García Márquez y la novela de violencia en Colombia.*

Bendezú, Edmundo. *La otra literatura peruana.*
Benites Vinueza, Leopoldo. *Argonautas de la selva. Los descubridores del Amazonas.*
Benítez, Fernando. *La ruta de Hernán Cortés.*
Borges, Jorge Luis, y Antonio Carrizo. *Borges el memorioso.*
Borges, Jorge Luis. *Ficcionario.*
Borges, Jorge Luis. *Siete noches.*
Bosi, Alfredo. *Historia concisa de la literatura brasileña.*
Brushwood, John S. *La novela hispanoamericana del siglo xx. Una vista panorámica.*
Busaniche, José Luis. *Bolívar visto por sus contemporáneos.*

Cardoza y Aragón, Luis. *El río. Novelas de caballería.*
Carranza, Eduardo. *Hablar soñando.*
Cerutti Guldberg, Horacio. *Filosofía de la liberación latinoamericana.*
Cobo Borda, Juan Gustavo. *Antología de la poesía hispanoamericana.*
Cobo Borda, Juan Gustavo. *Todos los poetas son santos.*
Costa, René de. *Huidobro: los oficios de un poeta.*

Diego, Eliseo. *Entre la dicha y la tiniebla. Antología poética, 1949-1985.*

Ferré, Rosario. *El acomodador. Una lectura fantástica de Felisberto Hernández.*
Fuentes, Carlos. *Agua quemada. Cuarteto narrativo.*
Fuentes, Carlos. *Gringo viejo.*
Fuentes, Carlos. *Cristóbal Nonato.*

García Morillo, Roberto. *Carlos Chávez. Vida y obra.*
González, José Luis. *Literatura y sociedad en Puerto Rico.*

Heller, Claude. *El ejército como agente del cambio social.*
Henríquez Ureña, Max. *Breve historia del modernismo.*

Kozer, José. *Bajo este cien.*

Lara, Jesús. *La poesía quechua.*
Lavrin, Asunción. *Las mujeres latinoamericanas. Perspectivas históricas.*

Manley, Michael. *La política del cambio. Un testamento jamaicano.*
Miró Quesada, Francisco. *Despertar y proyecto del filosofar latinoamericano.*
Miró Quesada, Francisco. *Proyecto y realización del filosofar latinoamericano.*
Morín, Claude. *Michoacán en la Nueva España del siglo xviii.*
Mutis, Álvaro. *Caravansary.*
Mutis, Álvaro. *Los emisarios.*

Neale-Silva, Eduardo. *Horizonte humano. Vida de José Eustasio Rivera.*

O'Gorman, Edmundo. *La incógnita de la llamada "Historia de los indios de la Nueva España", atribuida a fray Toribio Motolinía.*
O'Gorman, Edmundo. *La invención de América. Investigación acerca de la estructura histórica del Nuevo Mundo y del sentido de su devenir.*
Orozco, Olga. *La noche a la deriva.*
Ortega, Julio. *La cultura peruana. Experiencia y conciencia.*
Ortega y Medina, Juan A. *La evangelización puritana en Norteamérica.*

Padilla Bendezú, Abraham. *Huamán Poma, el indio cronista dibujante.*
Pasos, Joaquín. *Poemas de un joven.*

Rodríguez-Luis, Julio. *Hermenéutica y praxis del indigenismo. La novela indigenista, de Clorinda Matto a José María Arguedas.*
Roig, Arturo Andrés. *Teoría y crítica del pensamiento latinoamericano.*
Rojas, Gonzalo. *Del relámpago.*
Ronfeldt, David. *Atencingo. La política de la lucha agraria en un ejido mexicano.*

Silva Castro, Raúl. *Estampas y ensayos.*
Skirius, John. *El ensayo hispanoamericano del siglo xx.*
Sucre, Guillermo. *La máscara, la transparencia. Ensayos sobre poesía hispanoamericana.*

Tangol, Nicasio. *Leyendas de Karukinká. Folklore Ona-Tierra del Fuego.*
Tovar, Antonio. *Lo medieval en la Conquista y otros ensayos americanos.*

Valcárcel, Carlos Daniel. *Rebeliones coloniales sudamericanas.*
Varela, Blanca. *Canto villano. Poesía reunida, 1949-1983.*
Villanueva, Tino. *Chicanos.*

Westphalen, Emilio Adolfo. *Otra imagen deleznable.*

Zavala, Silvio. *Filosofía de la Conquista. La filosofía política en la conquista de América.*
Zea, Leopoldo. *Filosofía de la historia americana.*